Knaur.

Knaur.

Über die Autorin:

Birgit Böckli, geboren 1972 in Mönchengladbach, hatte schon immer den Traum, Schriftstellerin zu werden, und begann bereits in jungen Jahren damit, erste Geschichten zu Papier zu bringen. Die Autorin veröffentlichte bislang mehrere Kurzgeschichten. »Friesensturm« ist ihr erster Roman.

Die gelernte Wirtschaftskorrespondentin lebt mit ihrer Familie in einer Kleinstadt in Baden-Württemberg.

Birgit Böckli

FRIESENSTURM

Kriminalroman

Knaur Taschenbuch Verlag

Besuchen Sie uns im Internet:
www.knaur.de

FSC
www.fsc.org
MIX
Papier aus verantwortungsvollen Quellen
FSC® C083411

Originalausgabe März 2012
Knaur Taschenbuch

Redaktion: Kerstin von Dobschütz
Umschlaggestaltung: ZERO Werbeagentur, München
Umschlagabbildungen: © Rene Frederick / Gettyimages
FinePic®, München
Satz: Adobe InDesign im Verlag
Druck und Bindung: CPI – Clausen & Bosse, Leck
Printed in Germany
ISBN 978-3-426-51022-3

2 4 5 3 1

Friesensturm

Prolog

Die Kälte stach sie wie mit eisigen Nadeln. Sie hatte keine Lust gehabt, weiter unter dem Vordach zu warten, wo jeder Idiot sie anstarren konnte, also hatte sie sich an den Rand des Parkplatzes zurückgezogen.

Jetzt fing es auch noch an zu regnen.

Punkt elf, hatte Thomas gesagt, keine Minute später. Inzwischen war es beinahe halb eins, und ihr Bruder war noch immer nicht aufgetaucht.

Mit zittrigen Fingern suchte Kerstin in ihrer Jackentasche nach dem Handy, um einen letzten Versuch zu starten, als die Tür der Disco aufschwang und ihr das Wummern der Bässe in den Magen fuhr. Ein junger Mann in einer leuchtend grünen Jacke kam die Stufen herunter.

Kerstin spürte, wie ihr die Tränen in die Augen stiegen. Die paar Autos, die noch übrig waren, konnte sie an einer Hand abzählen. In einer halben Stunde würde der Laden schließen, dann wäre sie ganz alleine hier draußen …

Aus dem Augenwinkel bemerkte sie, wie der Mann auf sie zukam.

»Wie bitte?«

»Ich hab dich gefragt, ob du mitfahren willst. Oder stehst du gern hier im Regen herum?«

Einen Moment lang starrte Kerstin ihn unentschlossen an. Sie war noch niemals zu einem Fremden in den Wagen gestiegen. Zu viele Horrorgeschichten hatte man ihr im Laufe ihres Lebens erzählt. Aber sollte sie vielleicht hier draußen übernachten?

Als sie nicht antwortete, zuckte er gleichgültig die Schultern. »Dann eben nicht.«
Erst das Aufheulen des Motors riss Kerstin aus ihrer Lethargie. Mit wenigen Schritten hatte sie den Toyota erreicht.
Im Wageninneren roch es nach kaltem Rauch. Der Typ, der sich noch immer nicht vorgestellt hatte, angelte im Fußraum nach einer Dose Bier.
»Gehst du noch zur Schule?«, fragte er und fummelte am Radio herum, während sie das Industriegebiet hinter sich ließen. »Wie alt bist du überhaupt?«
Kerstin versuchte, entspannter auszusehen, als sie sich fühlte. »Achtzehn«, log sie.
Er lachte schallend, trank einen Schluck Bier und klemmte sich die Dose zwischen die Oberschenkel. »Du bist niedlich, wenn du lügst, weißt du das?«
Irgendetwas in seinem Blick hatte sich verändert. Kerstin spürte, wie sich vor lauter Angst ihr Magen zusammenzog. Sie musste sich zusammenreißen, durfte sich ihre Furcht auf keinen Fall anmerken lassen. Während sie krampfhaft den Seitenstreifen im Auge behielt, nahm sie von der Fahrerseite eine Bewegung wahr. Dann spürte sie seine Hand auf ihrem Knie.
»Lass das.« Ihre Stimme klang viel zu leise.
Seine Finger spielten am Saum ihres Rockes.
Panik erfasste Kerstin so plötzlich, dass sie kaum atmen konnte.
»Komm schon. Nun hab dich nicht so.«
Kerstin presste die Knie zusammen. »Wenn du nicht sofort aufhörst …«
»Was dann?«, fragte er lachend und griff fester zu.

Ihr wurde übel. Warum nur hatte Thomas sie nicht abgeholt, warum war sie zu diesem Kerl ins Auto gestiegen? Mit aller Kraft schlug sie seinen Arm zur Seite, sah, wie die Bierdose zu Boden fiel und sich eine Lache zu seinen Füßen bildete.
Dann tauchte der Laster aus dem Regen auf.

Freitag, 12. Juni

Thomas Berg vergrub die Hände in den Jackentaschen. Das kurze Stück Straße erschien ihm endlos, lang genug in jedem Fall, um die Frage wieder aufkommen zu lassen, ob er das Richtige tat. Eine Nacht lang war er sich dessen sicher, doch der Anblick der rotgeziegelten Häuschen genügte, dass er abermals an seiner Entscheidung zweifelte.

Die Kirchturmuhr schlug gerade erst neun, als er in den Wüppspoor einbog. Von den zahlreichen Feriengästen, die Spiekeroog in den Sommermonaten heimsuchen würden, war noch nichts zu sehen. Sonnenstrahlen tanzten auf dem Pflaster, beinahe wie eine stumme Einladung.

Schon gestern war er zweimal um das Haus mit der Nummer 17 herumgeschlichen, hatte die grüngestrichene Tür aus sicherer Entfernung betrachtet wie auch das beleuchtete Schild mit der Aufschrift POLIZEI. Nun gab es kein Zurück mehr.

Das Rosenbäumchen neben dem Eingang sah verkümmert aus, ein paar Knospen waren abgefallen.

Berg holte tief Luft und drückte den Klingelknopf. Er drückte ihn lange.

Hinter dem Milchglas tauchte ein Schatten auf, dann schwang die Tür nach innen auf. Der Mann, der vor ihm stand, hätte leicht den Türrahmen füllen können, wäre er nur ein wenig aufrechter gestanden. Lächelnd musterte er Berg von Kopf bis Fuß und stützte sich dabei auf einen Besen, der schon bessere Tage gesehen hatte.

»Bist du der Neue?«, fragte er freundlich und nickte im gleichen Atemzug. »Sicher bist du's. Ich bin Erik Johanssen. Willkommen auf der Insel.«
Aus dem Dunkel des Flurs tauchte ein uniformierter Mann auf, einige Jahre jünger als Johanssen, aber ebenfalls mindestens eins neunzig groß, und Berg fragte sich, ob sie den Kindern hier irgendeine geheime Zutat ins Essen mischten. Das musste Theo Herrlich sein, der Revierleiter. Die Ähnlichkeit zwischen den beiden hörte jedoch eindeutig bei der Körpergröße auf. Während Johanssen trotz seines vorgerückten Alters noch immer eine athletische Figur besaß, war Herrlichs Bauchansatz nicht zu übersehen.
»Sie müssen Thomas Berg sein«, stellte Herrlich mit zusammengekniffenen Lippen fest. »Der Kriminalkommissar, der sich auf eigenen Wunsch von Berlin hat hierher versetzen lassen«, fügte er abschätzig hinzu.
Die Unfreundlichkeit überraschte Berg eigentlich nicht, trotzdem setzte sie ihm zu. Wie ihm so vieles zusetzte seit dem Tod seiner Schwester. Als wäre mit Kerstin auch ein Teil von ihm gestorben, der Teil, der ihn alltägliche Dinge wie diese meistern ließ.
Er räusperte sich und wollte gerade etwas erwidern, als von drinnen ein Telefonläuten zu hören war und Herrlich ohne ein weiteres Wort auf dem Absatz kehrtmachte.
Verlegen murmelte Johanssen etwas von Herrlichs schlechter Laune. »Eigentlich bin ich kein Polizist«, erklärte er dann wieder mit fröhlicher Stimme. »Ich helfe hier nur aus. Vor allem …« Er schwang den Besen wie eine Waffe und strahlte Berg erneut auf diese unverwechselbare Art an. »Vor allem, was die Ordnung angeht. Ich wünsch

dir einen guten Start. Ich bin sicher, du lebst dich hier schnell ein. Nur Theo ist …«

Er verstummte, da der Revierleiter zurückkehrte.

»Ich würde Sie jetzt gerne mit unseren Räumlichkeiten vertraut machen«, sagte Herrlich trocken.

Berg folgte ihm.

»Das ist also das Polizeirevier Spiekeroog, der Raum für Öffentlichkeitsarbeit und Bürgernähe.« Herrlich öffnete eine der Türen, und Kaffeeduft schlug ihnen entgegen.

Das Zimmer glich eher einem Korridor, die wenigen Möbel füllten es vollständig aus, und durch das einzige Fenster drang nicht viel Licht. In dem schmalen Gang davor standen zwei blaue Holzstühle und eine mickrige Bank. Die altmodische Bahnhofsuhr vervollständigte das Bild eines nüchternen Amtszimmers. »Und hier ist unser Notruftelefon, aber die Leute rufen uns lieber direkt an. Jeder kennt die Nummer. In diesem Raum werden Anzeigen entgegengenommen, verlorengegangene Kinder als vermisst gemeldet, der übliche Kleinkram. Ich nehme an, Ihr ehemaliger Vorgesetzter hat Sie ausreichend über die Arbeit auf einer Insel informiert?«

»Man hat mir nur erzählt, dass hier selten etwas Ernsthaftes vorfällt«, antwortete Berg gedehnt. Allmählich ging ihm Herrlichs schroffe Art auf die Nerven. Außerdem fühlte er sich zunehmend unwohl. Der Kaffeedunst bereitete ihm Kopfschmerzen, und das Ticken der Uhr schien in seinen Ohren anzuschwellen.

»So ist es«, fuhr Herrlich unterdessen fort. »Natürlich gibt es auch hier schwarze Schafe. Vor allem in den Sommermonaten, wenn die Touristen da sind, kommt es immer mal wieder zu Ruhestörungen, Schlägereien, Diebstählen und Verstößen gegen das Betäubungsmittelgesetz. Trotzdem bleibt alles in einem überschaubaren Rahmen. Und bisher bin ich stets alleine damit fertig geworden.«

Berg blickte schweigend zu Boden. Er hatte sich schon gedacht, dass er hier nicht mit offenen Armen empfangen werden würde, als sein ehemaliger Vorgesetzter Freier ihm die Stelle beschrieben hatte. Offensichtlich hatte er recht behalten.

»Soweit ich weiß, hatten Sie gesundheitliche Probleme«, begann er zögernd.

»Ach, das! Das war nichts weiter.« Der Revierleiter starrte ihn nahezu feindselig an, dann ließ er seinen Blick über die fleckigen Tapeten schweifen. »Es wirkt alles ein wenig ungemütlich im Moment, aber Sie werden sehen, ein frischer Anstrich und ein neuer Teppichboden wirken Wunder.«

»Ich bin sicher, dieses Büro erfüllt seinen Zweck«, erwiderte Berg nur. »Und worin besteht unsere Aufgabe, wenn es, wie Sie sagen, kaum Verbrechen auf der Insel gibt?«

Im selben Augenblick wurde ihm klar, dass diese Frage auch Herrlichs Arbeit der letzten Jahre in Frage stellte. Und tatsächlich war Herrlich empört.

»Soweit ich informiert bin, kehren Sie freiwillig dem KDD den Rücken zu. Sie, Herr Berg, haben ausdrücklich um diese Versetzung gebeten. Hier geht es nicht zu wie in Berlin. Es gibt nicht einmal achthundert Einwohner, der Rest sind Feriengäste. Da geht es nun einmal nicht so laut und hektisch zu wie in der Großstadt, ob es Ihnen passt oder nicht.«

»Das ist richtig«, versuchte Berg einzulenken. »Ich freue mich ja auch wirklich, hier zu sein.« Tat er das?

Herrlich jedenfalls wirkte ein wenig besänftigt. Er trat zurück auf den Flur, um die nächste Tür zu öffnen.

»Und das hier ist unser Büro. Sie können den Tisch am Fenster haben.«
Schweigend betrachtete Berg das Mobiliar. Er verbiss sich jede Bemerkung. Immerhin waren die Wände hell gestrichen.
»Um noch einmal auf meine Frage zurückzukommen …«, begann er abermals.
»Darf ich raten? Sie fragen sich, was ein Dorfbulle mitten auf einer Ferieninsel zu suchen hat? Aber genau das ist Spiekeroog. Und wenn Sie hierbleiben wollen, werden Sie sich wohl oder übel mit den Gegebenheiten anfreunden müssen. Wir schlagen uns hier nicht die Nächte um die Ohren, und nach einer Discothek werden Sie vergeblich suchen. Vom Strand bis zur Anlegestelle sind es gerade mal fünfzehn Minuten zu Fuß, und auch die Fähre geht nicht regelmäßig, weil wir hier von den Gezeiten abhängig sind. Bei schlechtem Wetter oder schwachem Tidehub kommt sie vielleicht zu spät oder auch gar nicht. Autonomie ist für die Menschen hier wie ein Zauberwort. Jeder strebt nach Eigenständigkeit. Die Leute wollen niemandem zur Last fallen. Manche sind vielleicht ein wenig eigen, aber sie stehen auf eigenen Füßen, und sie sind stolz darauf. Ich sorge hier schon seit über zwanzig Jahren für Ruhe und Ordnung, und ich verstehe ehrlich gesagt nicht, warum man Sie überhaupt hergeschickt hat. Nun gut, jetzt sind Sie eben da. Wir werden schon irgendwie klarkommen.«
Berg presste die Lippen aufeinander. Davon war er nicht überzeugt.
»Wobei es, wie gesagt, kaum einmal ein größeres Problem gibt«, redete Herrlich unermüdlich weiter. »Und sollte tatsächlich einmal etwas vorkommen …«

Rufen wir auf dem Festland an und bitten um Hilfe, dachte Berg verächtlich. »Und was genau tun wir den ganzen Tag?«, fragte er dann.

»Oh, wenn wir nicht gerade auf Streife sind, widmen wir uns vor allem dem Bürokram, lieber Herr Berg. Aber die meiste Zeit werden Sie wohl an der frischen Luft verbringen. Ich hoffe, Sie haben ein Fahrrad mitgebracht.«

Berg zuckte unmerklich zusammen. Er hatte gelesen, dass Spiekeroog eine autofreie Insel war, trotzdem hatte er angenommen, dass für die Polizei eine Ausnahmeregelung galt.

»Kein Streifenwagen?«, erkundigte er sich.

Herrlich schenkte ihm ein überhebliches Grinsen. »Selbstverständlich nicht. Nur die Feuerwehr verfügt über ein Fahrzeug, dann gibt es da noch den Krankenwagen und ein paar von diesen kleinen Elektroautos, um die Post auszufahren oder das Gepäck zu den Hotels zu bringen. Sagen Sie bloß, Sie haben kein Fahrrad.« Das Grinsen wurde noch etwas selbstgefälliger.

»Bisher habe ich keines gebraucht«, antwortete Berg schulterzuckend. »Aber dann werde ich mir eben eins zulegen.«

Herrlich nickte beiläufig und setzte sich wieder in Bewegung. »Kommen Sie, ich zeige Ihnen den Rest.«

Sie besichtigten einen notdürftig eingerichteten Aufenthaltsraum und eine Abstellkammer voller Gerümpel. Den Abschluss bildete die gekachelte Ausnüchterungszelle.

»Und hier beginnt der Privatbereich«, sagte Herrlich und zeigte auf einen düsteren Treppenaufgang.

»Sie wohnen hier im Haus?«

»Was dagegen?«, fragte Herrlich barsch.

Berg rang sich ein Lächeln ab. »Immer im Dienst, nicht wahr?«
Herrlich beäugte ihn misstrauisch. »Genau so ist es, auch wenn ihr jungen Leute euch das nicht vorstellen könnt.« Dann verlor sein Gesicht ein wenig von der Anspannung, und er begleitete Berg zurück zur Eingangstür. »Wenn Sie sonst keine Fragen haben, sehen wir uns am Montag. Haben Sie schon eine feste Bleibe?«
»Ein Zimmer drüben im Pollerdiek. Nichts Großartiges, aber für den Augenblick genügt es.« Berg schüttelte die dargebotene Hand, dann fiel ihm noch etwas ein. »Was ist denn mit diesem Herrn …«
Herrlich lachte. »Johanssen? Das ist unser guter Geist hier. Auf den lasse ich nichts kommen.« Jetzt sah er beinahe freundlich aus.
»Der Mann ist aber kein Polizist?«
»Nein.« Die Augen des Revierleiters weiteten sich entsetzt. »Erik gehört sozusagen zum Inventar.«
Berg verkniff sich die Frage nach dem Sinn. Wenn der Revierleiter Wert darauf legte, dass sie sich in dem kleinen Büro gegenseitig auf die Füße traten, sollte es ihm recht sein.
»Bis Montag dann.« Mit einem letzten Kopfnicken verschwand Herrlich hinter der Tür.
Berg schlug den Kragen seiner Jacke hoch. Es war ungewöhnlich kalt für Juni, und der Wind zerrte an seiner Kleidung. Nach diesem unerfreulichen Auftakt schlenderte er unschlüssig die Straße bis zum Hafen hinunter. An der Anlegestelle entdeckte er einen Plan der Insel. Ihre Form darauf glich einer Raubtierklaue. Das Dorf befand sich ziemlich weit im Westen, eingebettet zwischen Deichen

und Futterwiesen, im Norden gab es einen breiten Badestrand. Beim Lesen der ungewohnten Straßennamen verspürte Berg ein leichtes Brennen im Magen. Fröstelnd schlang er die Arme um den Oberkörper und machte sich auf den Weg, seine neue Heimat zu erkunden, auch wenn ihm der Gedanke mit jedem Schritt weniger behagte.
Zweieinhalb Stunden später hatte Berg sich einen ersten Überblick verschafft. Trotz aller Zweifel, ob er seinem Leben die richtige Wendung gegeben hatte, musste er sich eingestehen, dass die Insel einen ganz eigenen Reiz besaß. Das viele Grün schien seine Anspannung zu mildern, und obwohl sich erste Touristen auf den engen Straßen tummelten, strahlte das Inseldorf eine bezaubernde Ruhe aus. Er wusste nicht, ob er es der Seeluft zuschreiben sollte, aber zum ersten Mal seit Wochen fiel das Gefühl des Gehetztseins für einen Moment von ihm ab.

Das Wochenende verbrachte Berg mit ausgedehnten Spaziergängen. Trotz des unangenehmen Windes wanderte er stundenlang zwischen Strand und Ortschaft hin und her, um dem stickigen Dachzimmer zu entfliehen und seinen Vermietern zu entkommen. Die Petrells mochten zwar nette Leute sein, doch schon bei seiner Ankunft hatte ihn der Verdacht beschlichen, dass hinter den freundlichen Worten mehr steckte als die übliche Höflichkeit. Vor allem Frau Petrell schien mit ihrer mütterlichen Fürsorge seine Nähe zu suchen, aber er konnte seit Kerstins Tod keine Nähe mehr ertragen. Nachdem er die dritte Einladung zum Essen bedauernd ausgeschlagen hatte, hörte sie endlich auf, ihn zu bedrängen, doch ihre Blicke verfolgten ihn weiterhin.

Berg aß in einem Fischrestaurant zu Mittag und beobachtete eine Gruppe von Urlaubern, die sich am Nebentisch angeregt unterhielten. Noch bin ich einer von ihnen, dachte er und schüttelte sich. Ab Montag gehöre ich offiziell hierher, und es gibt niemanden, den ich für diesen Entschluss verantwortlich machen kann, niemanden außer mich selbst. Alle haben mir davon abgeraten, einer wie der andere.

Das Gesicht seines Vaters fiel ihm ein, die entsetzliche Hilflosigkeit, die er beim Abschied darin gelesen hatte, und er wandte sich schnell wieder seinem Kabeljau zu.

Montag, 15. Juni

Am ersten Tag der neuen Woche erwachte Berg verschwitzt und wenig ausgeruht. Nach dem Duschen verbrachte er lange Minuten damit, seine Haare über die runde Stelle zu kämmen, an der die Kopfhaut verräterisch durchschimmerte und die sein Vater als »Hubschrauberlandeplatz« bezeichnete. Als er endlich zufrieden war, spähte er durch die Dachluke nach draußen. Er entdeckte Frau Petrell, die mit zwei Gießkannen zu dem Gemüsebeet schlurfte. Ihr Mann saß reglos wie eine Statue auf einer schmalen Bank und hielt eine Zeitschrift in den Händen.

Als Berg die schmale Treppe hinunterstieg, gab er sich Mühe, keinen Lärm zu machen. Um jeden Preis wollte er einer Unterhaltung entgehen und verließ auf dem schnellsten Weg das Haus.

Mit düsterem Blick schlich er durch die leeren Straßen, begleitet nur von dem Blöken vereinzelter Deichschafe. Vor dem Revier linste er durch die Scheibe der Milchglastür und erkannte schemenhaft die riesige Gestalt Johanssens, von dem er immer noch nicht sicher wusste, was er überhaupt hier verloren hatte.

»Guten Morgen«, sagte Berg beim Eintreten.

Johanssen kramte in einem Aktenschrank.

»Moin, Kollege.« Das war alles.

Berg nickte dem Mann zu und ging schweigend weiter. Was hatte er erwartet? Eine Willkommensparty?

Als er das hintere Büro betrat, erhob sich Herrlich umständlich vom Schreibtisch und musterte ihn einen Moment lang. »Pünktlich, ordentlich, bis jetzt alles in Ordnung.«

Berg starrte ihn wütend an. »Sonst noch was?«

Doch Herrlich gab keine Antwort. Er schien auf etwas zu warten.

»Falls Sie es vergessen haben sollten, dies ist heute mein erster Tag. Wenn Sie also so freundlich wären …«

»Ich glaube, eines sollten wir gleich klarstellen«, fiel Herrlich ihm ins Wort. »Wenn Sie sich jemals unterfordert fühlen, geben Sie mir rechtzeitig Bescheid. Vergessen Sie bitte nicht, dass Sie auch hier als Staatsdiener fungieren.«

Berg schluckte jede Form von Kommentar hinunter. »Zeigen Sie mir einfach, was ich machen soll«, forderte er Herrlich auf.

Der Tag zog sich schmerzhaft in die Länge.

Herrlich hatte sich seit über zwei Stunden hinter dem Computer vergraben und war noch nicht wieder aufgetaucht.

Mühsam quälte Berg sich durch die einzelnen Anfragen und hoffte, nicht wieder mit einem Problem an Herrlich herantreten zu müssen. Dessen selbstgefälliger Gesichtsausdruck bereitete ihm jetzt schon Magenschmerzen.

Immer wieder musste er an die letzten Gespräche mit seinem Vater denken und an seinen Vorgesetzten in Berlin, der für seinen Versetzungsantrag nur ein trauriges Lächeln übrig gehabt hatte.

»Ich weiß nicht, ob du wirklich für so ein Leben geschaffen bist«, hatte Freier gesagt und dabei den Kopf geschüttelt. »Durch Flucht ist noch kein Problem gelöst worden.«

Ob er am Ende recht behalten sollte?

Im Hintergrund hörte er Johanssen das Staubsaugerkabel

über den Boden schleifen. Was immer dieser Mann hier zu suchen hatte, er schien ununterbrochen beschäftigt zu sein. Schon heulte der Motor der alten AEG auf, und Berg zog instinktiv den Kopf zwischen die Schultern.
Als Herrlich aufstand, erstarb das Summen wie auf einen stummen Befehl.
»Ich geh dann mal los«, erklärte er gutgelaunt. »Ich hab der Janina versprochen, noch einmal bei ihr vorbeizuschauen. Irgendein Spinner hat ihr jetzt schon zum dritten Mal den Gartenzaun mit Farbe vollgeschmiert.« Er blickte stur an Berg vorbei, als hätte er sich geschworen, ihn in Zukunft zu übersehen. »Kommen Sie hier zurecht?«, erkundigte er sich, den Blick weiter auf die Wand geheftet. »Wenn Sie Fragen haben, Johanssen kann Ihnen sicher alles erklären.«
Als die Tür scheppernd ins Schloss fiel, empfand Berg regelrechte Erleichterung. Die angespannte Atmosphäre, die Herrlich verbreitete, war mit einem Mal verflogen. Berg wusste, dass der Revierleiter sich durch seine Anwesenheit gemaßregelt fühlte, und bis zu einem gewissen Grad brachte er sogar Verständnis für Herrlichs kindische Reaktion auf. Trotzdem hoffte er, dass sich das mit der Zeit legen würde.
Er hob den Kopf, als er Johanssens Hand auf der Stuhllehne bemerkte.
»Du solltest dir nicht zu viele Sorgen machen«, erklang die beruhigende Stimme. »Theo ist kein schlechter Kerl. Der kriegt sich irgendwann wieder ein. Ist halt einer von denen, die sich nicht gern helfen lassen.«
Abrupt drehte Berg sich um. »Er hatte einen Herzanfall, oder?«

Johanssen zuckte zusammen und legte den Finger an die Lippen. »Sprich ihn lieber nicht darauf an. Ich glaube, er schämt sich dafür.«

»Er schämt sich?«, fragte Berg verwundert.

»Mhm.« Der Riese machte ein Gesicht, als sei er dafür verantwortlich. »Ich glaube, das ist schlimmer für ihn als die Krankheit selbst. Er hat Angst, dass er nicht mehr gebraucht wird. Dass sie ihn abservieren.«

Berg nickte widerwillig, trotzdem war er nicht bereit, sich deswegen wie einen Störenfried behandeln zu lassen.

Dienstag, 16. Juni

Berg saß am Schreibtisch und wühlte sich durch die Berichte der letzten Monate, als Johanssen im Türrahmen erschien.

»Komm doch bitte mal mit«, brachte er mühsam hervor.

Berg erhob sich und folgte ihm hinüber in den Nebenraum, wo Herrlich schon auf sie wartete. Die Anspannung in dem kleinen Zimmer war beinahe greifbar. Irgendetwas musste passiert sein, das begriff er sofort.

Mit einer Hand, die vor Aufregung zitterte, schaltete Johanssen das Telefon auf Wiedergabe, und schweigend verfolgten sie das Gespräch, das er offenbar gerade aufgenommen hatte.

Die Sache war im Grunde unmissverständlich. Ein älterer Mann erklärte mit knappen Worten, er habe soeben eine leblose Person aufgefunden.

»Gütiger Himmel«, knurrte Herrlich und knallte seine Coladose auf den wackeligen Tisch.

Berg zuckte die Schultern. »Fahren wir hin und sehen uns die Bescherung an.«

Im nächsten Moment fiel ihm ein, dass von Fahren keine Rede sein konnte, dann sah er, wie Johanssen ihm einen kleinen Schlüssel unter die Nase hielt.

»Du kannst mein Rad nehmen. Aber sei vorsichtig, die Bremsen funktionieren nicht richtig.«

Die Erleichterung über den fahrbaren Untersatz hielt nicht lange an. Bereits an der Kirche wäre Berg beinahe in eine Gruppe älterer Damen hineingefahren. Unter unzähligen Entschuldigungen schob er das klapprige Rad um die nächsten Passanten herum, bevor er es endlich wagte, wieder aufzusteigen. Genervt versuchte er, seinem neuen Vorgesetzten zu folgen, der natürlich nicht auf ihn wartete. Mit einiger Muskelkraft gelang es ihm, Herrlich einzuholen.

Der Anrufer stand am Straßenrand, in der einen Hand eine Leine, an der ein Hund zog, mit der anderen winkte er so fröhlich, als hätte ihn endlich etwas aus seinem tristen Rentnerleben herausgerissen. Ein Ereignis, auf das er schon lange gewartet hatte.

»Da, sehen Sie, den hat bestimmt einer umgebracht.« Er zeigte auf einen Mann, der ein Stück abseits des Weges am Rand der Dünen lag, das Gesicht halb verdeckt vom Strandhafer, doch das Einschussloch an seiner Schläfe war nicht zu übersehen.

Herrlich und der Zeuge traten ein Stück zur Seite, damit Berg den Tatort absperren konnte.

»Seien Sie vorsichtig«, ermahnte ihn der Zeuge mit steil erhobenem Zeigefinger. »Trittspuren können einer Düne erheblichen Schaden zufügen.«

Berg bedachte ihn mit einem wütenden Blick und machte sich dann stumm an die Arbeit. Er hatte mit vielem gerechnet, aber nicht mit einem Mord. Nicht hier.

Währenddessen nahm Herrlich die Aussage des Zeugen handschriftlich auf. Albert Strom, so stellte er sich vor, hatte seine Susie ausgeführt und war dabei auf die Leiche gestoßen. Das war alles.

»So, Herr Strom, dann hätten wir das erledigt. Kommen Sie bitte im Laufe des Tages bei uns vorbei. Wir brauchen noch Ihre Unterschrift unter dem Protokoll. Ja, muss eben alles seine Richtigkeit haben, nicht wahr?« Herrlich schenkte dem Rentner sein schönstes Lächeln, bis er sah, mit welcher Begeisterung sich Susie der Leiche zu nähern versuchte. »Tun Sie doch den Hund da weg. Herrgott, der ruiniert ja sämtliche Spuren!«

Strom zog den Kopf ein und zerrte an der Leine, woraufhin der Dackel heulend den Rückzug antrat. Leicht gekränkt verabschiedete er sich schließlich.

Berg registrierte all das nur am Rande. Er hatte inzwischen ein paar Gummihandschuhe aus Herrlichs sogenanntem Erste-Hilfe-Köfferchen, das wie ein Picknickkorb an der Lenkstange baumelte, geholt.

Der Tote, er mochte um die fünfzig sein, lag halb auf der Seite. Berg ging in die Hocke, zog eine dunkelbraune Brieftasche aus der Gesäßtasche des Mannes und öffnete sie.

»Hier. Das Geld ist noch da.« Er gewährte Herrlich einen oberflächlichen Blick auf die wenigen Scheine. Auch ein Ausweis fand sich in einem der Fächer. »Walter Riemann, sagt Ihnen der Name etwas?«

Herrlich trat einen Schritt zurück und betrachtete den Toten prüfend von der Seite. »Natürlich. Dass ich den nicht gleich erkannt habe. Der leitet doch den Souvenirladen im Limperding. Na, einen Raubmord können wir wohl ausschließen«, fügte er sauertöpfisch hinzu.

Berg warf einen skeptischen Blick auf die ersten Fliegen, die den Toten umschwirrten. Es lag eine drückende Wärme über der Insel. Er sah zum Himmel auf, wo die Sonne zwischen dunklen Wolken hervorstach.

In diesem Moment tauchte Dr. Nürnberger auf, der Notarzt, den Herrlich gerufen hatte. Es war ein zierlicher, älterer Herr mit Hut und Krawatte, der auf seinem Fahrrad einen ziemlich seltsamen Eindruck machte. Er begann mit seiner Untersuchung und bestätigte nach wenigen Minuten den Tod von Walter Riemann.

»Verursacht vermutlich durch die Schussverletzung. Mehr kann ich dazu leider nicht sagen. Da müssen Sie schon abwarten, was der Gerichtsmediziner meint.« Er warf einen Blick auf seine Uhr. »Wenn Sie nichts dagegen haben, werde ich jetzt gehen. Ich müsste längst wieder bei meinen Patienten sein.«

Er packte sein Stethoskop ein und verabschiedete sich höflich.

»Da muss die Spurensicherung ran«, murmelte Herrlich resigniert. »Ich rufe jetzt die Jungs vom Festland an. Sollen die sich darum kümmern.«

Berg beobachtete den Revierleiter. Herrlich war blass geworden. Seltsam leblos stand er am Wegrand und ließ einen Moment lang die Arme hängen, ehe er sein Handy herausholte und die Nummer wählte. Er fragte sich, ob Herrlich tatsächlich Angst hatte, seinen Posten zu verlieren. Nachdenklich wandte er sich den Dünen zu. Trotz des schönen Wetters waren im Augenblick keine Touristen zu sehen, es war beinahe unheimlich still.

Herrlich lief den Slurpad auf und ab und sprach mit ungewohnt amtlicher Stimme. Nachdem er geendet hatte, trat er wieder auf Berg zu. »Sie fahren jetzt zurück zum Revier und warten dort auf die Verstärkung. Die Kollegen vom Festland werden die nächste Fähre nehmen, dann dürften sie gegen Mittag hier sein. Hoffentlich hält das Wetter. Im Radio haben sie was von einem Gewitter gesagt.«

Berg blinzelte in die Sonne. Er konnte keine Vorboten für ein Gewitter erkennen.
»Das Wetter kann sich hier manchmal ganz schnell ändern, müssen Sie wissen«, fügte Herrlich belehrend hinzu. »Und jetzt fahren Sie endlich. Und schicken Sie mir Johanssen vorbei, er soll mir etwas zu essen mitbringen.«
Zuerst überlegte Berg, ob das ein Scherz sein sollte, aber nichts in Herrlichs feistem Gesicht deutete darauf hin.
»Sollte ich nicht besser ...«, begann er, erntete jedoch sofort einen wütenden Blick.
»Habe ich mich vielleicht undeutlich ausgedrückt?«
»Schon gut.« Berg ersparte es sich, nach den genauen Wünschen des Revierleiters zu fragen, wahrscheinlich war Johanssen es gewohnt, dem Herrn die belegten Brote hinterherzutragen. Er bückte sich nach dem Rad, stieg auf und radelte davon.

Johanssen schien an diesem Tag sein Interesse an der Hausarbeit verloren zu haben. Er wirkte nervös, beinahe ängstlich. Dauernd strich er sich irgendwelche widerspenstigen Haarsträhnen hinter die Ohren, und auch sonst blieben seine Hände ständig in Bewegung.
»Sag mal«, fragte Berg vorsichtig. »Hattet ihr vorher noch nie einen Toten? Ich meine, selbst bei achthundert Einwohnern wird doch hin und wieder etwas passieren.«
»Ein Unglück gab es mal vor zwei oder drei Jahren. Als die alte Frau Grams beim Gardinenaufhängen von der Leiter gestürzt ist. Ach, und dann im letzten Winter der Fahrradunfall hinten bei der Reithalle. Aber ein Mord?«, er sah Berg mit einem Blick voller Abscheu und Entsetzen an. »So etwas hat es hier noch nie gegeben.«

Im nächsten Moment klingelte das Telefon im Vorraum. »Vergesst das Essen«, verkündete Herrlich lautstark durch den Hörer. »In einer dreiviertel Stunde treffen die Kollegen vom Festland ein. Sorgt lieber dafür, dass der Laden aufgeräumt ist!«

Auf einmal schämt er sich seiner heiligen Hallen, dachte Berg. Eigentlich hatte er die Ordnung auf dem Revier von Anfang an als überdurchschnittlich empfunden, aber mit dieser Annahme schien er allein dazustehen. Johanssen jedenfalls wirbelte aufgeregt durch die Räume und rückte die Papierstapel auf den Schreibtischen gerade, als hätte sich die Queen persönlich angekündigt. Aber andere um Hilfe bitten zu müssen, so etwas kannte und schätzte man auf Spiekeroog nicht, erinnerte Berg sich an Herrlichs Worte. Gedankenverloren hob er ein Stück Papier auf, dann sah er zu, dass er Johanssen für die nächste halbe Stunde nicht im Weg stand.

Als es läutete, eilte der Insulaner zur Tür und stolperte dabei beinahe über eine Ecke des welligen Läufers. Bestimmt hatte er sich ein paar freundliche Begrüßungsworte zurechtgelegt, doch die Truppe vom Festland ließ ihn kaum zu Wort kommen. Im Handumdrehen war der winzige Vorraum überfüllt mit Polizisten. Berg zählte drei Männer und zwei Frauen. Vergeblich versuchte er, sich die Namen zu merken. Die junge Polizistin hieß Pragida, der mit den abstehenden Ohren Ohling, die beiden Polizeitechniker Dorsten und Rosenholz. Schon beim zweiten Durchgang warf er sie durcheinander. Er hatte noch nie ein gutes Namensgedächtnis gehabt.

Eine rundliche Frau, deren rötliche Löckchen noch von der Überfahrt ganz zerzaust waren, stellte sich als Krimi-

nalhauptkommissarin Freda Althuis vor. Sie betrachtete den aufgeregten Johanssen belustigt.
»Sobald Sie wieder Luft bekommen, wäre es nett, wenn Sie uns Bericht erstatten könnten. In den Dünen wurde eine Leiche gefunden?«
Johanssen nickte eifrig, brachte jedoch kein Wort heraus. Er sah die Polizistin an, die ihm gerade bis zur Schulter reichte, als hätte er noch nie eine Frau zu Gesicht bekommen. Althuis' Figur überdeckte nicht die Tatsache, dass bereits nach dem ersten Atemholen jedem im Raum klar war, wer die Ermittlungen leiten würde.
Berg musste sich ein Lächeln verkneifen, dann wandte er sich der Kommissarin zu. Nachdem er mit wenigen Sätzen die Situation umrissen hatte, wollte die Hauptkommissarin den Fundort begehen.
Johanssen nahm unterdessen das Gepäck entgegen und versprach, sich sofort um die Unterkünfte zu kümmern.
Während Berg die Kollegen den Süderloog entlangführte, spürte er die neugierigen Blicke der Passanten im Rücken. Auch wenn er aus Berlin weitaus größere Ermittlungsgruppen gewohnt war, wirkte das Polizeiaufgebot hier irgendwie fehl am Platz. Er zupfte seine Uniform zurecht und hielt nur mühsam mit der Kommissarin Schritt, die trotz ihrer Leibesfülle nicht zu schwitzen schien.
Berg war froh, als sie den Slurpad erreichten. Die Sonne war inzwischen von dunklen Wolken verdeckt, und einzelne Windböen zerrten an seiner Jacke.
Die beiden Kollegen von der Spurensicherung machten sich eilig an die Arbeit, bevor der Wind alle Spuren verwehen konnte.
»Althuis vom ZDK Aurich.« Die Hauptkommissarin trat

vor und wollte Herrlich die Hand reichen, doch der beäugte die Neuankömmlinge nur misstrauisch.
»Ich hatte eigentlich mit einer größeren Ermittlungsgruppe gerechnet«, erklärte er nach einigem Zögern.
Althuis hielt in der Bewegung inne. Ihr gewaltiger Brustkorb wölbte sich bedrohlich nach vorne. »Jetzt beruhigen wir uns mal ganz schnell wieder und sind froh, dass wir überhaupt Verstärkung bekommen, nicht wahr?«, sagte sie mit schneidender Stimme. »Bei uns liegt die halbe Belegschaft mit einer Magen-Darm-Grippe im Bett.«
Herrlich starrte sie feindselig an, nickte jedoch. Was für Memmen, sagte sein Blick.
»Wann soll denn die Leiche in die Gerichtsmedizin überführt werden?«, erkundigte Berg sich bei seinem Vorgesetzten.
»Gleich mit der nächsten Fähre«, murmelte Herrlich. Er schien in Gedanken sehr weit weg zu sein.

»Riemann. Über den gibt es doch auch eine Akte«, stieß Johanssen hervor. »Die hatte ich letzte Woche noch in der Hand.«
Er verschwand kurz aus dem Aufenthaltsraum und kehrte mit einem dünnen Ordner und einer Tasse Tee zurück. Berg, der zwischen Herrlich und Pragida saß, schaute erwartungsvoll zu ihm auf.
Johanssen schlug den Ordner auf und blätterte in den wenigen Seiten. »Hier steht es. Er soll vor zwei Jahren seine Stieftochter misshandelt haben. Er hat sie die Treppe hinuntergestoßen. Da war das Mädchen zwölf Jahre alt.«
Berg reichte ihm den Kandis. »Und weiter?«
Herrlich griff unwirsch nach dem Papier. Das Thema be-

hagte ihm offensichtlich nicht. »Nichts«, entgegnete er. »Das war alles nur Gerede.«
Althuis betrachtete ihn skeptisch. »Und würden Sie uns wohl trotzdem informieren, was damals passiert ist?«
Der Revierleiter verdrehte die Augen. »Überhaupt nichts ist passiert. Bevor ich die Anzeige aufnehmen konnte, hatte sie es sich anders überlegt. Sie hatten Streit, und sie wollte ihm eins auswischen. Der Sturz war in Wirklichkeit ein Unfall.«
Damit schien für Herrlich der Fall erledigt gewesen zu sein. Berg machte das eher stutzig, aber er hütete sich davor, das vor versammelter Mannschaft auszusprechen.
Althuis dagegen kannte da keine Bedenken. »Welchen Eindruck hat das Mädchen denn damals gemacht?«, fragte sie geradeheraus.
Johanssen wischte ein paar Krümel vom Tisch, nahm die Akte wieder entgegen und legte sie an der saubersten Stelle ab. Die Geste hatte beinahe etwas Zärtliches. »Nun komm schon, Theo«, wandte er sich an Herrlich und fing sich einen giftigen Blick ein.
»Ein bisschen verstört hat sie schon gewirkt«, räumte der Revierleiter schließlich ein. »Aber was hätte ich machen sollen? Sie blieb steif und fest bei der Version mit dem Unfall. Die Mutter war auch zweimal hier. Alle sind herumgetanzt wie aufgescheuchte Hühner, bis die Sache endlich vom Tisch war.«
»Und Riemann?«, fragte die junge Polizistin.
»Der wollte sich finanziell erkenntlich zeigen, aber das konnte ich selbstverständlich nicht annehmen. Später kam er mit einer Riesenschachtel Pralinen, für die Unannehmlichkeiten, wie er sagte.«

»Und jetzt ist er tot«, folgerte Berg. »Ob da ein Zusammenhang besteht? Wer sagt es überhaupt den Angehörigen?«
Betretenes Schweigen machte sich breit. Pragida kramte in ihrer Handtasche, Johanssen nippte an seinem Tee. Der Raum schien mit einem Mal enger zu werden.
»Kommen Sie«, sagte Althuis und nickte Berg zu. »Bringen wir es hinter uns. Gibt es auf diesem Eiland einen Seelsorger, den wir mitnehmen können?«
Niemand antwortete ihr. Bisher waren derartige Überlegungen nie nötig gewesen.
Berg fragte sich, weshalb sie ausgerechnet ihn zu ihrer Begleitung auserkoren hatte, aber er folgte ihr wortlos durch den kurzen Flur ins Freie.
»Sie sind die Verstärkung für diesen Sommer?«, wollte Althuis wissen, als sie die Apotheke passierten.
Berg blieb stehen, sah auf das Straßenschild und holte den zerknitterten Ortsplan, den Johanssen ihm gegeben hatte, aus seiner Hosentasche.
»Nicht nur für den Sommer«, antwortete er. »Ich habe um Versetzung gebeten. Für Spiekeroog wurde vorerst eine zweite Stelle bewilligt, ich glaube, aus gesundheitlichen Gründen.«
Althuis bekam einen künstlichen Hustenanfall. »Da haben Sie nicht gerade das große Los gezogen, was?«
»Wie sieht bei Ihnen denn das große Los aus?« Er warf ihr einen feindseligen Blick zu und ärgerte sich darüber, dass er so schnell zu durchschauen war.
Althuis, die seine Gedanken zu lesen schien, zeigte ein breites Grinsen. »Na ja, jedem das Seine, nicht wahr?« Sie zuckte die Schultern und wippte auf den Fersen, eine

Hand über den Augen, als hielte sie nach irgendetwas Ausschau. »Wie denn nun, nach links oder geradeaus?«
Das Ostend war eine ruhige Adresse. Ein wenig abseits der beiden Hauptstraßen standen auch hier die niedrigen Häuser in Reih und Glied.
Im Vorgarten der Nummer 26 kniete eine Frau und jätete Unkraut. Als sie die beiden Polizeibeamten kommen sah, stand sie auf und schüttelte hektisch ihre widerspenstigen blonden Locken.
Berg stellte sich vor, doch die Frau zog lediglich ihren erdbeschmutzten Gartenhandschuh aus. Verlegen blickte sie auf ihre zitternden Hände.
Althuis schien unbeeindruckt. »Sind Sie die Ehefrau von Walter Riemann?«
Die Frau nickte und wurde eine Spur blasser. Sie ließ die Handschuhe neben die Rosenstöcke fallen. »Kommen Sie bitte.«
Im Haus erklang leises Klavierspiel aus einem Nebenraum. Durch die halboffene Tür sah Berg ein junges Mädchen, das offensichtlich Etüden übte.
»Meine Tochter Marie. Marie, kommst du bitte mal?«
Das Kind huschte ins Zimmer und stellte sich neben die Mutter.
Zum Verwechseln ähnlich, dachte Berg. Die Haare, die Sommersprossen, einfach alles. Laut Polizeiakte musste das Mädchen inzwischen vierzehn Jahre alt sein, wirkte jedoch erheblich jünger. Berg überlief ein Schauer, als er ihrem gequälten Blick begegnete.
»Ist etwas mit Walter?«, erkundigte sich Frau Riemann erst jetzt.
»Vielleicht könnten wir uns für einen Moment allein un-

terhalten?«, fragte Berg und schaute von Marie zu ihrer Mutter.
»Ich habe keine Geheimnisse vor meiner Tochter«, erklärte Frau Riemann.
Berg startete einen zweiten Versuch. Das war heute offenbar nicht sein Tag. »Das glaube ich Ihnen gern, nur haben wir Ihnen etwas mitzuteilen, das …«
»Wollen wir uns nicht einen Moment setzen?«, schlug Althuis stöhnend vor. Sie stützte demonstrativ die Hände ins Kreuz und ließ sich, ohne eine Antwort abzuwarten, in einen der Sessel fallen.
Berg blickte beschwörend die Mutter der Kleinen an. Sie starrte zurück.
»Würden Sie jetzt bitte sagen, was Sie zu sagen haben?«
Die Frau hob die Hände, die mittlerweile noch stärker zitterten, in einer ungeduldigen Geste. Das Mädchen stand wie versteinert da.
Berg beschloss, die Sache abzukürzen. Ihm war elend zumute. »Ich muss Ihnen leider mitteilen, dass wir Ihren Mann tot aufgefunden haben. Bis jetzt sieht alles nach einem Gewaltverbrechen aus. Mein Beileid.«
»Er ist tot«, wiederholte sie ausdruckslos. »Wie ist das passiert?«
Berg dachte an die Einschussstelle und biss sich auf die Lippen. »Er wurde erschossen. Ein Spaziergänger hat ihn gefunden. In den Dünen am Slurpad draußen.«
Die Tochter regte sich nicht, nur ihre Augen hatten sich für einen Moment geweitet.
»Fühlen Sie sich in der Lage, uns ein paar Fragen zu beantworten?«, hakte Althuis nach und lehnte sich in ihrem Sessel zurück, als wollte sie nie wieder aufstehen. Be-

schämt registrierte Berg den müden Blick seiner Kollegin. Sie sah aus, als würde sie gleich anfangen zu gähnen.
Frau Riemann begann hektisch, ihr Haar zu ordnen. Sie wirkte nervös und sehr zerbrechlich. »Es geht mir im Moment nicht besonders. Könnten Sie vielleicht ein anderes Mal … vielleicht morgen …«
Althuis nickte ihr verständnisvoll zu. »Ich denke, das geht in Ordnung. Wenn Sie uns nur noch sagen könnten, wann Sie Ihren Mann zuletzt gesehen haben.«
»Gestern Abend. Gegen zehn Uhr machte er seinen Spaziergang.«
Berg überlegte einen Augenblick. »Und da haben Sie sich nicht gefragt, weshalb er über Nacht fortgeblieben ist?« Er bemühte sich um einen sachlichen Tonfall; jeder Vorwurf konnte jetzt alles verderben.
»Es war nichts Ungewöhnliches daran«, verteidigte sie sich mit weinerlicher Stimme. »Mein Mann kam hin und wieder nicht nach Hause.«
»Wie oft kam so etwas vor?«, wollte Althuis wissen.
»Ab und zu eben. Unsere Ehe war nicht die beste.«
»Hatte er denn eine Geliebte, wenn ich das mal so ausdrücken darf?«, fragte sie wenig einfühlsam nach.
Beinahe hätte Berg sie unterbrochen, doch dann entschied er sich dagegen. Er konnte ihre Worte ohnehin nicht ungeschehen machen.
Frau Riemann hielt einen Moment lang inne, dann antwortete sie schließlich: »Davon weiß ich nichts.«
»Eine letzte Frage noch, dann lassen wir Sie allein. Können Sie sich vorstellen, wer einen Grund gehabt haben könnte, Ihrem Mann etwas anzutun?«
»Nein.« Die Stimme der Frau klang jetzt kalt. »Ich war es

jedenfalls nicht, wenn Sie das als Nächstes wissen wollen. Marie und ich haben das Haus seit gestern nicht verlassen. Sie war nicht einmal in der Schule. Ich habe sie telefonisch entschuldigt, weil sie sich nicht wohl fühlte.«

Berg war sich nicht sicher, was er von all dem halten sollte. Althuis wandte sich an die Tochter. »Kannst du das bestätigen?«, fragte sie leise.

Marie nickte abwesend, dann räusperte sie sich scheinbar verlegen. »Sie war hier.«

»Aber deine Mutter könnte sicher zwischendurch mal das Haus verlassen haben«, hakte Althuis nach. »Ohne dass du es bemerkt hättest, nicht wahr?«

Frau Riemann verzog das Gesicht, als hätte sie Zahnschmerzen. Berg konnte sehen, dass sie sich nur mühsam beherrschte. Marie dagegen sah nur kurz auf, und es gelang ihm nicht, die kleinste Gefühlsregung von ihrem Gesicht abzulesen.

»Ich sagte, sie war hier. Sie war …« Mitten im Satz schlug sie die Hände vors Gesicht und rannte aus dem Zimmer.

Bedrückt sah Berg dem Mädchen hinterher. »Leider können wir Ihnen die Identifizierung nicht ersparen«, sagte er leise und wusste gleichzeitig nicht, wofür er sich entschuldigte. Schließlich hatte er die Vorschriften nicht gemacht. »Einer unserer Kollegen wird Sie im Laufe des Tages hier abholen.«

»Wir hätten sie gleich befragen sollen«, meinte Berg, als sie auf die Straße traten. Er zog die Uniformjacke aus und band sie sich ungeschickt um die Hüften.

»Das haben wir doch«, entgegnete Althuis. »Sie hat es bereits geahnt, wenn nicht sogar gewusst. Ich habe übrigens schon mit dem Gerichtsmediziner telefoniert. Rosenholz und Dorsten werden sich um die Überfahrt kümmern.«

Zurück im Wüppspoor erwartete Berg ein erschöpfter, schlechtgelaunter Vorgesetzter. Die Kollegen aus Aurich waren nach wie vor am Tatort beschäftigt. Während Berg von ihrem Gespräch mit der Frau des Verstorbenen berichtete, schüttelte Herrlich unentwegt den Kopf.

Berg wurde allmählich wütend, zwang sich jedoch, ruhig zu bleiben. Auch Althuis schien nicht besonders erfreut über den Arbeitseifer des Revierleiters, schließlich hatte er sich die ganze Zeit über in seinem Büro verkrochen.

Als Herrlich die angespannte Atmosphäre spürte, versuchte er einzulenken. »Noch einen Kaffee, Frau Althuis?«

»Danke, aber ich ziehe es vor, heute Nacht zu schlafen. Morgen früh wird der Gerichtsmediziner uns seine ersten Ergebnisse mailen.« Sie runzelte die Stirn. »Sie haben Riemann doch auch gekannt. Wie würden Sie ihn denn beschreiben?«

Herrlich ließ beide Hände in seinen Hosentaschen verschwinden. Er spitzte die Lippen und schien nachzudenken. »Gekannt ist übertrieben. Er war ja gerade erst hierhergezogen.«

»Vor über vier Jahren«, warf Althuis ein.

»Das ist nicht besonders lang«, beharrte Herrlich. »Mir ist er jedenfalls nur ein paar Mal über den Weg gelaufen.«

»Und seine Frau? Kannten Sie die auch nicht näher?« Die Hauptkommissarin wirkte unzufrieden.

»Karin? Sicher kenne ich die, die stammt ja von hier.«

»Und?«

Herrlich stöhnte. »Nichts und. Ganz normale Leute sind das. Was wollen Sie denn hören?«

Berg schüttelte verwundert den Kopf. »Die Geschichte mit der Anzeige klang aber schon ein bisschen merkwürdig.«
»Wie heißt eigentlich der Laden, in dem Riemann gearbeitet hat?«, fragte Althuis.
»Das Limperding«, erklärte Herrlich. »So eine Art Touristenzentrum. Der rot-weiße Bau direkt am Steg, wurde erst vor zwei Jahren fertiggestellt. Ich kann Ihnen gerne ...«
»Danke, aber ich schätze, das wird nicht nötig sein. Herr Berg wird mich dorthin begleiten. Sie haben hier als Revierleiter doch sicher alle Hände voll zu tun.« Ohne ein weiteres Wort verließ Althuis den Raum. Herrlich blickte ihr verwirrt nach.

Das zweistöckige Gebäude vor der Anlegestelle war nicht zu übersehen. Rechts und links von der gläsernen Eingangstür war eine Hecke gepflanzt. Gegenüber erhob sich ein weiteres Gebäude, das einen verlassenen Eindruck machte. Durch eines der blinden Fenster erkannte Berg, dass die Rückwand bereits in Teilen herausgebrochen worden war. Neben einem kleinen Hügel aus Sand und Steinen parkte ein Schaufelbagger.
»Hier wurden wohl früher die Fahrscheine verkauft«, vermutete er.
Althuis nickte wenig interessiert. »Kommen Sie, lassen Sie uns reingehen.«
Im Erdgeschoss zweigte die schmale Eingangshalle in verschiedene Richtungen ab. Hier waren ein Kiosk mit angrenzender Grillstube, die Kartenverkaufsstelle und der Souvenirladen untergebracht, seitlich schlängelte sich eine Wendeltreppe an der Außenwand hinauf, die in eine Sonnenterrasse mündete. Hinter einer Absperrung ging die

Treppe noch ein kurzes Stück weiter. Ganz oben erkannte Berg eine runde Aussichtsplattform, auf der ein Fernrohr angebracht war.
Obwohl sich das Gebäude in Form und Größe deutlich von den anderen Häusern auf der Insel abhob, hatte man offensichtlich versucht, sich den örtlichen Gegebenheiten anzupassen. Auf eine Art, die Berg nicht näher benennen konnte, passte es hervorragend in die Landschaft.
»Wirklich nett«, bemerkte auch Althuis. »Die ganze Insel hat so etwas Familiäres.«
Sie passierten die lichtdurchflutete Schalterhalle. An der Verkaufsstelle saß ein alter Mann und blätterte in einem Magazin. Links offenbarte ihnen ein Emailleschild, dass sie sich auf dem Weg zum Andenkenladen W. Riemann befanden.
Spiekeroog – Nordseeinsel Natürlich verkündete ein buntes Plakat.
Der Laden war nicht besonders groß.
Hinter der Theke stand ein junges blondes Mädchen, Berg schätzte sie auf höchstens zwanzig Jahre, und zeigte zwei älteren Damen eine Auswahl an Armbändern aus Korallen, kleinen Schneckenhäusern und Muschelschalen.
Während die beiden Kundinnen die Ware begutachteten, ließ Berg seinen Blick durch den Verkaufsraum schweifen. An einer Kleiderstange hingen T-Shirts mit lachenden Haifischen, in unzähligen Regalen fand er die übliche Mischung fröhlich-kitschiger Mitbringsel vor, wie sie für solche Geschäfte üblich waren.
Endlich verabschiedeten sich die beiden Damen, ohne etwas gekauft zu haben. Das Mädchen schaute ihnen gleichmütig nach.

»Einen Augenblick bitte. Ich komme gleich zu Ihnen«, säuselte sie.

An der Wand hinter der antiquierten Registrierkasse erblickte Berg eine Pinnwand, die offenbar privaten Zwecken diente. Neben einigen witzigen Sprüchen entdeckte er ein zerknittertes Foto.

»Sehen Sie mal«, wandte er sich an Althuis, »das ist er doch.«

Tatsächlich waren außer Walter Riemann noch drei ausnahmslos hübsche Mädchen zu sehen. Die ganze Gesellschaft wirkte ziemlich ausgelassen, vielleicht war das Bild auf einer Betriebsfeier gemacht worden. Die junge Verkäuferin, die nun beflissen auf sie zutrat, war ebenfalls darauf zu erkennen.

Und noch jemand anderes.

»Ist das nicht Marie, die Tochter von Riemann?«, fragte Berg zögernd. Er war sich nicht sicher, sie trug die Haare anders, aber das Gesicht kam ihm bekannt vor.

»Ja, richtig. Kennen Sie Marie?«

Berg ließ sich nicht die Zeit, nach einer Überleitung zu suchen. »Ich vermute, Sie sind noch nicht über die jüngsten Ereignisse informiert«, begann er, während er seinen Polizeiausweis hervorzog.

»Ist etwas passiert?«, fragte das Mädchen beunruhigt.

»Herr Riemann ist ermordet worden«, warf nun Althuis ein.

Die junge Frau zuckte zusammen. »Ermordet?«, wiederholte sie entsetzt, und ihre Stimme überschlug sich.

Berg befürchtete schon, sie könne sich zu sehr aufregen und dann nicht mehr für eine Befragung zur Verfügung stehen. Diese Erfahrung hatte er schon unzählige Male gemacht. »Am besten fangen wir noch mal ganz von vorne an«, schlug er deshalb vor. »Wie lautet denn Ihr Name?« Er hatte das Schild an ihrer Bluse längst bemerkt, doch die meisten Leute beruhigten sich seltsamerweise vorübergehend, wenn sie ihre Personalien angeben durften.

»Sonja Giebler. Ich arbeite aber erst seit ein paar Monaten für Herrn Riemann. Haben Sie etwas dagegen, wenn ich Herrn Pedersen dazuhole? Er ist der Pächter von der Grillstube dort drüben.«

»Das können Sie nachher tun. Zuvor hätten wir Sie gern allein gesprochen. Es wird nicht lange dauern.« Althuis gab sich tatsächlich Mühe, ein beruhigendes Lächeln aufzusetzen, und Berg staunte, wie gut ihr das gelang. Sie sprach freundlich und nicht zu laut mit dem Mädchen. »Wie gut kannten Sie Herrn Riemann und seine Familie denn?«

»Nun ja.« Sonja Giebler rieb ihre Hände aneinander. »Wie gut? Ich weiß nicht. Herr Riemann verhielt sich sehr korrekt. Mir gegenüber war er auch immer sehr freundlich. Ich kann sonst nicht viel über ihn sagen. Seine Frau habe ich in der ganzen Zeit nie hier gesehen. Ich glaube, sie haben sich nicht besonders gut verstanden …«

»Und woraus schließen Sie das?«

»Er hat bei der Arbeit nie von ihr gesprochen, geschweige denn, sie angerufen oder so. Auch auf der Straße trifft man sie selten. Sie lebt wohl sehr zurückgezogen. Ich kann mich natürlich auch irren.«

»Aber seine Stieftochter kennen Sie gut, nicht wahr?«, fragte Berg schnell nach, als er sah, dass sich erneut Entsetzen auf ihrem Gesicht abzeichnete.

»Marie, klar kenne ich die. Sie hilft oft hier im Laden aus.

Sie ist eher ein stiller Typ, ziemlich ernst, aber ich mag sie wirklich gern. Sie ist nicht so albern wie die meisten Mädchen in ihrem Alter.«

»Nicht so albern«, wiederholte Berg leise und fragte dann: »Sie betonten vorhin, dass Ihr Chef Ihnen gegenüber freundlich und verständnisvoll war. War er denn nicht zu allen so?«

»Zu uns Verkäuferinnen schon. Nur fand ich es manchmal nicht ganz in Ordnung, wie er Marie behandelte. Er verlangte von ihr viel mehr als von uns anderen, obwohl sie doch erst vierzehn ist. Ständig trieb er sie an. Sie sollte das Lager aufräumen, die Kasse bedienen, sauber machen …«

Berg überlegte einen Moment. »Können Sie sich vorstellen, weshalb er Marie so behandelte?«

»Ich habe oft darüber nachgedacht. Vielleicht wollte er sie nicht zu sehr verwöhnen und war deswegen besonders streng? Bloß, wenn Sie mich fragen, hat er das gründlich übertrieben.«

»Wie viele Leute arbeiten denn für Herrn Riemann?«, fragte Althuis nach.

»Außer mir gibt es noch Carola Steinweg. Sie hat aber im Moment Urlaub. Ich glaube, sie wollte nach Spanien. Und dann ist da noch Pom.«

»Pom wie?«

»Einfach Pom. Den Nachnamen kann keiner von uns aussprechen. Sie ist Thailänderin.«

»Und wo können wir diese Pom erreichen? Haben Sie eine Adresse?«, bohrte Berg missmutig nach. Wieder einmal ärgerte er sich über seine eigene Ungeduld. Er hatte es schon immer schwer ertragen, wenn jemand zu langsam sprach oder zu ausschweifenden Erklärungen neigte.

Sonja Giebler sah irritiert zu Boden. Sie schien bemerkt zu haben, dass der Polizist langsam ungehalten wurde, ohne sich erklären zu können, was sie falsch gemacht hatte. »Sie putzt morgens den Laden und die Schalterhalle. Jetzt werden Sie sie aber kaum erreichen. Ich glaube, sie hat noch mehr solche Jobs. Ob das viel Geld einbringt, weiß ich nicht. Aber wahrscheinlich bleibt ihr gar nichts anderes übrig, sie hat nämlich zwei kleine Kinder, und sie spricht fast kein Deutsch.«

Ungeduldig begann Berg, mit den Füßen zu wippen. Gleich würden sie sich vermutlich noch die Lebensgeschichte ihrer Eltern anhören müssen.

In diesem Augenblick schien Althuis ein wichtiger Gedanke zu kommen. Er sah, wie ihre Augen aufblitzten. »Dieses Gebäude gibt es noch nicht besonders lange«, sagte die Hauptkommissarin. »Können Sie uns vielleicht etwas über den Bau erzählen?«

Die Verkäuferin zuckte die Schultern. »Ja, es gab einige Schwierigkeiten. Viele hier haben sich gegen den Bau gewehrt, aber Herr Riemann hat vor Gericht geklagt und irgendwann recht bekommen. Vorher gab es hier nur die alte Schalterhalle dort drüben«, sie zeigte aus dem Fenster auf das gegenüberliegende Gebäude, »dort konnte man die Fahrkarten für die Fähre kaufen. Soweit ich weiß, musste Herr Riemann damals einige Kompromisse eingehen.«

»Was denn für Kompromisse?«, fragte Berg.

Althuis bedachte ihn mit einem Blick, als sei er schwer von Begriff.

Auch Sonja Giebler entwischte ein winziges Lächeln. »Wir alle sind sehr stolz auf unser Dorf«, erklärte sie ihm.

»Schauen Sie sich doch die anderen Inseln an. Es gibt Hochhäuser, Discotheken, riesige Touristenzentren und jede Menge Autos. Auf Spiekeroog hat man sich bewusst dagegen entschieden. Das Bild der Insel soll so bleiben, wie es ist. Auch die Feriengäste erwarten das, wenn sie hierherkommen. Und viele kommen jedes Jahr wieder.«
Althuis nickte, als hätte sie all das längst gewusst. Ich bin hier der Exot, dachte Berg und fragte laut: »Wenn das so ist, wird sich Herr Riemann einige Feinde geschaffen haben durch diesen Prozess, oder?«
Er sah, wie Althuis' Augenbrauen kurz hochzuckten. Sie schien dasselbe zu denken wie er.
Doch die junge Frau hinter der Theke schüttelte vehement den Kopf. »Aber nein, so schlimm war es auch wieder nicht. Er war eben fremd hier und hat gleich Pläne geschmiedet. Am Anfang haben die meisten ihn ausgelacht, aber als er dann mit den ganzen Investoren ankam, gab es erste Diskussionen. Die Leute befürchteten, dass durch dieses Urteil bald der Nächste kommen würde, der sich ebenfalls ein modernes Haus auf die Insel stellen wollte. Aber das ist ja nicht geschehen. Ich kann mir jedenfalls nicht vorstellen, dass es hier unter uns einen Mörder gibt.«
Erwartungsvoll neigte sie den Kopf, als hoffe sie auf weitere Fragen. Das Ganze schien ihr zu gefallen. Doch Berg sah keinen Sinn darin, die Befragung fortzuführen, außerdem war seine Geduld allmählich am Ende.
Althuis erging es wohl ähnlich.
»Ja, dann bedanken wir uns fürs Erste«, verabschiedete sie sich sachlich. »Wir gehen jetzt erst einmal zu diesem Herrn Pedersen. Sollten sich noch Fragen ergeben, kommen wir auf Sie zu. Ich lasse Ihnen vorsichtshalber meine Handy-

nummer da.« Sie öffnete ihre Handtasche, zog ein leicht vergilbtes Kärtchen hervor und überreichte es der Verkäuferin.

»Aber was wird denn jetzt aus dem Laden?«

»Da müssen Sie sich schon an Frau Riemann wenden«, erklärte Berg bedauernd, bevor er mit einem letzten Nicken Althuis zum Ausgang folgte.

In der Grillstube war es eng, einige Leute saßen an der langgezogenen Theke und aßen zu Mittag. Berg zählte neunzehn Personen ohne die Kellnerin, die sich mit einem Tablett voller Krabbenbrötchen an ihnen vorbeizwängte.

Althuis erkundigte sich nach Herrn Pedersen.

Nach einigen Minuten erschien ein kleiner, älterer Mann in einer knallgelben Schürze. »Die Herrschaften wollten mich sprechen?«, fragte er unterwürfig.

Das machte ihn in Bergs Augen sofort unsympathisch, doch bei der Nachricht von Riemanns Tod zeigte Pedersen echtes Mitgefühl. »Nein, das tut mir aber leid. Mensch, der Walter! Und ermordet, sagen Sie? Gibt es denn schon einen Verdächtigen?«

»Das ist bisher nur eine Vermutung«, entgegnete Berg. »Wir stehen mit unseren Ermittlungen noch am Anfang. Wir sind dabei, uns ein Bild von Herrn Riemann zu machen, deswegen sprechen wir mit möglichst vielen Personen, die ihn gekannt haben.«

Pedersen schien ihn gar nicht gehört zu haben. »Und die Marie, wie soll die bloß mit so etwas fertig werden? So ein Schicksalsschlag, der liebe Herr Papa.«

Berg beobachtete, wie Althuis sich abwandte und die Augen verdrehte. »Marie war aber nicht seine leibliche Tochter, nicht wahr?«, fragte er den Wirt.

Der Alte reckte trotzig das Kinn vor, erwiderte jedoch nichts.

»Was können Sie uns denn über Herrn Riemann erzählen?«, fuhr Berg fort. »Und besonders über seine Beziehung zu Marie.«

Pedersen kniff die Augen zusammen und musterte ihn vorwurfsvoll. »Na, wie wird die schon gewesen sein? Gut natürlich. Walter war ein guter Vater, sehr liebevoll.« Er lehnte sich gegen den Tresen. »Arme Karin, jetzt hat sie schon zwei Männer verloren.«

»Wir haben gehört, dass Walter Riemann Marie ziemlich streng behandelt haben soll«, konterte Berg.

»Ja. Streng vielleicht vor anderen. Wenn sie im Laden ausgeholfen hat. Aber da drinnen …«, er klopfte sich auf die Brust, »da drinnen war er ein anständiger Kerl. Na, fragen Sie doch die Jungs vom Liederkranz, wenn Sie mir nicht glauben.«

»Ist das ein Gesangsverein?«, wollte Althuis wissen.

»Ein Chor, ein gemischter Chor«, empörte sich der Alte. »Ganz kulturlos sind wir hier schließlich auch nicht. Walter ging jeden Mittwoch zur Probe ins Gemeindehaus. Und bei den Auftritten war er immer dabei. Er hatte eine schöne Stimme, ich glaube, Bariton nennt man so etwas.«

Bergs Ungeduld meldete sich zurück. In seinem Eifer, sie von der Redlichkeit seines Freundes zu überzeugen, begann Pedersen inzwischen, sich zu wiederholen.

»Nach allem, was Sie da erzählen, scheint Herr Riemann ja ein beliebter Zeitgenosse gewesen zu sein«, stellte Althuis mit ihrer kratzigen Stimme fest. »Oder gab es da vielleicht doch Leute, die ein Problem mit ihm hatten?« Sie bedachte den Wirt mit einem funkelnden Blick.

»Ein Problem?«, wiederholte Pedersen und schüttelte den Kopf. »Wer sollte ein Problem mit Walter gehabt haben?« Richtig, dachte Berg, so etwas wie Probleme gab es hier auf der Insel ja nicht.
Althuis schlug mit der flachen Hand auf den Tresen, so dass alle Augenpaare sich auf sie richteten. Es war eine denkbar schlechte Idee gewesen, den Mann direkt an seinem Arbeitsplatz zu befragen.
»Nun lassen Sie sich doch nicht alles aus der Nase ziehen«, schimpfte sie und drehte den neugierigen Zuhörern ihren breiten Rücken zu. »Immerhin hat er vor Gericht diesen Bau durchgesetzt, das muss doch viele verärgert haben.«
»Ach, das wissen Sie also auch schon. Ich war, ehrlich gesagt, anfangs auch nicht begeistert, als er mir damals von seinen Plänen erzählte. So ein moderner Bau, und ausgerechnet direkt am Anleger. Aber sie haben eine Lösung gefunden. Das Haus passt sich optimal in die Umgebung ein, und es wird von den Feriengästen gut angenommen. Schauen Sie sich um.« Er streckte zufrieden den Arm aus.
Die Bedienung kam mit einem weiteren Tablett vorbei. Diesmal transportierte sie zwei Teller mit Grillhähnchen. Der Duft erinnerte Berg daran, dass er heute noch nichts gegessen hatte.
»Und es hat Ihnen auch ganz nebenbei diesen Job verschafft«, bemerkte Althuis lakonisch.
Pedersen reckte sich genüsslich. »Ganz nebenbei, richtig.« Für eine Sekunde lächelte er, dann wurde er wieder ernst. »Sie glauben doch nicht wirklich, dass jemand aus solch einem Grund einen Menschen tötet.«
Berg seufzte. Es war zwecklos. Als ihn jemand anrempelte, warf er einen wütenden Blick über die Schulter. Die

Dame starrte ihn pikiert an, klemmte sich die Handtasche unter den Arm und entfernte sich zu den Toiletten.
»Es sind schon Menschen aus geringerem Anlass getötet worden«, wies Althuis ihn zurecht. »Aber ich glaube, im Augenblick lassen wir Sie mal in Ruhe. Einen schönen Tag noch Ihnen allen.« Sie wandte sich um und nickte überhöflich in die Runde. Die meisten Gäste wandten verlegen die Köpfe ab.
Mit einem letzten sehnsüchtigen Blick auf die Hähnchen verabschiedete sich auch Berg.
»Lassen Sie uns etwas essen gehen«, schlug Althuis vor, der sein Blick scheinbar nicht entgangen war, und zeigte in Richtung eines nahe gelegenen Restaurants.
Sie ließen sich an einem Tisch im Freien nieder. Nachdem sie ihre Bestellung aufgegeben hatten, zog Althuis ein Handy aus der Jackentasche. Mit wenigen Worten erstattete sie Ohling Bericht und bat ihn, sich um die Befragung der Chormitglieder zu kümmern.
»Glauben Sie nicht, wir sollten Herrlich mehr in die Ermittlungen einbeziehen?«, fragte Berg, als die Hauptkommissarin das Handy wieder wegsteckte. »Nicht, dass ich seine Art besonders mag, aber immerhin leitet er diese Dienststelle.«
Althuis sah ihn erwartungsvoll an, aber Berg hatte nicht vor, seine Bemerkung genauer auszuführen.
Schließlich bequemte sie sich, ihm zu antworten. »Also, wenn Sie meine Meinung hören wollen, ist Herrlich nicht gerade der geeignete Mann für so etwas.«
»Wie meinen Sie das?«
Althuis grinste. Um ihre Augen erschienen unzählige Fältchen, die ihr ein freundliches Aussehen verliehen.

»Hören Sie, Berg, Sie sind gerade erst hierhergezogen. Ich kenne Herrlich jetzt seit über zwanzig Jahren, wenn auch nur flüchtig, hauptsächlich von Telefonaten. Wussten Sie, dass er auch eine Zeitlang in Aurich gearbeitet hat?«
Berg schüttelte verwundert den Kopf.
»Er hat damals beim Betrugsdezernat angefangen. Ja, der gute Herrlich hat auch eine Vergangenheit, man sollte es kaum glauben. Irgendwie ist er dann wieder auf dieser Insel gelandet. Die näheren Umstände sind mir nicht bekannt, aber es heißt, dass er nicht ganz freiwillig zurückgekommen sei. Wie auch immer. Man macht sich mit der Zeit ein Bild von den Menschen, nicht wahr? Und mein Bild sieht folgendermaßen aus: Herrlich ist stur und wenig objektiv. Er ist kein Arschloch, auch wenn es gelegentlich so aussieht, er kann wirklich ein ganz netter Kerl sein. Ich vermute, er hätte was werden können bei der Polizei, wenn er sich ab und zu etwas sagen ließe, aber das lässt sein krankhafter Stolz nicht zu. Mir ist schon klar, dass im Moment alles ein bisschen anders läuft als bei einer normalen Ermittlung. Aber bei einem Mordfall ist mit Herrlich wohl kaum etwas anzufangen.«
Berg betrachtete sie nachdenklich. Althuis hatte gut reden. Wenn der Fall abgeschlossen war, konnte sie nach Hause fahren. Er selbst aber würde zurückbleiben und weiterhin mit Herrlich zusammenarbeiten müssen.
»Trotzdem widmet sich Herrlich seinem Beruf mit Hingabe«, fuhr sie fort, während ihr Essen aufgetragen wurde. »Er ist pflichtbewusst und sehr genau, ein Pedant, genau wie sein Vater. Der war damals schon der Sheriff hier.«
»Verstehe«, murmelte Berg und machte sich hungrig über seine Gulaschsuppe her.

Alles passte zusammen, besonders Herrlichs gespaltenes Verhältnis zu seiner Heimat. Er hatte den Sprung in die harte Welt jenseits der blökenden Schafherden gewagt und war gescheitert. Jetzt steckte ihm die Scham über sein Versagen wie ein Stachel im Fleisch.
»Besonders mitteilungsbedürftig scheint er jedenfalls nicht zu sein«, gab Berg zu bedenken. »Ich kann mir kaum vorstellen, dass er so wenig über die Familie Riemann weiß.«
Althuis nickte ihm lächelnd zu. »Der würde sich eher die Zunge abbeißen, als uns an seinem Wissen teilhaben zu lassen. Ich schätze, am liebsten würde er uns alle schnellstmöglich wieder aufs Festland verfrachten.«
Berg rührte schweigend in seiner Suppe.
»Glauben Sie aber bitte nicht, ich hätte etwas gegen Herrlich«, fuhr Althuis fort. »Er ist ein guter Polizist, nur eben mit einem beschränkten Horizont. Aber so jemanden bei den Ermittlungen zu einem Mordfall mitmischen zu lassen ist einfach verrückt.« Sie spießte drei Stück ihrer Bratwurst hintereinander auf die Gabel und ließ sie genüsslich in ihrem Mund verschwinden. »Außerdem finde ich, wir sollten uns langsam mal duzen. Oder hast du was dagegen? Ich bin Freda.« Sie hob das Glas und ließ es mit Klirren gegen seines prallen.
Berg zuckte zusammen. »Thomas«, murmelte er und griff hastig nach seinem Glas, damit die Cola nicht über den Rand schwappte.
»Fein.« Sie strahlte, als hätte sie gerade einen wichtigen Sieg errungen.

Es war bereits später Nachmittag, als sie die Polizeistation erreichten. Johanssen, der scheinbar nie etwas Besseres zu tun hatte, sortierte akribisch den Inhalt einer Schublade, in einer Ecke dudelte ein Radio leise vor sich hin. Berg glaubte, eine Melodie zu erkennen, war sich aber nicht sicher. Er ging zu seinem Schreibtisch und begann, sich erste Notizen über den Fall zu machen.

Pragida und Ohling saßen neben dem Heizkörper und teilten sich eine Schachtel Mohrenköpfe. Wenig später stürmte der Revierleiter herein.

Berg blickte nicht einmal von seinem Notizblock auf.

Auch Althuis ignorierte ihn vollständig. Sie baute sich vor ihren beiden Kollegen auf und wartete geduldig, bis sie zu Ende gekaut hatten. »Habt ihr die Leute vom Liederkranz erreichen können?«, erkundigte sie sich.

Ohling griff nach der Thermoskanne, die neben ihm auf dem Boden stand, und nickte. »Ich habe mit dem Chorleiter und drei Mitgliedern gesprochen. Mehr haben wir auf die Schnelle nicht erreichen können. Riemann scheint nicht eben zum harten Kern gehört zu haben. Er kam unregelmäßig zu den Proben, und beim letzten Auftritt hat er sich gar nicht blicken lassen. Dafür tauchte er mit schöner Regelmäßigkeit zum anschließenden Umtrunk im Blanken Hans auf.«

»Alkoholprobleme?«, folgerte Berg.

»Nein, davon war keine Rede. Er war scheinbar nur ein geselliger Typ. Alle beschreiben ihn als freundlichen, beliebten Menschen. Ein wenig schweigsam zumeist, aber sympathisch.«

»Was jetzt?«, fragte Berg ungeduldig, denn diese Auskunft brachte für sie keine neuen Erkenntnisse. »Sollen wir noch einmal mit Frau Riemann sprechen?«

Althuis blies die Backen auf und blickte aus dem Fenster

in den trüben Himmel, offenbar ein Zeichen dafür, dass sie angestrengt nachdachte.

»Nein«, beschloss sie schließlich. »Heute bringt das nichts mehr. Ich habe vorhin mit Dorsten telefoniert. Sie hat gerade erst ihren Mann identifiziert. Ich denke, wir können für heute Feierabend machen.«

Herrlich warf ihr einen wütenden Blick zu, der Althuis nicht entging. »Es sei denn, Herr Herrlich kommt ohne uns nicht zurecht«, fügte sie mit einem charmanten Lächeln hinzu.

Der Revierleiter starrte sie entgeistert an. Dann riss er sich zusammen und setzte wieder die ehrerbietige Miene auf, die er schon seit dem Eintreffen der Kollegen vom Festland zur Schau trug. Berg forschte tief in seinem Inneren, doch außer Abneigung stieß er höchstens noch auf einen Hauch von Mitleid.

Sie verabschiedeten sich von Johanssen, der mit einem Berg aus verhakten Büroklammern kämpfte, und Herrlich verschanzte sich in seinem Büro.

»Was ist das überhaupt für eine Geschichte mit diesem Johanssen?«, fragte Berg, während er neben der Hauptkommissarin in den Pollerdiek einbog. »Der Mann ist kein Polizist. Ich frage mich die ganze Zeit, was er hier macht.«

Althuis wirkte auf einmal erschöpft, als sie sich das Kreuz rieb.

»Das ist gegen jede Vorschrift«, fuhr Berg fort. »Nicht, dass ich was gegen den Mann habe, er arbeitet für drei, aber es ist doch nicht in Ordnung.«

»Absolut nicht«, gab sie ihm recht und blinzelte gelangweilt einer Gruppe junger Leute hinterher, die ihre Supermarkttüten nach Hause trugen. »Ist es ganz und gar nicht.«

»Also?«
»Er scheint aber an der Arbeit zu hängen«, wandte sie schulterzuckend ein.
»Darum geht es nicht«, beharrte er. »Im Grunde geht es mir nicht einmal um die Vorschriften. Obwohl das ein Problem geben könnte, wenn Johanssen einen Fehler macht. Ich weiß, dass Herrlich einen Herzanfall hatte. Dann hätte man ihm eben sofort eine Vertretung vom Festland schicken müssen.«
»Gegen die er sich mit Händen und Füßen gewehrt hat.«
»Mein Gott, der Mann muss doch Hilfe annehmen, wenn er krank ist.« Berg spürte, wie er wütend wurde. Mit so viel Dummheit hatte er nicht einmal bei Herrlich gerechnet.
»Das tut er ja. Die von Johanssen«, entgegnete sie. »Und der ist schließlich nicht darauf aus, mit einer Waffe in der Hand Leute festzunehmen. Er hält sich stets im Hintergrund. Ich weiß gar nicht, was du hast. Herrlich braucht so jemanden.«
»Aber er bezahlt ihm nichts dafür. Ich habe mit Johanssen gesprochen. Er war früher als Gärtner auf der Insel angestellt. Jetzt lebt er von einer kleinen Rente.«
»Ich glaube einfach, ihm fällt zu Hause die Decke auf den Kopf. Manche Leute brauchen eine richtige Arbeit, in der sie aufgehen können, und ich denke, Johanssen ist so ein Typ. Lass ihn doch für Ordnung sorgen, das tut keinem weh. Und schließlich zwingt ihn niemand dazu, diesen Job zu machen. Wenn du mich fragst, sind die beiden wie geschaffen füreinander.« Sie streckte sich und gähnte ausgiebig. »Und jetzt muss ich endlich nach Hause. Ich hab noch nicht mal meine Sachen ausgepackt. Mach's gut.« Sie drehte sich um und ließ ihn einfach stehen.

Auch Berg fühlte sich etwas erschöpft. Grübelnd machte er sich auf den Heimweg. Der heutige Tag hatte ihm gezeigt, dass die Menschen hier anders waren als in Berlin, irgendwie verschlossener, allerdings schienen sie auch eine geschlossenere Gemeinschaft zu bilden. Obwohl er erst seit ein paar Tagen hier war, fragte er sich, ob er sich auf dieser Insel jemals heimisch fühlen würde. Im Moment jedenfalls fühlte er sich fremd und entwurzelt, auch wenn er sich eingestehen musste, dass ihn dieses Gefühl schon in Berlin begleitet hatte. Seit Kerstins Tod war er einfach nicht mehr derselbe. Außerdem ist es ja nicht gerade so, dass ich auf die Leute zugehe und ihre Nähe suche, ermahnte er sich. Resigniert kickte er einen Kiesel vom Weg und erschrak gleich darauf, als ein Fasan laut flatternd das Weite suchte.

Der Wind hatte aufgefrischt. Berg schaute ein paar Kindern nach, die auf ihren Fahrrädern lachend um die Ecke bogen. An der Abzweigung zum Melksett standen zwei ältere Frauen und unterhielten sich. Niemanden schien das Wetter ernsthaft zu stören.

Vielleicht liegt es tatsächlich an mir, überlegte Berg, während er die sperrige Eingangstür der Petrells aufschloss.

Im Treppenhaus roch es nach alten Möbeln und Teppichen. So unwohl er sich in den ersten Tagen hier gefühlt hatte, in diesem Moment strahlte dieser Geruch eine erste Vertrautheit aus, in die er sich nach all den Grübeleien dankbar fallen ließ. Müde stieg er die Treppe hoch. Von seinen Vermietern war nichts zu sehen, aber aus dem Erdgeschoss drang leise Radiomusik nach oben.

Ob er sich zurückmelden sollte? Im nächsten Moment erschien ihm der Gedanke lächerlich. Schließlich bezahlte er Miete für diese zwanzig Quadratmeter.

Auf dem Fußabtreter vor seiner Zimmertür stand ein zugedecktes Tablett. Umständlich hob er es auf und balancierte es zu dem einzigen Tisch im Zimmer, dann duschte er erst einmal. Anschließend setzte er sich aufs Bett und betrachtete das Tablett. Er dachte darüber nach, wie bequem es war, sich einfach an einen gedeckten Tisch setzen zu können. Das Problem an der Sache war, dass man zu leicht in irgendwelche Abhängigkeitsgeschichten hineinschlitterte. Er hatte die Einsamkeit der beiden alten Leute von Anfang an gespürt, und inzwischen wusste er von Johanssen, dass der einzige Sohn die Insel vor Jahren verlassen hatte. Vielleicht steckte nichts weiter als reine Freundlichkeit hinter Frau Petrells Bemühungen, aber irgendwie kam sie ihm damit zu nahe.
»Das muss aufhören«, murmelte Berg vor sich hin, während er barfuß an den Tisch trat, um das Geschirrtuch herunterzuziehen. Es wurde Zeit, dass er sein Leben wieder in den Griff bekam. Auf einem Teller lag ein Frikadellenbrötchen, daneben stand eine kleine Schüssel mit Erdbeeren. Jetzt erst spürte er, wie hungrig er war.

Der Schlaf ließ lange auf sich warten, und als er endlich kam, brachte er keine Erholung. Unruhig wälzte Berg sich in den fremden Laken, während ihn wieder und wieder die Bilder aus früheren Tagen heimsuchten.

Wochenende. Endlich. Berg liegt ausgestreckt auf dem breiten Bett mit dem blauen Baumwolllaken. Es ist ein anderer Thomas Berg, er ist weder schwermütig noch verschlossen. Ein paar Sonnenstrahlen genügen, um ihn in gute Stimmung zu versetzen, dazu vielleicht die richtige Musik. Es ist Samstagabend, und er hat heute dienstfrei. Er hat seinem Vater versprochen, Kerstin am Abend von der Disco abzuholen. Die Disco liegt ein Stück außerhalb, und er fragt sich, warum sie nicht in eine der vielen Discotheken in der Innenstadt geht, aber es scheint ihr eben wichtig zu sein. Und schließlich hat er frei.

Wieder sieht er seinen Vater vor sich, der stolz auf ihn ist, dankbar, einen solch verantwortungsbewussten Sohn zu haben.

Dann klingelt das Telefon. Freier ist dran.

Er brüllt in die Leitung, weil die Verbindung gestört ist. Sie haben eine Tote gefunden, schreit Freier. Eine ältere Frau, mitten im Grunewald. Möglicherweise noch ein Opfer des Serientäters, der seit Monaten hier sein Unwesen treibt.

Berg springt auf. Er läuft zu seinem Wagen und rast zum Tatort. Es sind schließlich noch ein paar Stunden, bis er seine Schwester abholen will.

So viel Zeit.

Als er die tote Frau sieht, ist alles andere vergessen. Er unterhält sich mit den Leuten von der Spurensicherung, diskutiert mit seinem Vorgesetzten, steckt bis zum Hals in dieser schwierigen Situation.

An Kerstin denkt er an diesem Abend nicht mehr.

Erschrocken fuhr Berg hoch, weil ein Donnerschlag die Fensterscheibe erzittern ließ. Mit dem Ärmel wischte er sich den Schweiß von der Stirn. Ihm war scheußlich zumute, und er verspürte ein leichtes Sodbrennen. Trotzdem war er froh, diesem Traum frühzeitig entkommen zu sein. Noch vor wenigen Monaten, als Saskia ihre Drohung wahrgemacht und ihn sitzengelassen hatte, war er überzeugt gewesen, wahnsinnig zu werden. Sie hatte ihn als Trauerkloß bezeichnet, der keinen Fuß mehr vor den anderen setzte, der ihr eigenes Leben mit zerstörte. Dabei hatte sie einmal von Liebe gesprochen.

Wie hatte er annehmen können, durch die Flucht auf diese Insel seiner Vergangenheit zu entkommen?

Jener verhängnisvolle Samstagabend lag inzwischen ein dreiviertel Jahr zurück. Jetzt war er einunddreißig. Und Kerstin? Es gab keine Kerstin mehr. Nur noch in seinen Träumen.

Mittwoch, 17. Juni

Punkt halb acht stand er vor dem Revier und wartete. Natürlich hätte er hineingehen können. Drinnen hörte er Johanssen rumoren, doch er zog es vor, noch einen Moment lang die Morgenluft einzuatmen, die so unverbraucht schmeckte. Seine Augen brannten, und ein dumpfes Pochen breitete sich seit dem Aufstehen zunehmend in seinem Kopf aus.

»Moin«, begrüßte ihn Althuis, als er schließlich eintrat. Aus dem Aufenthaltsraum drang Gemurmel. Das Revier war eindeutig zu klein für mehr als zwei Beamte. Berg begrüßte die Kollegen mit einem Kopfnicken und ging schnell weiter. Johanssen wühlte mit rotgeränderten Augen im Küchenschrank nach einer weiteren Tasse. Als Berg sich näherte, gab er ein undefinierbares Grunzen von sich. Aus dem Nebenraum meldete sich Herrlich.

»Wie weit sind Sie mit der Post gekommen?«, fragte er mit übertriebener Höflichkeit.

»Nicht besonders weit«, gab er ehrlich zu. »Außerdem glaube ich nicht, dass ich besonders effiziente Ergebnisse zustande bekomme. Hier zum Beispiel …«

Herrlich lächelte aufgesetzt. »Dann machen Sie doch bitte jetzt damit weiter. Frau Althuis wird sich mit dem Rechtsmediziner in Verbindung setzen, vielleicht wissen wir danach ja mehr. Die Leiche wurde gestern Abend noch nach Oldenburg überführt.«

Seufzend nahm Berg am Schreibtisch Platz, während er Althuis leise telefonieren hörte.

»So«, verkündete die Hauptkommissarin schließlich und zerknüllte ein Stück Papier in der Hand. »Leider gibt es noch nichts Neues. Die Autopsie wurde auf heute Nachmittag verschoben.« Sie wandte sich zum Fenster, und ohne sich umzudrehen, rief sie ihre nächste Frage laut in den Raum:
»Was war mit den Passagieren? Hat die Kontrolle etwas ergeben?«
Pragida kam aus dem Aufenthaltsraum auf sie zu.
»Siebenundzwanzig Personen«, erklärte sie und hielt den Notizzettel wie zum Beweis in die Höhe. »Bis jetzt nichts Auffälliges.«
Draußen tuckerte ein Traktor mit Anhänger vorbei, aus dem Nebenzimmer drang das Gluckern der Kaffeemaschine. Herrlich entschuldigte sich und verließ das Zimmer, um in Ruhe zu telefonieren.
»Am Montagabend wurde auf dieser Insel ein Mensch erschossen«, resümierte Althuis. »Walter Riemann war also spazieren. Der Täter scheint aus nächster Nähe abgedrückt zu haben. Auf jeden Fall hat Dorsten keine zwei Meter entfernt eine Patronenhülse gefunden.«
»Vielleicht hat der Mörder ihn ja gerufen. Oder abgefangen«, überlegte Berg. »Was bedeuten würde, dass er den Täter kannte.«
»Das liegt bei einer Einwohnerzahl von knapp achthundert natürlich nahe.«
Durch die geschlossene Tür drang ein Murmeln, unterbrochen von einzelnen Wortfetzen.
Althuis griff plötzlich nach ihrer Jacke. »Komm, wir müssen noch einmal mit der Ehefrau sprechen.«
Berg zögerte einen Moment. »Sollte ich nicht …«

»Ach was.« Sie verdrehte theatralisch die Augen. »Dein Chef wird schon merken, dass ich dich entführt habe.«

Kaum hatten sie das Ostend erreicht, setzte Nieselregen ein. Frau Riemann musste durch die Gardine gelinst haben, denn sie öffnete bereits, bevor Berg die Klingel drücken konnte.

»Wir schon wieder«, erklärte er mit einem schiefen Lächeln. Widerwillig wurden sie eingelassen. Die Dame war noch einsilbiger als am Vortag. Althuis schien das nicht zu stören. Mit Riesenschritten ging sie in das kleine Wohnzimmer, und bevor Frau Riemann ihnen einen Platz anbieten konnte, saß sie bereits wieder in dem plüschbezogenen Sessel.

»Das Limperding gibt es noch nicht sehr lange«, begann sie das Gespräch.

»Zwei Jahre«, bestätigte Frau Riemann.

»Und was hat Ihr Mann vorher gemacht?«

Riemanns Miene wurde angriffslustig. »Wir haben vorher auch ein Geschäft gehabt, ein kleineres, im Norderloog. Was haben die Leute Ihnen erzählt? Dass mein Mann den Stadtrat bestochen hat? Das alte Fährhaus wäre sowieso bald umgebaut worden, und die Nachfrage nach einem Lokal war schon länger da. Walter hat nur die Gelegenheit genutzt.«

»Schon gut.« Berg hob beschwichtigend die Hände. »Deswegen sind wir im Grunde auch nicht hier.« Er betrachtete die Frau und fragte sich, weshalb sie so abweisend war. Sie schien kein großes Interesse daran zu haben, dass der Mord an ihrem Mann aufgeklärt wurde.

»Weswegen sind Sie dann hier?«

Sie behandelt uns wie Störenfriede, dachte Berg. Wie Eindringlinge, die sie in ihrer Welt behelligen. In ihrer heilen Welt?
»Erzählen Sie mir etwas mehr über die Familie Ihres Mannes«, forderte er sie auf.
»Er hatte gar keine Familie mehr.«
Täuschte er sich, oder lag etwas Triumphierendes in ihrer Stimme?
»Seine Eltern sind verstorben, und Geschwister gab es keine.«
Althuis studierte das Muster der Tischdecke, dann blickte sie auf und sah Frau Riemann direkt in die Augen. »Walter war Ihr zweiter Ehemann, nicht wahr?«
Ein kurzer Ruck ging durch die blonde Frau, dann saß sie wieder genauso steif da wie zuvor. »Maries Vater ist an einem Gehirntumor gestorben. Danach war nichts mehr wie vorher. Ich stand da mit dem Laden, dem Kind … nichts hat mehr funktioniert.«
Berg nickte. Er sah, dass sie sich bemühte, keine Gefühle zu zeigen. »Und dann kam Walter?«, hakte er nach.
»Ja, dann kam Walter. Er hat hier Urlaub gemacht, aber ich glaube, er hat schon damals Pläne geschmiedet. Er hasste Stillstand, hasste Mittelmäßigkeit, verstehen Sie? Er wollte immer etwas bewegen.«
»Wie haben Sie sich kennengelernt?«
»Ich habe damals noch Zimmer vermietet.« Sie schluckte. »Ich hätte mir sonst das Haus nicht mehr lange leisten können. Und er ist geblieben.« Auf ihrem Gesicht zeigte sich ein schwaches Lächeln, das etwas Maskenhaftes an sich hatte. Diese Frau wollte sich nicht in die Karten schauen lassen.

Plötzlich stolzierte ein großer, rotgetigerter Kater ins Zimmer und starrte Frau Riemann feindselig an.
»Schsch! Verschwinde!« Drohend hob sie ihre Hand.
Der Kater fauchte und kehrte ihr dann majestätisch den Rücken zu.
»Das Vieh gehörte meinem Mann«, erklärte sie schulterzuckend. »Ich wollte nie eine Katze im Haus. Sie machen mir Angst.«
»Wo hat Ihr Mann denn vorher gewohnt?«, fragte die Hauptkommissarin. »War er schon mal verheiratet? Hatte er Kinder? Was hat er beruflich gemacht?«
Frau Riemann betrachtete sie aus schmalen Augen. Doch Althuis zog nur die Augenbrauen in die Höhe. »Wenn Sie wollen, dass wir den Mörder Ihres Mannes finden, müssen Sie sich schon ein wenig kooperativer zeigen. Und ich nehme doch an, dass Sie das wollen.«
Die blonde Frau seufzte. »Er kam aus Bochum. Und nein, es gab weder Frau noch Kinder, nur eine Lebensgefährtin, aber die hat sich nie mehr gemeldet. Sie hat ihn wohl auch mehrmals betrogen.«
»Haben Sie ihre Adresse?«
»Die müsste ich erst suchen.«
»Dann tun Sie das bitte.«
»Na gut«, warf Berg ein, da Frau Riemann nichts erwiderte. »Erzählen Sie uns bitte etwas über Ihre Tochter.«
»Was wollen Sie von Marie?«, gab sie scharf zurück.
Die richtige Fährte, dachte Berg. Oder einfach nur der Instinkt einer Löwin, die ihr Junges beschützen will.
»Wie war das Verhältnis zu ihrem Stiefvater?«
Frau Riemanns Gesicht bekam einen alarmierten Ausdruck. »Warum sagen Sie nicht, was Sie meinen? Sie spre-

chen doch von dieser Sache vor zwei Jahren, oder irre ich mich etwa?«
»Nun«, schaltete sich Althuis ein. »Ein Kind stürzt die Treppe herunter und kommt im Krankenhaus auf die Idee, die Sache seinem Vater in die Schuhe zu schieben. Reichlich dreist, wenn Sie mich fragen. Von einer Zwölfjährigen würde ich so etwas jedenfalls nicht erwarten.«
»Aber genau so war es. Und sie hat es ja auch zugegeben«, verteidigte Frau Riemann ihre Tochter.
»Ist es möglich, dass Marie ihren Stiefvater aus irgendeinem Grund gehasst hat?«, fragte Berg.
»Unsinn. Die beiden waren sich einfach zu ähnlich, und Marie ist schon immer ein schwieriges Kind gewesen. Vielleicht war sie anfangs auch etwas eifersüchtig. Aber hinterher hat es ihr wirklich leidgetan, das können Sie mir glauben.«
Berg sah nachdenklich in den Vorgarten hinaus. Inzwischen regnete es heftig. Er war sich nicht sicher, ob er dieser Frau überhaupt irgendetwas glauben konnte. »Sie bleiben also dabei, dass Ihr Mann Marie niemals vorsätzlich misshandelt hat, weder zum Zeitpunkt des Treppensturzes noch sonst irgendwann?«, fragte er sie schließlich.
Frau Riemann, die wie gestern eine Spur zu blass wirkte, wandte sich einen Moment lang von ihm ab. Trotzdem sah er, wie sie eine Träne wegblinzelte und für den Bruchteil einer Sekunde um Fassung rang. »Nein. Nein, das hat er nie getan.«
Dann kam Berg ein weiterer Gedanke. »Ist Marie heute wieder in der Schule?«
»Nein, es geht ihr nach wie vor nicht gut. Sie hat Kopfschmerzen und leichtes Fieber. Und bevor Sie fragen, ich

wünsche nicht, dass Sie sie im Augenblick mit Ihren Fragen belästigen. Sie ist minderjährig, und ich entscheide, ob Sie sie sehen dürfen oder nicht.«

Berg staunte nicht schlecht. Ihre Reaktion war reichlich aggressiv für ihre sonst so steife, undurchschaubare Art. »Das ist nicht ganz richtig. Wenn wir es für notwendig erachten, Ihrer Tochter einige Fragen zu stellen, können wir Ihre Einwilligung dabei umgehen. Schließlich geht es um die Aufklärung eines Mordfalles. Aber ich glaube, im Moment können wir noch auf Maries Angaben verzichten.«

Er versuchte, der Frau in die Augen zu schauen, doch das ließ sie nicht zu. Wir sind nicht nur Störenfriede, dachte er. Wir sind ihre Feinde.

Zurück auf dem Revier machte sich Berg Notizen über das Gespräch. Den Kopf in die Hände gestützt, starrte er anschließend auf das Blatt Papier, darum bemüht, seine Gedanken zu ordnen. Schließlich strich er das meiste wieder durch. Unzufrieden biss er in das Brötchen, das er sich von unterwegs mitgebracht hatte. Alles was er hatte stehen lassen, war ein einziger Satz: *Wovor schützt sie ihre Tochter, und schützt sie sie überhaupt?*

Als Johanssen mit einer Sprühflasche neben ihm auftauchte, blickte er ihn erstaunt an. »Sag bloß, du machst hier auch noch die Bügelwäsche?«

Der Insulaner verzog gekränkt das Gesicht. »Das ist für die Rosen.« Er zeigte zum Eingang. »Ich weiß nicht, ob ich sie wieder hinkriege, aber ich kann es wenigstens versuchen.«

Berg erinnerte sich an den weißlichen Belag, den er auf den Blättern bemerkt hatte. »Mehltau?«, erkundigte er sich.

Der große Mann nickte traurig. »Es sieht nicht gut aus. Ich versuche es jetzt mal mit Backpulver und Öl. Altes Hausmittel.«

»Na, dann wünsche ich dir viel Glück damit.«

Erst am Abend kehrte Althuis ins Büro zurück. Sie wirkte schlecht gelaunt. »Ich habe mit den Jungs von der Spurensicherung gesprochen. Sie reisen morgen mit der ersten Fähre ab. Für sie gibt es hier nicht mehr viel zu tun.«

Berg konnte ihr ansehen, wie gern sie mit ihnen abgereist wäre, doch er äußerte sich nicht dazu. »Hast du sonst irgendetwas herausfinden können?«

»Nein«, antwortete Althuis enttäuscht. »Keiner der Anwohner hat etwas Ungewöhnliches bemerkt, niemand hat den Schuss gehört. Wir stehen also immer noch ganz am Anfang. Ich fürchte, ich werde noch eine ganze Weile hierbleiben müssen, bis der Fall gelöst ist.«

»Wenn wir ihn überhaupt lösen«, murmelte Berg.

»He, das müssen wir!«, entgegnete sie. »Jetzt passiert hier einmal ein Mord, mitten in der Provinz, und wir klären ihn nicht auf. Stell dir nur die Statistik vor. Die da oben rechnen schließlich in Prozent und nicht in Köpfen.«

Herrlich trat ein. »Was gibt es Neues?«, erkundigte er sich.

Da Althuis sich offenbar nicht dazu durchringen konnte, ihm zu antworten, versuchte Berg, das Gespräch mit Frau Riemann möglichst detailgetreu wiederzugeben.

Herrlich hörte schweigend zu und äußerte sich auch nach dem Bericht in keiner Weise dazu.

»Was ist los mit Ihnen?«, forderte Althuis ihn nach einer Weile auf. »Haben Sie gar keine Meinung dazu?«

Herrlich musterte sie mit ratlosem Blick. »Klingt doch alles ganz plausibel. Karin sagt vermutlich die Wahrheit. Wir dürfen nicht so engstirnig sein. Es kann tausend Gründe geben, weshalb jemand ihren Mann aus dem Weg räumen wollte.«

Engstirnig, dachte Berg amüsiert. So ein Wort aus seinem Mund. »Mir ist aufgefallen, wie sehr sie um ihre Tochter besorgt war«, warf er ein.

»Inwiefern, Thomas?«, fragte Althuis skeptisch. »Woran denkst du?«

»Ich denke an eine Familie, hinter deren heiler Fassade es gewaltig kriselt, und an eine Ehefrau, die aus welchen Gründen auch immer lange Zeit untätig bleibt. Bis sie es nicht mehr aushält.«

»Das würde allen Aussagen widersprechen, die wir bisher über Riemann gehört haben«, entgegnete Althuis.

»Und nun glauben Sie also«, mischte sich Herrlich ein, »dass die Tochter krank spielt und der Mutter ein Alibi gibt, damit diese losziehen und ihren Mann bei Nacht und Nebel niederschießen kann?«

Er hatte natürlich recht. Das klang einfach zu unglaubwürdig.

»Und wenn jemand anders geschossen hätte? Vielleicht hat sie ja einen Geliebten?«, gab Althuis zu bedenken.

Herrlich betrachtete sie entsetzt. »Karin einen Geliebten? Das kann ich mir beim besten Willen nicht vorstellen. Außerdem hätte die Tochter doch sicher was davon mitbekommen. Ich denke, es war jemand vollkommen Fremdes. Walter Riemann war kein Einheimischer. Vielleicht hatte er noch eine alte Rechnung offen.«

Berg musste sich das Lachen verkneifen. Auf dieses Argument hatte er gewartet. »Noch einmal zurück zu der ers-

ten Theorie«, lenkte er ein. »Die Frau schleicht also abends ihrem Mann hinterher ...«
Althuis spielte mit ihrem Kugelschreiber herum. »Natürlich nur, wenn auch der Rest stimmen sollte. Wenn Riemann nämlich der gute Mensch war, so wie ihn alle beschreiben, hätte sie kein Motiv.«
»Das stimmt«, bestätigte Berg. Diese Spur führte sie im Moment nicht weiter. Als Nächstes mussten sie mit der Tochter sprechen. Sie waren an einem Punkt angekommen, an dem sie nicht länger auf die Mitarbeit des Mädchens verzichten konnten. »Vielleicht war es aber auch die Tochter selbst, und die Mutter führt sich deshalb so auf?«, versuchte er es ein letztes Mal.
»Wir kommen so nicht weiter, und es ist auch schon spät«, stellte Althuis fest. »Wir fahren morgen früh gleich noch einmal zu Frau Riemann. Wir treffen uns hier um acht.«
Gemeinsam verließen sie das kleine Revier, während Herrlich allein zurückblieb. Johanssen hatte sich seit der Mittagspause nicht mehr blicken lassen. Offenbar hatte er sich einen freien Nachmittag genehmigt.
Berg blieb an der Ecke zum Pollerdiek stehen. »Was hat eigentlich der Staatsanwalt gesagt?«, fragte er.
Althuis seufzte. »Der neue Staatsanwalt ist ein ganz junger Kerl namens Heinkes. Das scheint so ein ganz korrekter zu sein. Der wartet sicherlich nur darauf, dass wir hier mit einer Situation überfordert sind und kapitulieren. Du solltest Herrlich besser nicht darauf ansprechen. Der hat ihn gefressen.«
Noch ein Punkt, auf den der Revierleiter empfindlich reagierte. Berg fragte sich, wie viele wunde Punkte er bei Herrlich im Laufe der Zeit noch finden würde.

Donnerstag, 18. Juni

Gegen sechs erwachte Berg vom Klingeln seines Handys. Es war Althuis.

»Wir haben einen weiteren Toten. Westerloog 24. Komm schnell her«, erklärte sie tonlos.

Eilig zog Berg sich an und machte sich auf den Weg.

Er hastete durch die noch menschenleeren Straßen, und als er das dreistöckige Gebäude, in dessen Hof eine große Linde wuchs, schließlich erreichte, musste er erst einmal Luft holen.

Zwischen Tür und Rahmen war ein grauer Lappen geklemmt worden, der sie wohl offen halten sollte. Berg trat in den schlecht beleuchteten Hausflur. Von oben hörte er gedämpfte Stimmen.

Auf der Treppe kam ihm Dorsten entgegen, der offenbar etwas vergessen hatte. »Zweiter Stock«, murmelte er.

Berg betrat die enge Wohnung und versuchte, sich als Erstes zu orientieren. Die Tür zum Wohnzimmer stand ein Stück offen, dahinter konnte er Rosenholz erkennen, der sich über eine am Boden liegende Gestalt beugte.

»Thomas, bist du das?«, vernahm er die Stimme der Hauptkommissarin aus dem angrenzenden Raum. Noch während Berg unschlüssig im Flur stand, wurde die Wohnzimmertür von innen zugezogen.

Althuis saß mit einer blonden, rundlichen Frau am Küchentisch. »Frau Baumann. Mein Kollege, Kriminalkommissar Berg«, stellte sie die beiden einander vor. »Frau Baumann hat den Toten gefunden. Sie wohnt nebenan.

Würden Sie bitte das Wichtigste noch einmal kurz zusammenfassen?«

Die Frau nickte ihm zu, während er einen der Küchenstühle heranzog.

»Ich arbeite als Krankenschwester in der Dünenklinik«, erklärte sie langsam. »Ich kam gerade von der Schicht nach Hause, na, und wie die Frau Hauptkommissarin ja schon gesagt hat, ich wohne hier in diesem Stockwerk. Mir fiel auf, dass die Tür zu Herrn Roths Wohnung einen Spalt offen stand. Zuerst habe ich nach ihm gerufen, und weil er nicht antwortete, bin ich hineingegangen. Ich dachte, vielleicht braucht er Hilfe, vielleicht geht es ihm nicht gut. Dann habe ich ihn gefunden. Ich habe nichts angefasst, bin in meine Wohnung gegangen und habe die Polizei benachrichtigt. Keinen Arzt. Ich hoffe, das war kein Fehler, aber ich war mir hundertprozentig sicher, dass er tot war. Und auch nicht erst seit ein paar Minuten.«

»Nein, das haben Sie sehr gut gemacht«, erwiderte Berg. »Kannten Sie den Verstorbenen näher?« Es war ungewohnt für ihn, über die Umstände eines Todesfalles zu sprechen, bevor er den Toten überhaupt richtig gesehen hatte, aber jetzt hatte er ja schon damit angefangen. »Wie war der Name?«, wandte er sich an Althuis.

»Matthias Roth. Zweiunddreißig Jahre alt laut Ausweispapieren. Mehr konnten wir noch nicht in Erfahrung bringen. Ich bin selbst erst seit zwanzig Minuten hier.«

»Näher kann man nicht sagen«, begann die Krankenschwester. »Er hatte eigentlich gar keine Bekannten, jedenfalls nicht hier im Haus. War nicht eben beliebt, der junge Mann.«

»Gab es einen bestimmten Grund dafür?«

»Herr Roth war das Musterbeispiel eines Alkoholikers. Laut, frech und arrogant. Wahrscheinlich hat er sich totgesoffen, dann haben Sie Ihre kostbare Zeit hier verschwendet.«
»Lassen Sie das mal unsere Sorge sein«, sagte Berg. »Können Sie uns sonst noch etwas über Herrn Roth erzählen?«
»Nein«, antwortete Frau Baumann kopfschüttelnd.
»Gut, dann können Sie jetzt gehen. Ich habe mir alles Wichtige notiert«, warf Althuis ein und verabschiedete die Krankenschwester.
Natürlich hatten sie es alle sofort gerochen, der Alkoholdunst lag beinahe wie ein feiner Nebel über der Wohnung. Berg folgte Althuis ins Wohnzimmer und betrachtete den Toten. Es handelte sich um einen mageren Mann, dem man sein Leberleiden deutlich ansah. Seine Haut war gelblich braun verfärbt, der Mund stand offen, als hätte er zum Schluss nach Luft gerungen, doch die Augen waren friedlich geschlossen. Neben dem Toten lag etwas, das wie ein übergroßer Kugelschreiber aussah, ein technisches Gerät, das Berg irgendwie bekannt vorkam.
»Das ist ein Pen«, erklärte Dorsten, der zurückgekehrt war. »Roth war anscheinend Diabetiker. Wir haben Insulinpatronen in seinem Kühlschrank gefunden, mit denen das Gerät geladen wird. Ob sein Tod etwas mit dem Insulin zu tun hat, wissen wir noch nicht. In jedem Fall hatte er ganz schön getankt.«
Nachdenklich sah Berg sich um. In der Wohnung herrschte ein ziemliches Durcheinander, besonders sauber war es auch nicht gerade. »Was ist eigentlich mit Herrlich?«, fragte er beiläufig.
»Ich habe ihn schlafen lassen.«

Berg sah das amüsierte Funkeln in Althuis' Augen und schüttelte den Kopf. »Darüber wird er nicht begeistert sein.«
In diesem Moment trat ein Mann ein, der vollständig in einen Friesennerz gehüllt war. Erst beim zweiten Hinsehen erkannten sie den Notarzt.
»Einen schönen guten Morgen«, begrüßte er Althuis grinsend.
Die Kommissarin legte den Kopf in den Nacken und begann lauthals zu lachen. »Sie sehen aus, als wollten Sie in den Krieg ziehen.«
Nürnberger nahm die Kapuze ab und grinste verschlafen. »Da können Sie mal sehen. Das Wetter ist diesen Sommer so launisch, da rechne ich mit allen möglichen Katastrophen. Vor allem, wenn mich jemand aus dem Schlaf klingelt.« Er trat zum Toten und holte ein paar Gerätschaften aus seiner Arzttasche. Während er Gummihandschuhe überstreifte, sah er Berg direkt in die Augen. Mein Gott, sagte dieser Blick, in dem keine Spur von Fröhlichkeit mehr zu finden war. Bitte nicht schon wieder. Schweigend drehte er sich um und begann mit seiner Arbeit.
»Wie lange werdet ihr noch brauchen?«, wandte sich Althuis an Rosenholz. Der verzog das Gesicht zu einer Grimasse.
»Schwer zu sagen. Ich hoffe, dass wir bis heute Mittag fertig werden.« Er warf Berg einen Blick zu, als wolle er hinzufügen: So schön ist die Landschaft auf dieser Insel wahrlich auch nicht.

Am späten Vormittag trafen sie müde auf dem Polizeirevier ein. Herrlich war bereits telefonisch informiert wor-

den. Er saß an seinem Schreibtisch und starrte vor sich hin. Berg konnte sehen, dass er innerlich kochte.
»Was gibt es Neues?«, fragte Herrlich düster.
»Der Tote heißt Matthias Roth, ein Trinker. Er war als Kassierer in dem Supermarkt in den Dünen angestellt. Außerdem Diabetiker. Für mich sieht es nach einem Unfall mit dem Insulin aus«, berichtete Althuis.
»Er kann noch nicht lange hier gewohnt haben«, stellte der Revierleiter fest. »Sonst würde mir der Name etwas sagen. In dem Laden war ich allerdings auch erst zwei- oder dreimal.« Er griff nach einem Notizzettel und begann, ihn in winzige Fetzen zu zerreißen. »Und warum bin ich nicht früher informiert worden?«
Althuis verdrehte die Augen. »Weshalb sollten wir noch mehr Leuten den Schlaf rauben?«
Herrlichs Gesicht hatte eine ungesunde Blässe angenommen. »Ich dachte immer, ich leite dieses Revier«, bemerkte er leise.
Berg wünschte sich, er würde sie anschreien und sie könnten die Sache aus der Welt schaffen, aber Herrlich sagte kein Wort mehr, sondern blätterte nachdenklich in einer Akte. Die Hauptkommissarin schien das Ganze überhaupt nicht zu stören. Sie nahm sich eine Tasse Kaffee und verließ den Raum.
Berg hatte das Gefühl, etwas sagen zu müssen.
»Ich war dafür, Sie zu benachrichtigen«, murmelte er.
Herrlich starrte ihn voller Abscheu an. »Sparen Sie sich Ihren Trost. Und in Zukunft tun Sie gefälligst, was man Ihnen sagt. Das da ist Ihre Aufgabe, solange Ihnen nichts anderes zugewiesen wird!« Er schob ihm einen der unerledigten Stapel Post zu.

Berg unterdrückte ein Lachen. Das war einfach unglaublich, Sie hatten zwei ungeklärte Todesfälle zu bearbeiten, von denen einer auf jeden Fall ein Mord gewesen war, und Herrlich beschäftigte ihn mit diesem Kram. Seufzend setzte er sich an den Schreibtisch und begann mit seiner Arbeit.

Am späten Nachmittag machte sich Herrlich allein zum Westerloog auf, um, wie er sagte, die Örtlichkeit persönlich zu inspizieren. Nebenan unterhielt sich Althuis mit Ohling über die Befragung der Slurpad-Anwohner.

»Mal wieder typisch«, hörte Berg seine Stimme durch die Zwischenwand dringen. »Kein Mensch hat etwas Ungewöhnliches gehört oder gesehen. Und dieser verfluchte Wind hat den ganzen Sand aufgewirbelt. Dorsten sagt, die einzigen brauchbaren Spuren in der Nähe der Leiche stammen von einem Hasen. Nach einer Tat im Affekt sieht es jedenfalls nicht aus. Wer läuft schon mit einer Schusswaffe durch die Gegend, wenn er nichts damit vorhat?«

Berg zog sich seine Notizen über den Fall Riemann heran. Noch einmal las er den einzigen Satz, den er nicht durchgestrichen hatte: *Warum schützt sie ihre Tochter, und schützt sie sie überhaupt?*

Die Tochter, fuhr es ihm durch den Kopf. Der Tochter kam eine Art Schlüsselrolle zu, ganz gleich, wer den Mord an Riemann tatsächlich verübt hatte und warum.

Angetrieben von diesem Gedanken, betrat er das Büro für Öffentlichkeitsarbeit, wohin Althuis sich zurückgezogen hatte. »Ich glaube, wir sollten mit Marie sprechen. Je eher, desto besser.«

Sie schaute vom Rechner auf und nickte langsam. »Ja, finde ich auch.«

»Aber?«
»Aber ich würde gerne zuerst meinen Bericht zu Ende schreiben, sonst liegt er bestimmt übermorgen noch hier rum.« Sie hob die Arme vom Schreibtisch und nickte ihm demonstrativ zu. »Wenn es dir zu lange dauert, kannst du ja schon vorgehen.«

Wenige Minuten später befand sich Berg bereits auf dem Weg durch den wohl niemals endenden Nieselregen. Doch das Häuschen im Ostend wirkte selbst bei diesem Wetter noch gepflegt und bei aller Schlichtheit irgendwie aristokratisch. Wie ein Aushängeschild, dachte Berg, das einem wider besseres Wissen klarmachen will, dass hier alles in Ordnung ist, alles in Ordnung sein muss.
Erst beim dritten Läuten wurde ihm geöffnet. Frau Riemann sah aus, als wolle sie ihn geradewegs zur Hölle schicken. »Was?«
Hatte sie etwas getrunken?
»Es tut mir leid, wenn ich Sie schon wieder belästigen muss, aber …«
»So. Müssen Sie, ja?«
Und ob. Die Gute war mehr als nur angetrunken.
Berg beschloss, seine Manieren nicht zu vergessen und die Ruhe zu bewahren. »Ich möchte Ihre Tochter sprechen. Es lässt sich leider nicht vermeiden, dass ich ihr ein paar Fragen stelle.«
»Gegen meinen Willen können Sie gar nichts machen.« Eine Wolke von Eukalyptus- und Wermutdunst wehte ihm bei jedem Wort entgegen.
Gerade wollte Berg etwas deutlicher werden, als er eine Bewegung auf der Treppe wahrnahm. Am Treppenabsatz

stand Marie und winkte ihm zu. In ihrem weißen Kleid sah sie aus wie eine Erscheinung, etwas, das gar nicht wirklich da war.

»Kommen Sie«, sagte das Mädchen mit der unnatürlich blassen Haut.

Frau Riemann wandte wie in Zeitlupe den Kopf, und Besorgnis zeigte sich auf ihrem Gesicht.

»Aber Marie. Du solltest doch auf deinem Zimmer bleiben. Du bist längst nicht gesund …« Die letzten Worte, die sie hatte sagen wollen, blieben ihr im Hals stecken, als sie dem Blick ihrer Tochter begegnete.

»Ich glaube nicht, dass der Herr Kommissar Wert auf deine Meinung legt.« Damit wandte Marie sich um und ging Berg eilig voraus.

Berg war irritiert. Eine solche Ausdrucksweise hatte er nicht erwartet.

»Reden Sie immer so mit Ihrer Mutter?«, erkundigte er sich, während sie die Treppe hinaufstiegen.

Marie blieb stehen und warf einen Blick über die Schulter. Ihr Gesicht blieb vollkommen ausdruckslos. »Nur, wenn es nötig ist.«

Berg erwiderte nichts. Maries Antwort enthielt nicht die Spur einer Provokation, stellte er befremdet fest. Die Kleine meinte tatsächlich jedes Wort so, wie sie es sagte.

Das Zimmer, das sie betraten, wurde von hellen Hölzern dominiert. Die Ordnung, die darin herrschte, war beinahe beängstigend. Er betrachtete den nüchternen Schreibtisch und wunderte sich auch nicht, als er feststellte, dass selbst die Bücher in dem hohen Regal nach Themen geordnet waren. Ungewöhnlich für eine Vierzehnjährige. Aber dieses Mädchen war ungewöhnlich.

»Bitte, setzen Sie sich«, sagte Marie und wies auf einen der drei Stühle, die um einen Glastisch herumstanden.
Sie behandelt mich wie einen Geschäftspartner, überlegte Berg. Wirklich seltsam.
»Ich möchte mich ein wenig mit Ihnen über Ihren Stiefvater unterhalten«, begann er. »Ihre Mutter wollte nicht, dass Sie da mit hineingezogen werden, aber das lässt sich nun nicht mehr vermeiden. Wie geht es Ihnen denn inzwischen?«
Ihm fiel auf, dass er nicht einmal auf die Idee gekommen war, die kleine Person, die ihm gegenübersaß, zu duzen.
»Ich bin nicht krank«, antwortete Marie mit Verachtung in der Stimme. »Meine Mutter muss da etwas verwechselt haben. Also, wenn Sie mich etwas fragen wollen, fangen Sie schon an.«
»Wie standen Sie denn zu Walter? Hatten Sie ein gutes Verhältnis?«
Er beobachtete sie sehr genau, während er seine Frage stellte, doch ihre Miene blieb ausdruckslos.
»Walter war ein anständiger Mann«, erklärte sie mit monotoner Stimme. »Jeder kam mit ihm zurecht. Er hatte keine Feinde.«
»Das war reichlich unpersönlich. Können oder wollen Sie mir keine richtige Auskunft geben? Wie dachten Sie denn über ihn?«
Maries Gesicht blieb weiterhin versteinert, nur ihre Finger wurden ein wenig unruhig. »Ich habe ihn gemocht, natürlich. Er war immer für uns da. Was erwarten Sie eigentlich von mir?«
»Dass Sie mir meine Fragen beantworten.«
»Mehr kann ich wirklich nicht dazu sagen. Also machen

Sie bitte mit der nächsten Frage weiter, sonst sitzen wir heute Abend noch hier.«
Wieder diese seltsame Ausdrucksweise, dachte Berg. Er blickte in das blasse, knochige Gesicht und in die riesigen, dunklen Augen. Wo, fragte er sich, verbirgt sich das kleine Mädchen, das ich suche? Tausend Gedanken schossen ihm durch den Kopf. Irgendetwas musste vorgefallen sein, das dieses Kind nicht hatte ertragen können.
»Marie, ich muss Ihnen eine sehr persönliche Frage stellen, und ich kann verstehen, wenn es Ihnen schwerfällt …«
»Bitte.« Für einen kurzen Moment starrte sie die Wand an, dann wieder ihn.
Berg seufzte. Diese Situation war heikel und bereitete ihm Magenschmerzen, trotzdem musste er die Frage stellen. »Hat Ihr Vater Ihnen jemals weh getan?«
Ihre Reaktion überraschte Berg völlig. Marie unterdrückte mit Mühe ein prustendes Lachen, dann folgte ein plötzlicher Wutausbruch samt Tränen.
»Was sagen Sie da?«, schniefte sie. Ihre Augen waren ungläubig geweitet. »Was bilden Sie sich eigentlich ein? Sie wissen ja überhaupt nicht, was Sie da reden. Hauen Sie ab, und stochern Sie in Ihrem eigenen Dreck!«
»Es tut mir leid«, versuchte er einzulenken. »Ich musste diese Frage stellen. Immerhin wäre es ja möglich gewesen.« Berg stand auf und wollte ihre Schulter tätscheln, doch sie stieß ihn weg.
Marie würde ihm keine weiteren Fragen beantworten. Aber immerhin hatten der Wutausbruch und die Tränen endlich etwas Kindliches an sich, dachte Berg. Beinahe erleichterte ihn das.
Ohne ein weiteres Wort verließ er das Zimmer und fühlte

sich hundeelend dabei. Vielleicht war es ein Fehler gewesen, sie so völlig unvorbereitet mit diesem Verdacht zu konfrontieren.
Während er die Treppe hinunterstieg, verfolgte ihn Maries unterdrücktes Schluchzen bis zur Haustür. Als er schon die Klinke in der Hand hielt, beschloss er, sich zumindest noch von der Mutter zu verabschieden.
Er fand Frau Riemann im Wohnzimmer, die sich auf der Couch zusammengekauert hatte und eingeschlafen war. Er konnte nirgendwo eine Flasche entdecken, aber er nahm eindeutig den Geruch nach Wermut wahr. Sein Blick streifte den Sessel, in dem Althuis gesessen hatte. Das Bücherregal, einen altmodischen Sekretär in der Ecke. Die ganze Einrichtung war mit Bedacht zusammengestellt worden, der Boden glänzte, sogar die Gardine hing in gleichmäßigen Falten. Perfekt war das Wort, das ihm durch den Kopf schoss. Hier legte jemand unglaublichen Wert auf Äußerlichkeiten. So sehr, dass es ihm einen Schauer über den Rücken jagte. Dieses ganze Haus hatte etwas Unheimliches an sich.
Als Frau Riemann im Schlaf zu stöhnen begann, zog er es vor zu gehen. Steter Regen fiel zur Erde. Was für ein Juni!

»Der Herr Kriminalkommissar Berg«, begrüßte Herrlich ihn auf dem Revier. »Wenn Sie sich schon derart dreist meinen Anordnungen widersetzen, hoffe ich für Sie, dass Sie zumindest etwas herausgefunden haben. Also?«
Noch während Berg überlegte, was er erwidern sollte, fiel ihm plötzlich etwas ein. Etwas, das ihm an der Leiche des Kassierers aufgefallen war, das aber nicht bis in sein Bewusstsein vorgedrungen war. Hastig wandte er sich ab, um

ein Stichwort auf seinem Schreibblock festzuhalten, bevor ihm dieser Geistesblitz wieder entrinnen konnte.

»He, ich rede mit Ihnen!«, rief Herrlich wütend. »Verdammt, was machen Sie da überhaupt? Darf ich das mal sehen?« Ohne Vorwarnung griff er nach dem Block, um ihn Berg aus der Hand zu reißen.

In diesem Moment betrat Althuis den Raum.

»Darf man erfahren, was hier los ist?«, fragte sie barsch.

Herrlich schien in sich zusammenzufallen. »Herr Berg wollte mir gerade etwas vorlesen.«

»Na, dann lass doch mal hören, Thomas.« Die Hauptkommissarin lachte ihn erwartungsvoll an.

Berg teilte nur ungern seine unausgegorenen Gedankengänge mit anderen, aber was konnte es schon schaden?

»Mir ist da etwas aufgefallen«, begann er langsam, um Zeit zu gewinnen. »Und zwar heute Morgen bei der Leiche des Kassierers.« Ganz am Rande bemerkte er, wie Herrlich die Augen verdrehte. »Die vielen Einstiche an seinen Armen.«

Der Revierleiter warf ihm einen missbilligenden Blick zu. »Was soll das? Der Mann war zuckerkrank. Er musste sich dieses Medikament andauernd spritzen.«

Berg ließ sich nicht beirren. »Ich kannte einmal ein Mädchen, das ebenfalls Zucker hatte. Ich kannte sie nur flüchtig, trotzdem bin ich mir ziemlich sicher, wie sie einmal erwähnte, dass man das Insulin niemals in die Vene injiziert. Sie hat sich im Übrigen überhaupt nicht in die Arme gespritzt, eher in den Bauch oder in die Oberschenkel. Aber das weiß ich noch genau.«

»Und was willst du uns damit sagen?«, hakte Althuis nach, die ein ziemlich ratloses Gesicht machte. »Woher willst du wissen, ob es nicht verschiedene Formen von Diabetes gibt? Oder verschiedene Arten von Insulin? Bist du überhaupt sicher, dass Roth sich in die Vene gespritzt hat?«

»Für mich sah es ganz danach aus«, entgegnete Berg. »Und nicht nur das. Er scheint sie gar nicht getroffen zu haben. Es waren, glaube ich, vier Einstiche zu sehen. Tiefe Einstiche. Der Mann hatte die Krankheit sicher nicht seit gestern. Er muss doch gewusst haben, wie man mit diesem Spritzgerät umgeht.«

»Pen«, korrigierte Althuis ihn. »Dorsten sagt, man nennt es einen Pen.«

»Das klingt ja wirklich äußerst mysteriös«, spottete Herrlich. »Ist Ihnen schon einmal der Gedanke gekommen, dass der Kerl besoffen war? Und dass man da vielleicht nicht mehr alles so unter Kontrolle hat?«

Berg sah hilfesuchend zu Althuis. Dieses Argument hatte er befürchtet.

»Das sehe ich allerdings ganz genauso«, erwiderte die Hauptkommissarin nachdenklich. »In der Wohnung hat es geradezu widerlich nach Fusel gestunken. Es würde mich nicht wundern, wenn Roth nicht mehr zurechnungsfähig war.«

»Sicherlich eine traurige Geschichte«, fing Herrlich erneut an. »Ein junger Mann erliegt dem Alkohol, wenn auch im weitesten Sinne. So etwas kommt leider immer wieder vor. Manche Leute denken gar nicht daran, wie viel Leid sie über ihre Familien bringen.«

Berg stöhnte leise. Draußen zerrte der Wind an den klapprigen Holzläden, und es regnete nach wie vor. Irgendwo schrie ein Austernfischer. Es war ein sehr, sehr langer, unerfreulicher Tag gewesen, und der Zeitpunkt war denkbar schlecht, aber einen besseren würde es kaum geben.

»Trotzdem«, sagte er deshalb, »bin ich der Ansicht, dass da jemand anders seine Finger im Spiel hatte.«
Er breitete entschuldigend die Arme aus. Was sollte er noch sagen? Es war nur ein Gefühl, er hatte selbst keine richtige Erklärung dafür.
Der Revierleiter fixierte ihn mit einem finsteren Blick, Berg starrte zurück und wartete. Die Uhr im Gang tickte lauter als in den Tagen zuvor, und irgendetwas im Raum zeugte von einer Veränderung, die er sich nicht erklären konnte.
Althuis blickte von ihrer Kaffeetasse auf, aber sie entgegnete nichts.
Dafür begann Herrlich von neuem, diesmal in schärferem Ton. »Was soll das heißen?«
»Das habe ich Ihnen gerade erklärt. Für mich ist es jedenfalls offensichtlich …«
»Nichts ist offensichtlich, gar nichts!« Herrlich schrie plötzlich wie ein Irrer. »Offensichtlich ist, dass ein Mann an den Folgen seines Suffs gestorben ist! Mehr nicht. So etwas passiert jeden Tag. Und wenn nicht hier, dann eben woanders! Das ist eine Tragödie für die Angehörigen, ja. Für uns ist es ein lästiger Zwischenfall. Traurig, sicher, aber nicht mehr, bloß ein Zwischenfall! Nur dem Herrn Großstadtkommissar reicht das natürlich nicht. Er hat keine Lust, den Bürokram zu erledigen, er fühlt sich zu Höherem berufen. Er braucht einen zweiten Mord. Also schafft er sich einen. Er sucht sich ein Indiz und bastelt so lange daran herum, bis sich eine Story ergibt. Die ist zwar an den Haaren herbeigezogen, aber egal. Hauptsache, Sie können uns hier jede Menge unnötiger Arbeit aufhalsen.«
»Schluss jetzt!«, fuhr Althuis laut dazwischen und brachte

Herrlich tatsächlich für einen Moment zum Schweigen. »Sie haben uns Ihre Ansichten jetzt ausreichend verdeutlicht, aber ich finde Bergs Idee gar nicht so abwegig. Ich habe die Einstichstellen auch gesehen. Es ist immerhin ein wenig sonderbar, das müssen Sie zugeben.«

Berg wollte irgendetwas Beschwichtigendes sagen, wollte darauf hinweisen, dass das Ergebnis der Obduktion schließlich alle Zweifel klären würde, doch ein Teil von ihm sträubte sich, die Worte auszusprechen.

Herrlich begann zu zittern, er sah ziemlich mitgenommen aus. Berg begriff sofort, was passieren würde. Althuis hatte Herrlich die Hand reichen wollen, doch der war nicht in der Lage, sie zu ergreifen.

»Nun, was meinen Sie?«, fragte Althuis wohlwollend nach.

Herrlichs Augen wurden schmal. »Ich meine, verehrte Frau Hauptkommissarin, dass wir bereits einen Mord haben und keinen Mörder dazu. Wenn der gefunden ist, können Sie von mir aus Ihrem Hirngespinst nachjagen. Und Sie, Berg, wären besser in Berlin geblieben! Sie bringen hier alles durcheinander mit Ihren verrückten Ideen. Ist Ihnen eigentlich klar, dass sich die Zeitungen auf jedes Gerücht stürzen? Zwei Tote auf einer kleinen Insel. Wer will da noch seinen Urlaub verbringen? Und was versprechen Sie sich überhaupt davon? Der Kerl ist tot! Ob es nun ein Unfall war oder nicht, lassen wir ihn doch in Frieden ruhen.«

Althuis war blass geworden. »Wenn Sie nicht augenblicklich den Mund halten, sorge ich dafür, dass man sich an höherer Stelle mal mit Ihnen beschäftigt. Wenn nur der leiseste Verdacht besteht, dass es sich hierbei um eine Straftat handeln könnte, dann haben wir dem in jedem Fall nachzugehen. In jedem! Ob Ihnen das nun in den Kram passt oder nicht. Ich wusste ja schon immer, wie inkompetent Sie sind, aber für solch einen Idioten hätte ich Sie nicht gehalten!«

Herrlich drehte sich um und stapfte an Ohling, Pragida und Johanssen vorbei, die sich inzwischen vor der Tür versammelt hatten. Er murmelte noch irgendetwas Unverständliches, dann schlug die Tür zu. Durch das Fenster sahen sie ihn auf seinem klapprigen Rad davonfahren. Einen Moment lang herrschte Schweigen. Die Situation war allen unangenehm, doch niemand schien den Anfang machen zu wollen.

»Hätten Sie auch anders sagen können«, bemerkte Johanssen schließlich verlegen, während Dorsten amüsiert seine Schuhspitzen betrachtete.

»Ich fürchte, dann hätte er es nicht begriffen.« Althuis begann, den Raum abzuschreiten, wobei sie Berg keine Sekunde aus den Augen ließ. »Ich wette, der packt heute Nacht seine Sachen und verlässt morgen mit der ersten Fähre die Insel.«

Berg blickte interessiert auf und sah Johanssen vorsichtig nicken. »Er hat eine Schwester in Neuharlingersiel.«

»Na, die wird sich freuen.« Althuis grinste böse. Sie drehte eine weitere Runde und blieb direkt vor Berg stehen, der ihr am liebsten ausgewichen wäre. »Und wie soll es nun weitergehen?«, fragte sie ruhig. »Den sind wir erst einmal los. Der meldet sich zumindest eine Weile krank. Irgendwelche Vorschläge zum Fall Walter Riemann?«

»Die Ehefrau eindringlicher verhören«, schlug Berg vor und unterdrückte ein Gähnen, das ihn ganz plötzlich überkam.

»Siehst du, genau die Antwort hatte ich erwartet. Das sind Herrlichs Methoden, und euch hat er auch schon damit angesteckt. Wir verdächtigen die Ehefrau, zumindest etwas mit dem Tod ihres Mannes zu tun zu haben, richtig? Jetzt bleibt die Frage, die wir uns von Fall zu Fall neu stellen müssen. Ist es ratsam, dem Verdächtigen zu zeigen, dass wir ihn verdächtigen? Bei manchen Menschen ist es sinnvoll, Druck auszuüben. Bei anderen ist es besser, sie in Sicherheit zu wiegen, sich ihr Vertrauen zu verdienen. In Karin Riemanns Fall müssen wir meiner Meinung nach sehr behutsam vorgehen. Sie wird sich sonst verschließen wie eine Auster. In einem muss ich Herrlich allerdings recht geben. Da bei Roth im Moment nur ein vager Verdacht besteht, sollten wir uns vorerst auf den Fall Riemann konzentrieren. Mein früherer Vorgesetzter sagte immer: Klären Sie ein Verbrechen schnell auf, oder legen Sie es gleich zu den Akten.«
Berg nickte. Natürlich hatte sie recht, dennoch fehlte ihm ein wichtiger Aspekt in diesen Überlegungen. »Du sprichst aber nur von den Fakten«, erklärte er. »Was ist mit der Intuition?«
Althuis lächelte ihn wissend an. Genau auf diese Frage schien sie gewartet zu haben.

Donnerstag, 18. Juni, abends

Ohling und Pragida verabschiedeten sich bald. Berg saß noch eine Weile an seinem Schreibtisch, blickte stumm hinaus auf die Hafenstraße, folgte einzelnen Gedankengängen und verwarf sie jedes Mal wieder.
Plötzlich zerriss das Klingeln des Notruftelefons die bedrückende Stille.
Bitte nicht noch ein Notfall, dachte Berg und beobachtete, wie Johanssen an ihm vorbeieilte und nach dem Hörer griff. Der Mann schien es tatsächlich als Privileg zu betrachten, hier das Fräulein vom Amt zu geben. Dann sah er, wie sich die Miene des Insulaners verdüsterte.
»Ein Zwischenfall«, meldete Johanssen und schnaufte vor Aufregung. »In der Pfingstrose ist wieder was los.«
Althuis kam um die Ecke. Auf ihrer Stirn erschien eine einzige Falte. »Geht das vielleicht einen Tick präziser?«
»Zu Befehl.« Lächelnd deutete er einen militärischen Gruß an. »Der Wirt der Pfingstrose meldet ernsthafte Handgreiflichkeiten unter seinen Gästen.«
»Na fein. Dieser Scheißtag bekommt also einen ruhigen Ausklang«, erklärte sie säuerlich. »Schaffst du das ohne mich, Thomas?«
Erst jetzt bemerkte Berg die dunklen Ringe unter ihren Augen. Bevor er dazu kam, ihr zu antworten, klopfte sich Johanssen energisch auf die Brust. »Ich werde ihn begleiten. So etwas kommt da häufiger vor.«
Mit einem nachdenklichen Blick verabschiedete Althuis die beiden. Wahrscheinlich dachte sie über die Dienstvor-

schriften nach. »Dann bleib ich noch eine Weile hier«, sagte sie. »Meldet euch zwischendurch mal.«

Mit einem unguten Gefühl folgte Berg dem Insulaner die Straße entlang. Er fragte sich, wie Herrlich solche Meinungsverschiedenheiten wohl anging.

Johanssen schien sein Schweigen richtig zu interpretieren. »Kein Grund zur Aufregung«, erklärte er, als sie den Friederikenweg kreuzten. »Da gibt es öfter mal Probleme. Diekoff hat seine Schäfchen nicht immer so richtig im Griff. Kein Wunder, der guckt selbst ganz gerne zu tief ins Glas.«

»Der Wirt?«

Johanssen nickte. »Ich mag den Laden nicht, aber solche Spelunken muss es wohl auch geben. Sogar bei uns.«

Vor ihnen erstreckten sich die Dünen. Berg hatte das Lokal bisher noch nie gesehen, aber schon einige Male davon gehört. Hierher verirrten sich nur wenige Feriengäste.

Er hatte nicht vor, Herrlich nach diesem Wutausbruch hinterherzutelefonieren. Mit einem kleinen Handgemenge würde er schon allein fertig werden. Trotzdem musste er sich eingestehen, dass ihm die Begleitung des Insulaners durchaus gelegen kam. Noch kannte ihn kaum jemand auf Spiekeroog, und wenn, dann war er allenfalls der Neue, was er nach Johanssens Meinung wohl auch die nächsten hundert Jahre bleiben würde. Und allem Neuen brachte man auf der Insel nur Misstrauen entgegen.

Dunkle Wolken jagten dahin, die Dünen erhoben sich als unförmige Schemen vor dem Abendhimmel, als sie das Gebäude erreichten, das halb in einer Senke verborgen lag. Vor dem Eingang des Lokals hatten sich etwa fünfzehn Personen versammelt. Das verstohlene Gemurmel ver-

stummte augenblicklich bei ihrer Ankunft, und auch drinnen herrschte eine geradezu unwirkliche Stille, als Berg die Pfingstrose betrat. Die Schlägerei schien bereits beendet zu sein.
Holzgetäfelte Wände und rußgeschwärzte Deckenbalken schluckten jedes Licht, und der Geruch nach altem Fett und abgestandenem Bier verschlug ihm den Atem.
»Wo ist der Mann, um den es geht?«, erkundigte sich Johanssen sofort.
Stumm deutete der Wirt in eine bestimmte Richtung, und die drei oder vier Männer, die ihnen die Sicht versperrten, bewegten sich widerwillig einen Schritt zur Seite.
Berg blieb verwundert stehen. Er hatte mit einem tobenden Betrunkenen gerechnet, doch der Mann, der dort am Boden lag, den Kopf an den Fuß eines Barhockers gelehnt, wirkte eher so, als würde er friedlich schlafen. Neben ihm kauerte eine junge Frau, die ihr Gesicht in den Händen verbarg. Ihr langes schwarzes Haar hing in wirren Strähnen bis auf den Boden hinab.
Sein Blick wanderte zurück zu dem Mann, und erst jetzt fiel ihm das Blut auf. Unter dem Körper des Mannes hatte sich eine dunkel glänzende Lache ausgebreitet.
Johanssen blickte ebenfalls ungläubig auf die beiden Menschen, dann bückte er sich und legte zwei Finger an die Stelle, an der er die Halsschlagader des Mannes vermutete. Niemand sprach ein Wort.
»Ist er tot?«, fragte schließlich der Wirt, der sich zu ihnen gesellt hatte.
Johanssen nickte sehr langsam; Berg konnte sehen, dass ihm schlecht war.
»Wie lange liegt der schon so hier?«

Sofort schlich sich Verlegenheit auf die Gesichter der Männer. Endlich trat einer von ihnen hervor. Berg hätte nicht sagen können, ob die glasigen Augen des Mannes von seiner Betroffenheit zeugten oder nur etwas mit dem Inhalt seines Bierkruges zu tun hatten.

»Schon länger«, erklärte der Dicke und rieb sich über den fast kahlen Hinterkopf. »Wir wussten nicht, was wir machen sollten. Man ruft so ungern die Polizei.«

»Natürlich!«, entgegnete Berg scharf. »Lieber lässt man einen Menschen verbluten, nicht wahr?«

Er kniete neben dem Mann nieder und erkannte augenblicklich, dass es für irgendwelche Rettungsmaßnahmen zu spät war. Der Blick aus den halbgeöffneten Augen war gebrochen. Der Mann war vermutlich schon eine halbe Stunde oder länger tot.

»Was ist hier passiert?«, fragte Berg und starrte in verschlossene Gesichter. Da sich scheinbar niemand persönlich angesprochen fühlte, wandte er sich an einen kleinen, schlecht rasierten Mann, der sich krampfhaft an seiner Bierflasche festhielt. »Also?«, hakte er eine Spur lauter nach.

»Sie hat ihn erstochen.« Der Mann wies mit einer gelangweilten Kopfbewegung in Richtung der am Boden kauernden Frau. Er grinste überheblich. »Das ist passiert!«

Nach und nach erhob sich ein undeutliches Gemurmel. Berg glaubte, mehrmals das Wort »Notwehr« zu hören.

»Leute«, brummte Johanssen, »würde uns jetzt bitte jemand aufklären? Na los, Diekoff, erzähl schon.«

Der Wirt mit der ungesunden Gesichtsfarbe räusperte sich verlegen.

»Kennen Sie den Toten?«, fragte Berg ihn.

»Kenn ich, klar. Praun heißt er, Niklas mit Vornamen. War ja fast jeden Tag hier.«

»Na schön, Erik, rufst du bitte Frau Althuis an und verständigst den Arzt.« Berg wartete, bis der Insulaner sich entfernt hatte, dann ging er zu der jungen Frau hinüber. »Sind Sie verletzt?«

Sie zuckte leicht zusammen und hob den Kopf, so dass Berg zum ersten Mal ihr Gesicht sehen konnte. Augenblicklich krampfte sich sein Magen zusammen, und ihm wurde speiübel. Das Gesicht … Er hatte das Gefühl, seiner Schwester gegenüberzustehen. Die Art, wie sie die Lippen aufeinanderpresste, und diese Augen … Fassungslos senkte er den Blick und zwang sich, tief durchzuatmen. Dreh jetzt bloß nicht durch, ermahnte er sich.

»Darf ich Ihren Namen erfahren?«, fragte er mit brüchiger Stimme.

»Nadine Praun.« Auf ihren Wangen erkannte er Spuren von Tränen. »Ich habe meinen Mann getötet.«

»Können Sie aufstehen?« Unbeholfen zog er sie auf die Füße und bemerkte, wie sehr sie zitterte.

»Getötet«, wiederholte die Frau und sackte im selben Moment erneut zusammen.

Johanssen kehrte zurück. »Althuis und die Polizeitechniker sind unterwegs«, erklärte er. »Und der Arzt muss auch gleich hier sein. Oh, ist sie … ist ihr schlecht geworden?« Er ging in die Hocke und begann, der Frau die Wange zu tätscheln, bis sie die Augen aufschlug. Ihr Blick verriet Verwirrung.

Berg fühlte sich hilflos, ihm war immer noch schlecht. »Ich muss Sie leider alle bitten, hierzubleiben. Wir haben noch einige Fragen an Sie«, wandte er sich an die anderen Gäste.

Als Althuis kurze Zeit später eintraf, überlegten sie gemeinsam, was als Nächstes zu tun sei. Normalerweise genügte es, die Personalien der Zeugen aufzunehmen. Sie konnten also nach Hause gehen und am nächsten Tag auf dem Revier ihre Aussage machen. Nur wollte niemand von ihnen gehen.
Dorsten und Rosenholz sperrten inzwischen den Tatort ab, und Berg richtete gemeinsam mit Johanssen in einer Ecke einen Tisch für erste Gespräche mit den Zeugen ein. Er spürte die Blicke der Anwesenden wie Dornen in seinem Rücken. Es war keine echte Feindseligkeit, die ihm entgegenschlug, aber er spürte, dass sie keinem der fremden Polizisten über den Weg trauten.
»Sie vermissen ihren Häuptling«, flüsterte Althuis ihm viel zu laut von der Seite zu.
»Wo ist Herrlich?«, kam auch prompt die Frage, die wohl allen auf der Seele brannte.
»Verhindert!«, entgegnete die Hauptkommissarin mit abweisender Stimme. »Sonst noch Fragen nach Dingen, die euch nichts angehen?«
Der junge Mann, der sich nach Herrlich erkundigt hatte, hob nur die Bierflasche und prostete ihr zu.
Da Dr. Nürnberger noch immer nicht aufgetaucht war, griff Johanssen erneut zum Handy. »Womöglich ist er wieder eingeschlafen«, brummte er wütend.
Althuis beschloss, dass sie einfach mit einem der Zeugen anfangen sollten. Sie machte sich genau wie Berg keine Illusionen über die Qualität der Aussagen, denn kaum jemand im Raum wirkte nüchtern. Sie nickte einem älteren Mann zu, der sich nur unsicher auf den Beinen halten konnte, und winkte ihn zu sich heran.

»Dann mal los«, forderte sie ihn auf.
Einer nach dem anderen traten die Männer vor, um immer wieder dieselbe Geschichte zu erzählen.
Jeder hatte gesehen, wie Nadine Praun das Lokal betrat und auf ihren Mann zuging. Sie forderte ihn auf, mit ihr nach Hause zu kommen. Niklas Praun schrie sie an, wie sie es wagen könne, ihn vor all seinen Kumpels zu blamieren, und beschimpfte sie als dreckige Hure.
»Ich habe es endgültig satt, mich von dir wie den letzten Dreck behandeln zu lassen«, gab sie zurück. »Ich werde mich scheiden lassen.«
Das war der Moment, in dem Praun endgültig durchdrehte. Er packte seine Frau bei den Haaren und begann, blindlings auf sie einzuschlagen. »Ich bringe dich um!«, brüllte er und schlug sie mit dem Hinterkopf gegen die Wand, immer und immer wieder. Und während die anderen Gäste wie gelähmt danebenstanden, hatte Nadine Praun auf einmal ein Messer in der Hand. Ihr Mann sah die Klinge aufblitzen und fing laut an zu lachen, schallend und rauh, wie es nur Betrunkene tun.
»Ich schlag dich tot«, sagte er ein letztes Mal, bevor das gurgelnde Geräusch zu hören war, das alle aus ihrer Starre riss. Niklas Praun zuckte kurz zusammen und sackte zu Boden, während ein dünner, mit Blut vermischter Speichelfaden aus seinem Mundwinkel rann.
Nadine Praun wankte mit weit aufgerissenen Augen von ihrem sterbenden Mann weg und rutschte mit dem Rücken zur Musikbox zu Boden.
Jeder der anwesenden Gäste bestätigte diesen Tathergang. Geduldig hörte sich Berg die immer gleichen Entschuldigungen an. Man mache sich Vorwürfe, nicht eingegriffen

zu haben, man sei durch die plötzliche Brutalität von Niklas Praun wie versteinert gewesen, alles sei viel zu schnell gegangen.

»Ich glaube«, folgerte der Wirt, »wenn sie das Messer nicht gehabt hätte, dann wäre sie jetzt tot. Davon bin ich überzeugt.« Und diese Überzeugung teilten auch seine Gäste ausnahmslos.

Endlich traf Dr. Nürnberger ein. Er sah alt aus, älter als noch wenige Stunden zuvor. Der Schlafmangel war ihm deutlich ins Gesicht geschrieben. Dennoch rang er sich ein Lächeln ab und deutete eine Verbeugung vor Althuis an.

»So schnell sieht man sich wieder«, sagte sie mit einem traurigen Lächeln.

Nürnberger zwinkerte ihr zu. »Für eine schöne Frau tue ich doch fast alles.«

»Gehen Sie schon«, erwiderte sie nur mit leicht geröteten Wangen und wies auf Nadine Praun.

Dr. Nürnberger besah sich kurz den Toten und kümmerte sich anschließend um Frau Praun, die alles vollkommen teilnahmslos über sich ergehen ließ. Er gab ihr eine Spritze und versorgte ihr Ohr, das ziemlich schlimm aussah. Nach der vorgeschriebenen Blutentnahme trat sie auf wackligen Beinen und mit einem Kopfverband als Letzte an den Vernehmungstisch.

»Setzen Sie sich doch.« Althuis rückte ihr einen Stuhl zurecht. Nachdem sie sie über ihre Rechte belehrt hatte, wirkte die junge Frau seltsamerweise fast ein wenig beruhigt. Selbst die vorläufige Festnahme schien sie nicht zu erschüttern.

»Ich möchte erzählen, was passiert ist«, sagte sie, und es klang wie eine Bitte.

»Dann erzählen Sie alles der Reihe nach.«
Berg betrachtete die junge Frau eingehend. Noch immer brachte ihn ihre Ähnlichkeit mit seiner Schwester aus der Fassung, und sie schien das trotz ihres Zustandes auch zu spüren. Verlegen begegnete er dem fragenden Blick in ihren dunkelblauen Augen.
»Bitte, Frau Praun.« Althuis bemühte sich redlich, ihre Müdigkeit zu verbergen, dennoch war eine Spur von Ungeduld in ihrer Stimme zu hören.
»Mein Mann«, begann Frau Praun schließlich, »neigte unter Alkoholeinfluss zu gefährlichen Wutausbrüchen ... Er hat mich dann oft verprügelt. Aber er hatte versprochen, sich zu ändern.«
»Zum ersten Mal?«, fragte Berg zweifelnd.
Sie reagierte verlegen. »Natürlich nicht. Trotzdem ging es eine ganze Weile gut, und ich begann zu glauben ... Ich wollte glauben, dass es ihm diesmal ernst war. Als er dann heute wieder nicht nach Hause kam, habe ich nach ihm gesucht ... und ihn auch gefunden.«
Sie erzählte, wie er sie bei den Haaren gepackt und gegen die Wand geschleudert hatte.
Althuis zeichnete Kringel auf den Rand eines Bierdeckels. »Und wie kamen Sie zu dem Messer?«
»Das hat er mir selbst gekauft«, flüsterte sie. »Niklas lebte in seiner eigenen Welt. Er sah überall Feinde. Manchmal, wenn er auf mich zukam, dann hatte er so einen Ausdruck in den Augen, wie ein Wahnsinniger. Ist ja jetzt auch nicht mehr wichtig. Niklas hat mir das Messer gekauft, weil er befürchtete, ich könne auf der Straße von fremden Männern belästigt werden. Geradezu aufgezwungen hat er mir das Ding. Aber ich wollte ihn nicht verletzen, ganz be-

stimmt nicht. Ich wollte nur, dass er mich loslässt. Und dann ist es passiert.«

»Was ist denn genau passiert?« Althuis sah ihr aufmerksam in die Augen.

»Das weiß ich selbst nicht. Er muss direkt in die Klinge gelaufen sein. Vielleicht ist er auch gestolpert. Plötzlich ließ er mich los und ... Ich wollte das nicht, ich ... Was geschieht denn jetzt mit mir?«

»Wir müssen Sie, wie gesagt, vorläufig festnehmen«, erklärte Althuis. »Den Tatverdacht spricht der Staatsanwalt aus, aber ich vermute, dass es sich um Totschlag im Affekt handelt. Sie begleiten uns aufs Revier, sowie wir hier fertig sind, dann setzen wir uns mit dem diensthabenden Staatsanwalt in Verbindung. Möchten Sie vielleicht doch einen Anwalt anrufen?«

Ihr Kopfschütteln wirkte so verzweifelt, dass Berg nach Worten rang, um ihr irgendetwas Tröstliches zu sagen. »Sie sollten sich nicht allzu viele Sorgen machen. Ich kann mir nicht vorstellen, dass der Staatsanwalt Sie in Untersuchungshaft schicken will. Vermutlich wird es nicht einmal einen Prozess geben. Es gibt genügend Leute, die bezeugen können, dass es ein Unfall war. Kommen Sie, ich glaube, wir können jetzt gehen.«

Althuis' mahnender Blick entging ihm nicht, aber im Augenblick war ihm das vollkommen egal.

Kaum zehn Minuten später verließen die letzten Gäste die Pfingstrose. Nur Rosenholz und Dorsten blieben zurück. Althuis ging mit Frau Praun voran, Johanssen trottete schweigend neben Berg her, als könne er sich selbst nach dieser Nacht nicht recht entschließen, nach Hause zu ge-

hen. Vielleicht hat Althuis wirklich recht mit ihrer Annahme, dachte Berg, als sie die kleine Kirche passierten, die sich bei diesem Licht nur als Schatten hinter den Bäumen erhob. Herrlich ist fort, aber Johanssen ist immer noch da. Es scheint also nicht allein an seinem wie auch immer gearteten Beschützerinstinkt zu liegen. Vielleicht braucht dieser Mann eine Aufgabe, die ihn ausfüllt.
Vollkommen übernächtigt erreichten sie schließlich das Revier. Berg lauschte, aber aus dem Obergeschoss war nichts zu vernehmen. Ob Herrlich dort oben im Bett saß und auf jedes ihrer Worte horchte? Wenn er wirklich die Insel verlassen wollte, musste er noch ein paar Stunden auf die erste Fähre warten.
Nachdem er von Frau Praun die Fingerabdrücke und eine DNA-Probe entnommen hatte, was ihn auf eine unangenehme Weise berührte, ließ er sich mit schwerem Kopf auf den Schreibtischstuhl sinken.
Währenddessen hatte die Hauptkommissarin nebenan mit der Bereitschaftsstaatsanwältin telefoniert und kehrte nun zurück. Sie setzte sich neben Nadine Praun, die auf einem der Besucherstühle Platz genommen hatte. »Die Staatsanwältin ist damit einverstanden, dass Sie sich vorläufig frei bewegen dürfen«, sagte sie leise. »Über etwaige Auflagen hat der Ermittlungsrichter zu entscheiden. Das ist im Moment alles. Es sind noch nicht alle Fragen geklärt, vor allem die Sache mit der Tatwaffe. Es ist nicht erlaubt, ein solches Messer bei sich zu tragen. Aber darüber können wir morgen Vormittag sprechen. Herr Berg wird Sie jetzt nach Hause begleiten. Gute Nacht.«
Mit müden Schritten und beginnenden Kopfschmerzen begleitete Berg die zierliche Frau zu ihrer Wohnung. Hin-

ter dem kleinen Friedhof bogen sie links in den Noordertün ein.

»Schlafen Sie gut«, sagte er leise, als sie vor ihrer Haustür standen.

Nadine Praun bedankte sich nur kurz und verschwand im Eingang, dann schleppte auch er sich nach diesem elend langen Tag nach Hause.

Freitag, 19. Juni

Berg erwachte mit bohrenden Kopfschmerzen. Er hatte wieder von Kerstin geträumt, Kerstin, die ihm in diesen Träumen stets Vorwürfe machte. Die Begegnung mit Nadine Praun hatte ihn offenbar stärker beeindruckt, als er gedacht hatte. Er betrachtete sein bleiches, hageres Gesicht im Spiegel. Hoffentlich würde er nicht krank werden.

Das kleine Revier wirkte an diesem Morgen anders, irgendwie friedlich.

Althuis wippte auf ihrem Stuhl hin und her. Berg sah ihr den fehlenden Schlaf nicht an. »Moin. Alles in Ordnung?« Sie bot ihm ein Croissant an und schüttelte den Kopf über seine Ablehnung. »Du musst mehr essen, Junge. Essen hält Leib und Seele … na, du weißt schon.« Gutgelaunt biss sie selbst in ihr Croissant.

Berg schaute sich suchend in den beiden Büroräumen um. »Er ist wirklich verschwunden, oder?«

Die Hauptkommissarin nickte kauend. Sie hatte offensichtlich nichts anderes erwartet. »Mach dir keine Gedanken«, murmelte sie zwischen zwei Bissen. »Herrlich kommt wieder. Der hängt doch schließlich an seinem Posten. Außerdem wohnt er hier.«

Durch das offene Fenster hörten sie eine Amsel singen.

»Ich habe übrigens heute schon telefoniert«, sagte Althuis und hielt ihm einen Zettel unter die Nase, der mit lauter Notizen vollgekritzelt war.

Berg konnte nicht lesen, was sie da geschrieben hatte. Vor-

gebeugt stand er da und versuchte, die winzigen Buchstaben zu entziffern, bis Althuis die Geduld verlor.
»Renate Werner. Riemanns Ex-Frau in Bochum, oder vielmehr Ex-Freundin, verheiratet waren sie in der Tat nicht.«
»Und? Hast du sie erreicht?«
»Na klar, steht doch alles hier.« Althuis machte ein vorwurfsvolles Gesicht. »Sie führt ein eigenes Restaurant, in das Riemann damals einsteigen wollte. Viel Geld besaß er nicht, aber wohl eine Menge Kontakte. Er soll ungemein überzeugend aufgetreten sein.«
Berg setzte sich auf die Tischkante. »Genau wie hier auf Spiekeroog. Er lernt eine Frau kennen, steigt in ihren Laden mit ein, gewinnt das Vertrauen von Investoren aus der Region. Anscheinend hat er es auf dieselbe Tour schon damals versucht. Hat sie gesagt, was er für ein Mensch war?«
»Komplexe.«
»Wie bitte?«
»Sie meint, er hat Komplexe. Er musste zwanghaft im Vordergrund stehen, und wenn was nicht nach seiner Nase ging, ist er ausgeflippt. Und er wollte alles alleine machen. Als ob es sein Restaurant wäre, so soll er sich aufgeführt haben.«
Berg nickte. »Also ein schwieriger Kandidat. Hat sie sich deshalb von ihm getrennt?«
»Vermutlich.« Althuis zuckte die Schultern. »So richtig konnte sie mir den Grund nicht nennen, es muss wohl häufig Streit gegeben haben. Er hat noch ein halbes Jahr lang bei ihr angerufen, hat versucht, sie zurückzugewinnen, und irgendwann war er plötzlich verschwunden. Das war vor ungefähr vier Jahren.«
»Das passt ja genau«, meinte Berg und zog sich endlich

einen Stuhl heran. »Um die Zeit hat er Karin Riemann kennengelernt. Gibt es Kinder?«
»Nur zwei Töchter aus erster Ehe.«
»Das hilft uns im Moment nicht weiter.« Berg seufzte. »Was steht denn heute an?«, fragte er, als Althuis Anstalten machte, das Zimmer zu verlassen.
»Im Laufe des Vormittags wird die ganze Gesellschaft aus der Pfingstrose hier auftauchen, damit wir ihre Aussagen zu Protokoll nehmen können. Das wird eine Freude.« Sie gluckste heiser.
Erstaunt hob Berg den Kopf, als gegen halb neun Johanssen in der Tür erschien.
»Was machen Sie denn schon hier?«, fragte Althuis ungläubig.
Verlegen wand sich der Insulaner, bis er endlich die richtigen Worte gefunden hatte. »Ich dachte, wenn später so viele Protokolle zu schreiben sind … Theo hat nie gerne etwas abgetippt.« Seine Ohren färbten sich dunkel. »Aber wenn ich störe, kann ich natürlich wieder gehen.«
Berg warf ihm ein wissendes Lächeln zu, das Johanssen dankbar aufgriff. Er ließ den Blick über Tische und Wände gleiten und stürzte sich dann zielsicher auf den überfüllten Mülleimer, in dem sich leere Wurst- und Kuchenverpackungen türmten.
Althuis hat tatsächlich recht, dachte Berg und schämte sich ein wenig, dass er Herrlich verdächtigt hatte, Johanssen auszunutzen. Dieser Mann brauchte dringend eine Aufgabe. Warum sollten sie ihm den Gefallen nicht tun?
Althuis meldete sich ab, um etwas einzukaufen.
Im Laufe des Vormittags trudelten nach und nach die Gäste der Pfingstrose ein, und sie hatten alle Hände voll zu

tun. Während Berg die Gespräche führte, tippte Johanssen alles mit, wenn er nicht gerade die ganze Mannschaft mit Kaffee versorgte oder die rasch zur Neige gehenden Tassen in der winzigen Küche spülte.

Johanssen stöhnte erleichtert auf, als erneut einer der Zeugen, ein besonders unsympathischer Zeitgenosse, das Revier verlassen hatte. Inzwischen war es bereits Viertel nach eins. »Willst du nicht mal eine Pause machen?« Johanssen sah Berg fragend an, der jedoch nur den Kopf schüttelte. Er fühlte sich erschöpft, aber beim besten Willen nicht hungrig.

Als Nadine Praun dann endlich erschien, ihm gegenübersaß und geduldig seine Fragen beantwortete, kam sie Berg irgendwie verändert vor. Noch bevor er dazu kam, sich Gedanken darüber zu machen, hatte sie das Protokoll unterschrieben und sich höflich, aber kühl verabschiedet.

»Sie war anders«, brummte Johanssen. »Ganz anders als gestern.«

»Sie hat doch nur ein paar Stunden geschlafen«, entgegnete Berg verärgert und schenkte sich einen weiteren Kaffee ein. »Vielleicht hat sie auch etwas Abstand zu den Geschehnissen gewonnen«, fügte er gedehnt hinzu.

Johanssen wich nicht von seiner Feststellung ab. »Ein bisschen viel Abstand, wenn du mich fragst«, erwiderte er ungerührt. »Als sie eben noch einmal den Tod ihres Mannes geschildert hat, schien sie vollkommen ungerührt. Richtig gefühllos, nicht wie heute Nacht.«

»Ist mir nicht aufgefallen«, behauptete Berg und wandte sich schulterzuckend ab. Im Stillen jedoch ärgerte er sich über sich selbst. Er wusste ganz genau, dass er einen schweren Fehler beging. Wie kam er dazu, diese Frau zu verteidigen? Nur weil sie ihn an seine Schwester erinnerte? Herrgott, er kannte sie doch überhaupt nicht! Verstohlen linste er zu Johanssen, doch der war schon wieder in seine Arbeit vertieft.

Althuis tauchte erst am Nachmittag in Begleitung von Dorsten und Rosenholz auf. Die beiden Herren von der Spurensicherung sahen entsetzlich müde aus.

Berg ahnte, mit welcher Enttäuschung sie zu kämpfen hatten. Nachdem die Arbeit in Matthias Roths Wohnung für sie beendet war, hatten sie gehofft, endlich abreisen zu können. Nun gab es einen neuen Todesfall, und nach einer durchgearbeiteten Nacht waren sie noch immer nicht fertig.

Wortkarg berichtete die Hauptkommissarin von ihrem Gespräch mit einem von Riemanns Bekannten. »Der Mann ist überzeugt, dass Riemann ein durch und durch guter Mensch war. Er konnte uns nicht weiterhelfen.«

»Gab es also gar keine Feinde?«, fragte Johanssen.

»Das wissen wir nicht sicher. Jeder hat Feinde, wenn man lange genug danach sucht.«

»Und was hat die Untersuchung von Roths Wohnung ergeben?«, wollte Berg wissen.

Rosenholz wandte ihm sein gerötetes Gesicht zu. »Wir haben sie auf Fingerabdrücke und Gewebespuren untersucht.«

»Und?«

»Nichts Außergewöhnliches, jedenfalls keine Hinweise auf einen Kampf. Die Frage ist natürlich, ob der Mann überhaupt noch in der Lage gewesen wäre, sich gegen jemanden zur Wehr zu setzen. Und ob es überhaupt einen

Angriff gegeben hat.« Er warf Berg einen schrägen Blick zu.

Auch Althuis betrachtete ihn argwöhnisch. »Du siehst unzufrieden aus«, stellte sie fest.

Berg nickte nur. »Ich habe gerade über Riemann nachgedacht. Ich frage mich, ob er wirklich der Saubermann war, als den ihn uns alle weismachen wollen. Manchmal habe ich das Gefühl, die ganze Dorfgemeinschaft weiß mehr als wir.«

»Möglich«, folgerte Althuis. »Aber vielleicht liegen wir auch vollkommen falsch, und es gibt tatsächlich eine andere Erklärung für den Mord.«

»Dann nenn mir eine«, forderte er sie auf.

Mit einem Papiertuch begann die Hauptkommissarin, sich erst umständlich die Hände abzuwischen, dann schrubbte sie an einem Kaffeefleck auf der Schreibtischunterlage herum. »Thomas, du bist noch neu hier. Die Menschen auf dieser Insel sind gastfreundlich und anständig, doch Fremden gegenüber eben ein wenig zurückhaltend. Deswegen kannst du aber nicht alle unter Generalverdacht stellen. Sicher haben einige von ihnen Probleme …«

Diese Worte erinnerten ihn an Herrlich, und Berg spürte augenblicklich, wie ihm saurer Magensaft aufstieg. »Erzähl doch keinen Mist!«, unterbrach er sie lauter als beabsichtigt. »Es geht hier um den Tod eines Menschen. Da sollte sich jeder verpflichtet fühlen, die Polizei mit seinen Erkenntnissen zu unterstützen.«

Johanssen sah betroffen drein. Sicherlich verurteilte er den scharfen Ton. Doch Berg war wütend. »Die Leute hier sind nicht anders als überall sonst auf der Welt!«, beharrte er und wandte sich demonstrativ ab.

»Ich glaube, wir sollten Karin Riemann noch einmal auf den Zahn fühlen«, sagte Althuis betont sachlich.
»Ja, das sollten wir«, lenkte Berg ein, und Johanssen sah erleichtert aus.

Endlich hatte der Regen aufgehört, aber der Himmel war dunkelgrau. Während sie zu dem Haus am Ostend gingen, berichtete Berg Althuis von seiner gestrigen Unterredung mit Marie.
»Was du mir da erzählst, klingt nach meinem Dafürhalten nicht unbedingt außergewöhnlich«, meinte Althuis nachdenklich. »Die jungen Dinger benehmen sich doch heutzutage allesamt ein bisschen seltsam. Trotzdem, für das bevorstehende Gespräch ist es gut, davon erfahren zu haben. Außerdem muss ich wissen, wer noch in diesen Fall involviert sein könnte. Die Aufstellung, die Frau Riemann uns gegeben hat, scheint mir nicht vollständig zu sein.«
Wie auf Kommando öffnete sich die Tür. Diesmal beklagte sich Frau Riemann nicht über die Störung. Sie stand nur da und starrte sie gleichgültig an.
»Es gibt noch eine Frage, die mich beschäftigt«, fiel Althuis mit der Tür ins Haus und schob sich, ohne zu fragen, an ihr vorbei.
Berg folgte ihr. Von Marie war heute nichts zu sehen.
Sie setzten sich an den Küchentisch und warteten, bis Frau Riemann einen Krug mit Eistee aus dem Kühlschrank geholt hatte und sich zu ihnen gesellte. Sie schien wieder nüchtern zu sein, aber ihre Bewegungen wirkten mechanisch, der Blick verlor sich irgendwo in der Ferne.
»Und was ist es nun, das Sie mich fragen wollten?«
Althuis warf Berg einen auffordernden Blick zu.

»Ihre Tochter scheint keine allzu gute Meinung von Ihnen zu haben«, begann er langsam und ließ dabei Frau Riemann nicht aus den Augen. Er hoffte auf ein verräterisches Zeichen, das jedoch nicht kam. Karin Riemanns Augen glichen erloschenen Lichtern; wo ein lebhafter Glanz hätte sein sollen, gab es nur hoffnungslose Leere.

Offenbar fühlte sich die blonde Frau nicht wohl unter seinem Blick. Sie bewegte kurz, aber heftig den Kopf, als könnte sie ihn damit abschütteln. Unwillig hob sie die Hände. »Deshalb kommen Sie extra hierher? Ich habe Ihnen doch bereits gesagt, dass Marie ein schwieriges Kind ist. Außerdem befindet sie sich gerade in einem Alter, in dem die meisten Kinder ihren Eltern nicht ausschließlich Freude bereiten.«

Sie goss drei Gläser voll Tee und verteilte sie auf der mattglänzenden Tischplatte, ohne auf Althuis' abwehrende Geste zu achten.

»Sie wollen mir also erzählen, dass Ihre Tochter sich aus einer entwicklungsbedingten Haltung heraus so benimmt?«, fragte die Hauptkommissarin.

Ein winziges Lächeln streifte Frau Riemanns schmales Gesicht. »Sehr schön ausgedrückt«, entgegnete sie mit einem spöttischen Unterton in der Stimme.

Doch Althuis ließ sich nicht irritieren. »Sie erwähnten außerdem, dass Ihre Ehe nicht besonders glücklich gewesen sei. Wie können wir uns das vorstellen? Gab es im Leben Ihres Mannes andere Frauen?«

»Danach hat mich Ihr Kollege schon gefragt. Mein Mann hatte kein Verhältnis. Er war einfach …«

»Schwierig?«, schlug Berg vor.

»Ja! Ja, verdammt, das war er. Er nahm wenig Rücksicht

auf uns. Spielte sich als Patriarch auf. Nur was die anderen Leute über ihn dachten, zählte. Wer weiß, vielleicht war es einfach Unsicherheit.« Auf Frau Riemanns Wangen erschienen rote Flecken.

Am liebsten würde sie uns jetzt rausschmeißen, dachte Berg. »Und Marie ist auch nicht gut mit ihm ausgekommen?«, fragte er sie.

»Das habe ich Ihnen auch schon erzählt. Wollen Sie mich alles noch einmal fragen? Sind Sie deshalb gekommen?« Sie zerrte eine Zigarette aus der Packung und zerbrach sie dabei, warf die beiden Hälften in den Aschenbecher und angelte, kaum weniger hektisch, nach einer neuen.

Berg beschloss, sich von ihrer hilflosen Erscheinung nicht irritieren zu lassen.

»Aber handgreiflich ist er nie geworden?«, hakte er nach und fing sich einen vernichtenden Blick ein.

»Walter hat Marie niemals geschlagen.«

»Und wie sieht es mit Ihnen aus? Hat er Sie jemals geschlagen?«

»Nein!« Ihre Stimme klang aggressiv. Dann schien sie sich anders zu besinnen und senkte stoisch den Kopf.

Sie wirkt wie eine Schauspielerin, dachte Berg und fragte sich unwillkürlich, wie viele ihrer bisherigen Aussagen überhaupt der Wahrheit entsprachen.

Althuis nippte nun doch an ihrem Glas. »Wir wüssten gerne mehr über Ihren Bekanntenkreis. Gibt es noch jemanden, der einen engen Kontakt zu Ihrem Mann hatte?«

Frau Riemann blies den Rauch nachdenklich zur Decke und schüttelte dabei den Kopf.

»Ich habe alle aufgezählt, die mir eingefallen sind. Tut mir leid, wenn ich Ihnen nicht weiterhelfen kann.«

Berg spürte, dass es ihr nicht im Geringsten leidtat.
»Was ist mit Ihnen?«, fragte er, einer plötzlichen Eingebung folgend. »Haben Sie noch Angehörige hier auf der Insel?«
Sie schien mit ihrer Antwort einen Sekundenbruchteil zu lange zu zögern. Aber vielleicht irrte er sich ja auch.
»Meine Mutter wohnt hier auf Spiekeroog. Am Wittdün draußen, bei der katholischen Kirche.«
»Sonst noch jemand?«
Da war es wieder, dieses Zögern.
»Ich habe noch einen Bruder, Christian Karve. Aber wir gehen uns aus dem Weg. Er treibt sich herum.«
Althuis wiegte verständnisvoll den Kopf in den Händen.
»Hat Ihr Bruder ein Alkoholproblem?«, fragte sie dann.
»Ja, so könnte man es sagen.«
»Und wo können wir ihn finden?«, mischte sich Berg ein.
»Er hat eine Wohnung im Westerloog. Aber er ist fast immer unterwegs. Ich weiß nicht einmal, ob er sich im Moment auf der Insel aufhält.« Etwas wie Triumph glitzerte kurz in ihren Augen, erlosch jedoch sofort wieder.
Berg hatte das Gefühl, dass es im Augenblick nichts weiter zu sagen gab. Nach einem kurzen fragenden Blick zu Althuis, die kaum merklich mit dem Kopf schüttelte, trank er sein Glas leer und erhob sich. Auch Althuis erhob sich, und sie verabschiedeten sich von Frau Riemann.
»Was meinst du?« Zum ersten Mal, seit Berg sie kennengelernt hatte, sah Althuis etwas ratlos aus. Sie blieb am Straßenrand stehen, um ein paar junge Leute vorbeizulassen.
Berg zog unentschlossen die Schultern hoch. Zwei weitere Gespräche standen also an, von denen er sich nicht viel für die Ermittlungen versprach. Aber man konnte ja nie wis-

sen. Mit Gewissheit sagte ihm seine Intuition jedoch, dass etwas mit Frau Riemann nicht stimmte, ganz und gar nicht stimmte, doch er konnte es einfach nicht benennen. Stets entglitt es ihm aufs Neue.

»Wir sollten uns trennen«, entschied er mit einem Blick auf die Uhr. Es war bereits nach sechs, und er belästigte die Leute nicht gern am Abend, wenn es nicht unbedingt nötig war. In seinen Jahren als Polizist hatte er die Erfahrung gemacht, dass trotz aller Bemühungen um eine gute Öffentlichkeitsarbeit die meisten Menschen mit Vorurteilen zu kämpfen hatten, sobald sie es mit einem Ordnungshüter zu tun bekamen, auch wenn die Höflichkeit viele davon abhielt, dies allzu deutlich zu zeigen.

»Ich übernehme die Mutter«, fügte er nach kurzem Überlegen hinzu. Es war eine Bauchentscheidung, aber das waren nicht immer die schlechtesten.

Althuis grinste ihn verschwörerisch an. »Überlassen wir den Suffkopp ruhig der Alten, die wird schon mit ihm fertig werden«, erklärte sie viel zu laut, und zwei Passanten drehten sich verwirrt nach ihr um.

Berg nickte zur Bestätigung. Er mochte ihren trockenen Humor.

»Na, dann mal zu.« Mit einer angedeuteten Verbeugung verabschiedete sich Althuis von ihm.

In Gedanken versunken, steuerte Berg den Norden des kleinen Inseldorfes an. Wittdün, überlegte er, eigentlich ein schöner Name, weiße Düne. Er zog den zerknitterten Ortsplan aus der Hosentasche heraus, um sich zu orientieren.

Es hatte mal wieder zu regnen begonnen, und Berg ärgerte sich, dass er keinen Schirm dabeihatte. Als er das Haus nach einem zermürbenden zehnminütigen Fußmarsch endlich erreichte, war er durchnässt bis auf die Knochen. Die Häuser der kurzen Straße unterschieden sich kaum von denen im Ostend. Frau Riemanns Mutter bewohnte ein niedriges Eckhaus, das von außen winzig und verträumt auf ihn wirkte. Durch die tiefliegenden Fenster versuchte Berg, einen Blick ins Innere des Hauses zu werfen, doch drinnen war es zu dunkel, um etwas erkennen zu können.

Auf sein Klingeln geschah lange nichts, und er wollte schon wieder gehen, als das Gesicht einer älteren Frau hinter der Gardine auftauchte. Sofort begann sie zu winken und Zeichen zu machen, deren Bedeutung Berg nur erahnen konnte. Nachdem er sich fast den Arm verrenkt hatte, um seinen Polizeiausweis an die Fensterscheibe zu halten, war sie endlich bereit, ihn einzulassen.

Frau Elisabeth Karve schlurfte an zwei Krücken vor ihm in Richtung Wohnzimmer. Die Wohnung schien aufgeräumt, aber rein zweckgebunden. Es gab weder Porzellanfiguren noch sonstigen Schnickschnack in den Regalen, nicht einmal Bilder an den Wänden. Auf der Anrichte stand ein einziges Foto. Es zeigte mehrere Menschen, unter anderem eine sehr viel jüngere Karin Riemann, die ein Baby im Arm hielt, sowie einen jungen Mann mit blonden Haaren und einer hässlichen Narbe auf der Stirn. Offenbar war das Foto auf einem Jahrmarkt aufgenommen worden, auch im Hintergrund waren sieben oder acht Leute zu sehen, die vermutlich zufällig aufs Bild geraten waren.

In dem riesigen Deckenstrahler brannte eine einzelne Glühbirne. Berg wandte sich wieder der älteren Frau zu.

»Sie müssen mich entschuldigen«, murmelte Karin Riemanns Mutter, nachdem er sich vorgestellt hatte, »aber es geht mir nicht besonders gut. Ich habe Rheuma, wissen Sie. Im Moment ist es wieder schlimmer. Das Klima hier ist Gift für meine Knochen. Der Arzt versucht schon seit Jahren, mich zu einem Umzug zu überreden, aber meine Tochter wohnt doch hier. Und dann die Kleine.«

»Sie sprechen von Marie?«

Frau Karve nickte. Als sie aufsah, bemerkte Thomas Berg ihre gedunsenen Gesichtszüge. Kortison, dachte er und spürte, wie sich sein Magen verkrampfte. Er ertrug die Gesellschaft kranker Menschen nur schlecht. Vielleicht, weil er sich davor fürchtete, einmal in eine ähnliche Situation zu geraten. Als sie anbot, ihm einen Kaffee zu machen, lehnte er hastig ab.

»Sie wissen sicherlich, was passiert ist«, begann Berg zögerlich das Gespräch.

»Mein Schwiegersohn ist tot«, erklärte sie kalt. »Falls Sie glauben, ich wüsste, wer ihn erschossen hat, muss ich Sie leider enttäuschen. Aber wenn Sie es herausfinden, richten Sie dem Täter einen lieben Gruß von mir aus. Ich werde diesem Kerl jedenfalls keine Träne nachweinen.«

Berg stutzte. Mit so einer Bemerkung hatte er nicht gerechnet. Er dachte, dass ihn eine solche Haltung wütend machen sollte, doch in seinem Inneren regte sich nichts. Die zierliche Frau ihm gegenüber rührte sich nicht, aber in ihren hellgrauen Augen entdeckte er eine beängstigende Entschlossenheit.

»Weshalb denken Sie so über Herrn Riemann?«, fragte er nach. »Was hat er denn getan, dass Sie ihn so sehr hassen?«

Frau Karve fingerte an ihrer Strickjacke herum. Die Krücken lehnten wie zwei stumme Wächter an ihrer Seite.

»Walter war ein Scheißkerl«, sagte sie leise. »Er hat alle unglücklich gemacht.«
»Sie meinen, nicht nur Ihre Tochter?«
»Alle.«
»Auch Marie? Hat er Marie auch unglücklich gemacht? Inwiefern?« Ganz langsam beugte er sich in dem durchgesessenen Sofa ein Stück nach vorne, als befürchtete er, sie durch eine ruckartige Bewegung zu verschrecken. »Was hat er denn getan?«
Das Schweigen stand beinahe greifbar zwischen ihnen. Und dann auf einmal ließ Frau Karve ein unglaublich bitteres Lachen hören. Es klang unheimlich, uralt, so als hätte es seit Jahrzehnten in ihr geschlummert, und es klang nach unzähligen ungeweinten Tränen.
Berg bekam eine Gänsehaut.
»Vergessen Sie es einfach. Alte Leute sollten nicht so viel reden.« Die Frau wirkte plötzlich ein wenig fahrig, so als sei sie innerlich vor irgendetwas auf der Flucht.
Berg wusste nicht recht, was er von ihren Worten halten sollte. »Das müssen Sie mir erklären«, sagte er gedehnt.
Ihre Augen funkelten. »Ich glaube nicht, dass ich das muss, junger Mann. Und ich fürchte, ich muss Sie jetzt auch bitten zu gehen. Es geht mir, wie gesagt, nicht gut.«
Berg dachte kurz nach, aber es erschien ihm falsch, sich in diesem Moment mit der einzigen Frau anzulegen, die ihnen möglicherweise das Motiv für den Mord an Riemann liefern konnte. Er beschloss, eine letzte Frage zu stellen.
»Sie haben noch einen Sohn hier auf der Insel. Was können Sie mir denn über den erzählen?«
Frau Karve gab kein Geräusch von sich, aber ihre Augen trübten sich sofort wieder. »Wenn Sie schon alles so genau

wissen wollen, ja, ich habe einen Sohn. Sein Name ist Christian, und er verbringt sein Leben damit, von morgens bis abends in irgendwelchen Kneipen herumzulungern. Er arbeitet nicht, er gründet keine Familie, er liegt dem Staat auf der Tasche und säuft. Woher er das Geld für so ein Leben nimmt, weiß ich nicht. Ich habe schon vor Jahren den Hahn zugedreht. Das ist alles, was ich Ihnen über meinen Sohn sagen kann, denn mehr weiß ich selbst nicht über ihn.«

Berg sah, wie sie mit den Tränen kämpfte. Er erinnerte sie noch einmal eindringlich an ihre Pflicht, die Polizei in ihren Ermittlungen zu unterstützen, und verabschiedete sich schließlich.

Gegen neunzehn Uhr zwanzig betrat er das Polizeirevier. Althuis saß im Aufenthaltsraum und aß ein Heringsbrötchen.

Berg nahm sich einen Kaffee und setzte sich zu ihr. In knappen Worten berichtete er von seinem Gespräch mit der Mutter.

»Du warst also der Ansicht, dass sie mehr weiß, als sie sagt«, bemerkte Althuis nur, »und trotzdem bist du gegangen?«

»Meine Intuition sagte mir, dass es in diesem Moment besser sei, sie nicht weiter zu bedrängen«, entgegnete er.

Die Hauptkommissarin musste lächeln. »Na ja, sie wird uns wohl kaum weglaufen, so wie du ihren Zustand beschrieben hast.«

Samstag, 20. Juni

Der Samstag begann weniger trübe. Nur auf dem Revier war die Stimmung trist. Ein Gespräch kam nur schleppend in Gang.

»So«, bemerkte Rosenholz gähnend. »Wie ich sehe, gibt es nichts Neues.«

Sowohl er als auch Dorsten wirkten heute denkbar entspannter als noch am Vortag. Die beiden Polizeitechniker hatten ihre Arbeit auf der Insel beendet und würden mit der ersten Fähre endlich abreisen können.

»Nicht, dass ich wüsste«, entgegnete Berg.

Althuis schien nur auf diesen Moment gewartet zu haben. »Ich denke, es wird Zeit, dass wir uns alle zusammensetzen und auflisten, was wir bis jetzt wissen.« Sie pinnte ein großes Blatt Papier an die Tapete.

»Was haben wir also?«, fragte sie und trug mit einem schwarzen Filzstift Namen, Linien und Pfeile auf. »Zuerst Walter Riemann. Eindeutig Mord. Verdächtige? Er hat vor zwei Jahren diesen Bau an der Anlegestelle durchgesetzt und sich dadurch viele Feinde gemacht, aber inzwischen scheint das Limperding sich bei der Bevölkerung durchgesetzt zu haben. Riemann hat einige Investoren auf dem Festland dafür gewinnen können, und bisher lief ja auch alles wunderbar. Und was ist mit der Kleinen? Sie geht noch zur Schule und hat als Verkäuferin hin und wieder in Riemanns Andenkenladen gearbeitet. Sie gilt dort als still und unauffällig.«

Sie machte eine Pause und sah erwartungsvoll von einem

zum anderen, doch es folgten keinerlei Kommentare. Ohling und Pragida standen lustlos gegen die Wand gelehnt.
»Dann kam Matthias Roth«, fuhr Althuis schließlich fort. »Aller Wahrscheinlichkeit nach handelt es sich aber um einen Unfall.« Sie sah Berg an, als sei ihr an dessen Zustimmung sehr gelegen. Damit wollte dieser sich jedoch nicht zufriedengeben.
»Es spricht einiges dagegen, dass es ein Unfall war«, widersprach er der Hauptkommissarin, doch Althuis wiegte den Kopf und betrachtete schon wieder ihr Pfeildiagramm. »Wer könnte also einen Grund gehabt haben, Walter Riemann zu töten?«, fragte sie in die Runde.
»Die Frau oder die Tochter?«, vermutete Pragida.
»Vielleicht. Falls der Mord irgendwie im Zusammenhang mit familiären Dingen steht. Wir sollten auch diese Anzeige wegen Körperverletzung nicht aus den Augen verlieren.«
»Wir dürfen uns nicht in etwas verrennen«, gab Ohling zu bedenken. »Vielleicht hatte der Täter ja tatsächlich ganz andere Gründe. Was ist mit Schulden oder Eifersucht?«
»Möglich. Dennoch werde ich das Gefühl nicht los, dass die Ehefrau zumindest etwas damit zu tun hat.«
»Und was ist mit dieser Praun?«, hakte die junge Polizistin nach.
»Na, das hat hier nichts zu suchen.« Die Stimme der Hauptkommissarin bekam einen tadelnden Ton. »Sie hat sich nur wehren wollen. Mehr Zeugen konnte sie gar nicht haben. Ich habe vorhin noch einmal bei Christian Karve angerufen, aber es meldet sich niemand. Möglicherweise ist er tatsächlich verreist. Sonst noch etwas?«
Da niemand reagierte, fuhr sie fort: »Gut, dann schlage ich vor, dass wir die Sache für heute auf sich beruhen lassen.«

Nachdem Berg noch stundenlang über den Fall Riemann gebrütet hatte, war er erleichtert, als er endlich ins Freie trat. Sein Hals tat ihm weh, er hatte nach wie vor Kopfschmerzen und fühlte sich auch sonst nicht besonders. In dem kleinen Laden an der Ecke kaufte er Eier, ein paar Fischkonserven, Brot und Aufschnitt.

Mit schweren Schritten schleppte er sich die Treppe zu seinem Zimmer hinauf. Er schaltete den kleinen Fernseher ein und folgte gedankenverloren den alltäglichen Katastrophenmeldungen. Berg setzte sich an den Tisch und aß ein belegtes Brot. Die Stimme des Nachrichtensprechers wurde allmählich undeutlich, zerrann zu einem Gemurmel. Für einen Moment schloss er die Augen und ließ sich gegen die hohe Stuhllehne sinken.

Als er wieder zu sich kam, war es bereits dunkel. War er tatsächlich im Sitzen eingeschlafen? Kopfschüttelnd bückte er sich nach einer halben Wurstscheibe, die zu Boden gefallen war. Dann stand er mühsam auf und wankte die wenigen Meter zum Bett hinüber.

In dieser Nacht gab es keine Alpträume.

Sonntag, 21. Juni

Berg erwachte erst gegen neun. Sein Kopf fühlte sich an, als würde er jeden Moment zerspringen, und auch die Halsschmerzen waren schlimmer geworden. Erschrocken stellte er fest, dass sein Handy ausgeschaltet war. Mit fahrigen Fingern wählte er die Nummer des Reviers.

»Was heißt hier krank?«, fragte Althuis am anderen Ende der Leitung. »Die meisten Leute fahren an die Nordsee, um gesund zu werden.«

Berg stopfte sich umständlich ein Kissen in den Rücken und drehte sich zur Seite. »Sehr witzig.«

Er hörte, wie sie mit Papier raschelte, dann krächzte die vertraute Stimme wieder an sein Ohr. »Denkst du, das wird länger dauern?«

Berg verdrehte die Augen, und ein stechender Schmerz in der Schläfe ließ ihn zusammenfahren. »Morgen wird es bestimmt wieder gehen«, behauptete er und hielt das Telefon ein Stück vom Ohr weg.

Althuis hüstelte. »Das will ich hoffen. Sonst komme ich persönlich vorbei und mache dir feuchte Wickel.«

Berg verzog die Mundwinkel zu einem gequälten Lächeln und beendete das Gespräch. Das Gelächter der Kollegen musste er sich nicht auch noch anhören.

Den Vormittag verbrachte er im Halbschlaf. Er schluckte zwei Aspirin, und gegen seine Überzeugung ließ er es zu, dass Frau Petrell ihm eine Kanne Kamillentee brachte.

»Heute sehen Sie aber gar nicht gut aus«, stellte seine Vermieterin fest und zog ihm die Decke bis zum Kinn hoch.

»Sie sollten mal ein paar Tage ausspannen. Vielleicht haben Sie sich auch einfach noch nicht an das Klima gewöhnt.«
Berg nickte schwach. Im Augenblick war es ihm gleichgültig, woher seine Erkältung kam, er wollte nur seine Ruhe haben. Erleichtert schloss er die Augen, als Frau Petrell endlich aus dem Zimmer schlich.
Am Nachmittag versuchte er aufzustehen. Es hatte ihm niemals gutgetan, das Haus zu hüten; die Atmosphäre in geschlossenen Räumen stimmte ihn allzu leicht trübsinnig. Dennoch gelang es ihm nicht, sich zu einem Spaziergang aufzuraffen. Dreimal griff er nach seinem Handy, um Althuis' Nummer zu wählen, dreimal legte er es unverrichteter Dinge wieder zur Seite. Bis morgen würde er wieder der Alte sein, die Vorstellung, hier vollkommen allein herumzuliegen, machte ihn verrückt.

Montag, 22. Juni

Als am Morgen der Wecker schrillte, setzte Berg sich vorsichtig auf und horchte in sich hinein. Die Halsschmerzen waren fast völlig verschwunden, der Kopf pochte noch. Ein paar Minuten lang überlegte er, ob er sich seiner Arbeit gewachsen fühlte, aber die Aussicht auf einen weiteren Tag in dem engen Dachzimmer ließ schnell alle Zweifel verschwinden.

Um acht Uhr saß er an seinem Schreibtisch und hörte sich an, was Johanssen von einem Streit auf dem Zeltplatz berichtete, den er heute Nacht hatte schlichten müssen. Vier Männer waren sich in angetrunkenem Zustand in die Haare geraten, und einer der Einheimischen hatte ihn zu Hilfe gerufen. Mit seiner beeindruckenden Größe und dem ruhigen Wesen war es ihm in kurzer Zeit gelungen, andere Gäste zu mobilisieren, die ihm tatkräftig zur Seite standen, als es darum ging, die Situation zu entschärfen.

Stolz zeigte er Berg einen einzigen langen Kratzer, der quer über seinem linken Handrücken verlief.

Berg schüttelte verständnislos den Kopf. »Da haben wir so viele Polizisten auf der Insel, und du begibst dich freiwillig in Gefahr.«

Johanssen drehte verlegen den Kopf in alle Richtungen, aber ein winziges Lächeln stand ihm immer noch ins Gesicht geschrieben. »Ihr seid doch auch mal froh, wenn ihr ruhig schlafen könnt«, murmelte er.

»Althuis wird nicht begeistert sein«, sagte Berg nachdenklich. »Du weißt, dass dieses Vorgehen unverantwortlich war. Es hätte auch anders ausgehen können.« Dann fiel ihm noch etwas ein. »Kennst du eigentlich diesen Christian Karve, den Bruder von Karin Riemann?«

Johanssen zog die Augenbrauen hoch. »Den kennt hier jeder. Widerlicher Kerl, ich konnte den noch nie leiden.«

In diesem Moment erschien die Hauptkommissarin. Sie nickte Berg mit zerstreuter Miene zu und wandte sich dann an Johanssen. »Moin, Kollege. Sag mal, könntest du noch eine Kanne von diesem herrlichen Kaffee machen?«

Als Althuis' Handy zu klingeln begann, verschwand sie im Nebenraum. Durch die dünne Wand hörte Berg an ihrer Stimme, dass es kein angenehmes Gespräch war.

Johanssen erschien gerade mit einem Tablett in der Tür, als die Hauptkommissarin laut fluchend wieder ins Büro zurückkehrte.

»Was denken die sich eigentlich?«, brüllte sie entrüstet. »Diese Idioten glauben, wir sitzen hier rum und drehen Däumchen!«

Berg verfolgte staunend, wie es ihr gelang, sich mit vor Zorn zitternden Händen eine Tasse Kaffee einzuschenken. Sie schien zu spüren, dass er sie beobachtete, und drehte sich herausfordernd zu ihm um. »Das war gerade Heinkes. Schon das dritte Mal, dass der mir jetzt in den paar Tagen auf die Nerven fällt. Der hat doch keine Ahnung von Polizeiarbeit. Denkt, ein Mord müsse in vierundzwanzig Stunden aufgeklärt sein.«

»Du hast ihn doch sicher über den Stand der Dinge informiert«, versuchte Berg, sie zu beschwichtigen. Er fand ihre Reaktion etwas übertrieben. Er selbst hatte die Zusammenarbeit mit der Staatsanwaltschaft immer als hilfreich empfunden.

»Das reicht ihm aber nicht«, entgegnete Althuis, die inzwischen eher deprimiert als wütend klang. »Wenn wir weiterhin auf der Stelle treten, wird er persönlich hier aufkreuzen.« Daher wehte also der Wind, dachte Berg. In dieser Hinsicht war Althuis nicht so viel anders als Herrlich. Auch sie wollte um jeden Preis vermeiden, dass Fremde ihre Nasen in ihren Fall steckten. Nur über ihre Motivation war Berg sich nicht im Klaren.
Althuis nippte an ihrer Tasse und schloss für einen Moment die Augen. Als sie sie wieder öffnete, hatte sie sich weitgehend beruhigt. Ihr Blick wanderte zu Johanssen, der noch im Türrahmen stand.
»Was gibt es denn?«
Langsam holte der Insulaner eine Tageszeitung hinter dem Rücken hervor. »Schon wieder neue Gerüchte«, verkündete er. »Diesmal soll es jemand aus dem Stadtrat gewesen sein, der mit Riemann noch eine Rechnung offen hatte. Die machen uns die Leute noch ganz verrückt.«
Kopfschüttelnd nahm Althuis das Blatt entgegen und überflog den Bericht. »Na, die Presse hat ja schon getan, was sie konnte, um die Gerüchte zu schüren. Die Angst geht um auf Spiekeroog«, zitierte sie mit theatralisch erhobenem Zeigefinger. »Die Inselbewohner schließen ihre Türen wieder ab.« Sie stieß ein glucksendes Lachen aus. »Als ob sie das nicht schon immer getan hätten.«
»Die erste Meldung kam gleich am Mittwoch raus«, erklärte Johanssen ruhig. Er blickte sich im Büro um, als wäre er der Einzige, der Zeitung lesen würde. »Samt dem Strom-Interview«, fügte er dann hinzu.
Einen Augenblick lang stutzte Berg, denn er hatte seit seiner Ankunft auf der Insel tatsächlich keine Zeitung mehr

in der Hand gehabt, dann verstand er, wovon der Insulaner sprach. Der Alte, der Riemanns Leiche gefunden hatte. Strom hatte es vermutlich nicht einmal bis nach Hause geschafft, ohne seine Entdeckung hinauszuposaunen.

Gegen halb zwölf tauchte Althuis wieder aus dem Nebenzimmer auf. »Das scheint mir heute der Tag der ausgeflogenen Vögel zu sein«, murmelte sie missmutig. Sie hatte nacheinander Frau Riemann, deren Mutter und den Bruder zu erreichen versucht, alles ohne Erfolg.
Berg schaute durch das Fenster zum Himmel hinauf. Er fragte sich, wann es endlich Sommer werden würde. Dieser ständige Regen stimmte ihn trübsinnig.
In der Mittagspause ging er in das Bistro am Rathausplatz und bestellte einen der wunderbaren ostfriesischen Tees. Auch wenn ihm zu viel im Kopf herumschwirrte, um das herrliche Getränk in Muße zu genießen, so wärmte es ihn doch zumindest ein wenig von innen.
Durch das Fenster betrachtete er den weißen Pavillon. Ein älterer Mann hatte sich gerade dort niedergelassen und schraubte ein Objektiv auf seine Kamera. Berg bemerkte das zufriedene Gesicht des Mannes, der eifrig nach einem lohnenswerten Motiv suchte. Er hätte gern mit ihm getauscht.
Zurück im Revier blieb er am Fuß der Treppe stehen und lauschte einen Moment nach oben. Seit Herrlich fort war, hatte er sich das beinahe zu einer Gewohnheit gemacht. Doch in den Privaträumen des Revierleiters war alles still.

Mit dem Vorrücken des Tages ging es ihm zunehmend schlechter. Sein Kopf fühlte sich heiß an, und es fiel ihm

schwer, sich auf seine Arbeit zu konzentrieren. Er war froh, dass die anderen nichts davon zu bemerken schienen.
Irgendwann streckte Johanssen seinen Kopf zu ihm herein. »Kommst du am Freitag auch zum Dorffest?«
Berg sah verwirrt auf. »Was denn für ein Fest?«
»Na hör mal, das ist hier so etwas wie der Höhepunkt des Jahres. Da gehen alle hin. Sogar Leute vom Festland kommen. Da ist richtig Stimmung. Meine Tante würde mir was erzählen, wenn ich nicht mit ihr dort hinginge. Und ganz ehrlich, es sieht komisch aus, wenn man da nicht auftaucht.«
»Deine Tante?«
»Ja, seitdem meine Frau nicht mehr lebt, wohne ich bei ihr im Haus. Meistens verstehen wir uns sogar.« Er nickte so heftig, als müsse er sich selbst davon überzeugen.
Berg wollte etwas erwidern, aber Johanssen war schon wieder verschwunden.
Berg behagte der Gedanke nicht, auf ein Volksfest zu gehen. Seit Kerstins Tod hatte er sich derartige Vergnügungen nicht mehr gestattet.

Als er an diesem Abend in seinem Zimmer saß, stürmten die Gedanken von allen Seiten auf ihn ein. Der Tag war unergiebig gewesen, und am späten Nachmittag waren die Kopfschmerzen und das Fieber zurückgekehrt, so dass Althuis ihn vorzeitig nach Hause geschickt hatte. Es war ihm ein wenig unangenehm gewesen, als die Hauptkommissarin einfach so darüber entschieden hatte. Dennoch hatte er sich gefügt, die Kopfschmerzen waren zu stark gewesen, und auch die Schmerztabletten halfen nicht wirklich. Er würde am nächsten Morgen wohl zum Arzt gehen müssen.

Menschen, dachte Berg, was mir fehlt, sind Menschen. Johanssen wohnt also bei seiner Tante. Ein Zufall, dass ich überhaupt etwas davon erfahre. Und was ist mit Althuis? Ist die verheiratet? Wusste er überhaupt etwas über das Privatleben seiner Kollegen? Oder anders gefragt: Hatte er je etwas wissen wollen?
Er reckte den Hals, um einen Blick aus dem Dachfenster zu werfen, und schaute zu, wie der Regen über die rotbraunen Ziegel strömte. Es liegt an mir, überlegte er, und der Gedanke schmeckte bitter, aber ehrlich. Ich gehe jeder Annäherung aus dem Weg. Sobald ein Gespräch etwas persönlicher wird, laufe ich davon. Johanssen hat es heute gut gemeint, als er mir von diesem Fest erzählte. Es war nicht mehr als eine Einladung.
Berg lehnte sich zurück und schloss die Augen. Es dauerte lange, bis er endlich einschlief, und auch in der Nacht wachte er immer wieder frierend auf. In seinem Kopf drehte sich alles. Matthias Roth ließ ihn nicht mehr los. Althuis hatte bis jetzt nichts unternommen, um in diesem Fall weiterzukommen. Geduldig wartete sie auf den ausstehenden pathologischen Befund. Alle waren überzeugt davon, dass es ein Unfall gewesen war, das tragische Ende eines Alkoholikers. Keine Straftat, kein Mord. Und vielleicht hatten sie ja recht damit.
Um sechs Uhr hielt er es nicht mehr im Bett aus. Seine Beine fühlten sich steif an. Er wankte zu dem kleinen Küchentisch hinüber und schluckte die letzten beiden Aspirin-Tabletten. Er würde besser erst am Nachmittag zum Arzt gehen.

Dienstag, 23. Juni

»Was soll der Unsinn?« Althuis stand breitbeinig vor ihm. »Bis jetzt gibt es keinen zwingenden Verdacht, dass es sich um ein Verbrechen handeln könnte.« Ihre Augen verengten sich zu Schlitzen.

Berg zuckte die Schultern. »Immerhin ist es möglich, dass sich das noch ändert.«

»Na gut, tu, was du nicht lassen kannst«, seufzte sie.

Es war ihm unangenehm, sie so zu übergehen, aber er wollte sich wenigstens ein Stück weit an den Fall des Kassierers herantasten, vorher würde er keine Ruhe bekommen. Nachdenklich sah er der Hauptkommissarin nach. Eigentlich arbeitete er ganz gerne mit ihr zusammen. Wenn sie nur nicht immer so stur wäre.

Eine halbe Stunde später machte er sich allein auf den Weg, um sich den Supermarkt anzusehen, in dem Matthias Roth gearbeitet hatte.

Er versuchte, Althuis' Genörgel aus seinem Kopf zu verbannen, die den Besuch für überzogen hielt. Nachdem die Spurensicherung in der Wohnung des Toten nichts Auffälliges gefunden hatte, war der Arbeitsplatz für Berg die nächste Anlaufstelle. Er zog den Reißverschluss an seiner Jacke zu, denn es wehte ein scheußlicher Wind. Außerdem regnete es schon wieder.

Gegen neun Uhr erreichte er das niedrige, graue Gebäude, vor dessen Eingang sich ein grotesk großer Parkplatz erstreckte, wenn man bedachte, dass die Insel autofrei war. An den Rändern hatte jemand Blumenkübel aufgestellt, in

denen rote und weiße Blumen blühten. Ein junger Mann putzte die hohen Fensterscheiben.
Eilig betrat Berg den Supermarkt und sah sich um. Hinten an der Kasse stand ein älterer Mann mit Krawatte und weißem Hemd. Berg nahm einen angenehmen Duft nach Holz und Zitronen wahr. Er wandte sich an eine junge Frau, die sich durch ihr Namensschild als Frau Bierkamp auswies, und zeigte ihr seinen Dienstausweis. Sie hatte schiefe Vorderzähne, aber glänzend schwarzes Haar und eine hübsche Figur.
»Ich nehme an, es geht um den Tod unseres Kollegen«, sagte sie lächelnd. »Herr Eilerts ist in seinem Büro. Die Tür dort hinten.«
An der Art, wie sie die Stimme senkte, bemerkte Berg, dass sich hinter ihm Kunden näherten. Er bedankte sich, und Frau Bierkamp schenkte ihm ein weiteres, zauberhaft schiefes Lächeln.
Das Büro des Filialleiters befand sich zwischen dem Kassenraum und der Kundentoilette. Die Tür war nur angelehnt, und Berg klopfte vernehmlich. Sofort forderte ihn eine Stimme auf, einzutreten.
Hinter einem Schreibtisch saß ein hagerer Mann um die vierzig und trug etwas in eine Liste ein. Er sah kurz auf und machte eine einladende Geste zu dem Stuhl gegenüber, dann schrieb er eilig eine lange Zahl zu Ende und schob das Klemmbrett demonstrativ zur Seite. Nachdem Berg sich vorgestellt hatte, begann Eilerts wie auf Knopfdruck, bestürzt den Kopf zu schütteln.
»Traurige Sache das«, sagte er leise, ohne mit dem Kopfschütteln aufzuhören.
»Wussten Sie, dass Herr Roth große Mengen Alkohol

konsumierte?«, fragte Berg geradeheraus, und aus dem Kopfschütteln des Filialleiters wurde ein rhythmisches Nicken, nicht weniger teilnahmsvoll. Mit diesem Gesicht hätte er Bestattungsunternehmer werden sollen.

»Einer meiner Mitarbeiter wies mich bereits vor längerer Zeit darauf hin, weshalb ich auch ein vertrauensvolles Gespräch mit Herrn Roth geführt habe. Der Mann war noch nicht lange bei uns, nicht ganz ein Jahr, aber ich hatte bis dahin nichts an seiner Arbeit auszusetzen, und bei mir bekommt jeder seine zweite Chance.«

»Sie haben ihn also auf sein Problem angesprochen?«

»Richtig. Nur hat er alles abgestritten. Zuerst war ich geneigt, ihm zu glauben. Ich dachte, vielleicht handelt es sich um ein Missverständnis, doch mit der Zeit fiel es mir selbst auf. Dauernd roch er nach Hustenbonbons, und er hatte oft so einen glasigen Blick.«

»Und weiter?«, fragte Berg.

»Frau Bierkamp erwischte ihn schließlich mit einer Flasche Steinhäger. Daraufhin habe ich ihn abgemahnt und ihm angeboten, er möge sich in Behandlung begeben. Er wollte darüber nachdenken und bat mich um zwei Wochen Urlaub, quasi als Bedenkzeit. Dann passierte dieses Unglück. Wirklich traurig. Wissen Sie, der Mann war nicht dumm. Und ich mochte ihn irgendwie. Hätte was aus sich machen können.«

Die Niedergeschlagenheit des Filialleiters war echt, das war für Berg nicht zu übersehen. Dann fiel ihm noch etwas ein. »Warum dachten Sie zunächst, dass Ihr Mitarbeiter die Unwahrheit sagte, als er Ihnen erzählte, Matthias Roth sei ein Trinker?«

»Ganz einfach«, erklärte Eilerts, und Berg spürte, wie unangenehm ihm diese Aussage war. »Als ich Herrn Liebling vor etwas über einem Jahr vorschlug, einen weiteren Mann für die Kasse einzustellen, war er damit alles andere als einverstanden. Herr Liebling ist auch Kassierer, und er bedrängte mich mehr als einmal mit der Bitte, den Bereich auch in Zukunft allein führen zu dürfen. Aber das war natürlich unsinnig. Nachdem wir unseren Laden erweitert hatten, hat sich die Kundenzahl besonders in den Sommermonaten stark erhöht. Liebling schaffte das alles nicht mehr allein. Trotzdem wollte er sich anscheinend von niemandem ins Handwerk pfuschen lassen. Deswegen befürchtete ich, dass er möglicherweise gegen den neuen Mitarbeiter intrigieren könnte.«

Wie Herrlich, dachte Berg. Irgendwie sind sie sich alle ähnlich, wenn es um Hilfe von Fremden geht.

»Wussten Sie eigentlich, dass Roth Diabetiker war?«, fragte er weiter.

»Nein, er hat nie etwas gesagt. Nicht zu mir jedenfalls.«

»Zu jemand anderem hier vielleicht?«

»Keine Ahnung.« Der Filialleiter lehnte sich zurück und wippte nervös mit den Füßen. »Roth war ein ziemlicher Eigenbrötler. Vielleicht kann Ihnen Herr Liebling weiterhelfen. Ich glaube, die beiden kannten sich auch privat. Soll ich ihn rufen?«

»Das wäre sehr freundlich«, erwiderte Berg. »Vorher hätte ich aber noch eine weitere Frage. Kam es in Ihrem Markt jemals zu Unstimmigkeiten?«

»Wie meinen Sie das?« Eilerts hörte auf, mit den Füßen zu wippen. Stattdessen begann er nun, den chromfarbenen Aschenbecher in seinen Händen zu drehen. Der Mann war ein Nervenbündel.

»Ist jemals Geld verschwunden?«, präzisierte Berg seine Frage.

Der Filialleiter zuckte zusammen, als sei er geschlagen worden. Die Idee war Berg intuitiv gekommen. Jetzt zeigte sich, dass sie gar nicht so abwegig war.

»Vor knapp zwei Jahren hatten wir eine Differenz in der Kasse«, gab Eilerts zu.

»Wie hoch?«

»Es war keine einmalige Sache. Viermal fehlte Geld. Immer zwischen zweihundert und fünfhundert Euro. Herr Liebling hat schließlich unseren damaligen Lehrling beim Stehlen erwischt.«

»Und wie haben Sie reagiert?«

»Wir haben uns unauffällig von dem Jungen getrennt. Ich habe die Summe damals aus eigener Tasche beglichen und auf eine Anzeige verzichtet. In so einem kleinen Ort gibt es immer schnell Gerede, und ich wollte ihm schließlich nicht die Zukunft verbauen. War gerade mal sechzehn, der Magnus.«

»Hat er denn gesagt, warum er das Geld genommen hat?«

Eilerts spielte weiter mit dem Aschenbecher und starrte die polierte Tischplatte an. »Das war es ja gerade, was mich so geärgert hat. Er hat es bis zuletzt nicht zugegeben. Bestand darauf, jemand anders wäre es gewesen. Richtig unverschämt ist er geworden, der Bengel. Er hat Liebling selbst der Unterschlagung bezichtigt. Lächerlich!« Er lachte bitter.

»Ist das denn so absurd?«, fragte Berg und registrierte am Rande, dass er schon wieder ungeduldig wurde.

»Absolut«, behauptete Eilerts. »Herr Liebling arbeitet seit über fünfzehn Jahren für diese Firma. Er hat das Kassenbüro unter sich sowie die anderen Mitarbeiter. Im Übrigen ist er der schlimmste Pedant, den Sie sich vorstellen können. Das kann für die Kollegen ziemlich anstrengend sein, weil er jedem auf die Finger schaut, aber für den Markt ist so jemand natürlich Gold wert. Auch wenn er ein Sonderling ist, Liebling ist mein bester Mann. Na, Sie werden ihn ja gleich kennenlernen. Nur, was bezwecken Sie eigentlich mit all diesen Fragen? Wenn ich mich recht entsinne, starb Matthias Roth doch durch einen Unfall.«

»Das ist noch nicht sicher geklärt«, gab Berg zurück, der keine Veranlassung sah, sich zu rechtfertigen. Ein ungutes Gefühl beschlich ihn, als er an die morgendliche Auseinandersetzung mit Althuis dachte, die ihm vorwarf, seine Zeit mit Nebensächlichkeiten zu vergeuden. Verrannte er sich hier tatsächlich in etwas? Gedankenverloren schaute er zu, wie Eilerts zum Telefon griff.

Wenige Sekunden später klopfte es kaum hörbar, und der ältere Mann, den er bereits im Laden gesehen hatte, trat ein. Er nickte unterwürfig und blieb vor einem der Aktenschränke stehen.

»Herr Liebling, der Herr Kommissar hat ein paar Fragen an Sie. Es geht um Matthias Roth«, erklärte ihm Eilerts.

»Ja«, warf Berg ein. »Wie ich gehört habe, hatten Sie näheren Kontakt zu Herrn Roth.«

Liebling stand reglos und mit hängenden Schultern da. Ein schmaler grauer Haarkranz umrahmte seine Glatze, auf der Schweißperlen glänzten. »Wir haben vielleicht mal etwas zusammen getrunken nach Feierabend, aber so gut habe ich ihn auch wieder nicht gekannt.« Die Stimme war nur ein Flüstern, seine wässrigen Augen, die hinter den dicken Brillengläsern riesig wirkten, blickten Berg nervös an.

»Wussten Sie, dass er zuckerkrank war? Dass er Insulin spritzen musste?«

»Kann sein, dass er mal etwas erwähnt hat. Ja, ich glaube, das hat er. Ist das wichtig? War es etwa kein Unfall?«

Eilerts verfolgte das Gespräch hoch konzentriert.

»Wir wissen noch nichts Genaues«, erwiderte Berg beschwichtigend, denn Liebling bekam ein hochrotes Gesicht.

»Waren Sie mal in der Wohnung von Herrn Roth?«, fragte er weiter.

Liebling blinzelte, als habe er gar nicht zugehört. »Nein, nie«, kam seine Antwort, die kaum noch zu verstehen war.

»Eine Frage noch«, sagte Berg und beobachtete, wie aus dem roten ein blasses und schließlich fahles Gesicht wurde. Obwohl er Mitleid mit dem Kassierer empfand, spürte er ein leichtes Misstrauen. Er hatte keine greifbare Erklärung dafür, nur eine Form von Intuition. »Ich hörte eben von Herrn Eilerts, dass es hier vor zwei Jahren zu wiederholten Diebstählen gekommen sein soll. Sie haben den Lehrling damals erwischt.«

Liebling zuckte kurz zusammen, dann straffte er die Schultern und versuchte ein Lächeln. »Ja, der Magnus. Ich kam gerade aus der Pause, da sah ich, wie der Junge zweihundert Euro in seiner Tasche verschwinden ließ. Ich hatte ihn sowieso in Verdacht, nachdem ein paar Mal Geld gefehlt hatte. Wer hätt's denn auch sonst sein sollen? Wer?«

Eilerts nickte ihm väterlich zu. »Wenn Sie sonst noch irgendwelche Fragen haben sollten …«

»Danke, im Moment haben Sie mir beide sehr geholfen. Könnten Sie mir bitte noch die Adresse dieses Lehrlings aufschreiben.«

»Natürlich.« Eilerts stand auf und zog einen Personalordner aus einem der Schrankfächer.
Aus dem Augenwinkel konnte Berg beobachten, wie Liebling krampfhaft zu schlucken begann, sein Adamsapfel hüpfte auf und ab. Irgendetwas stimmte nicht mit dem Kerl; er schien vollkommen verängstigt.
Im Verkaufsraum traf Berg noch einmal auf Frau Bierkamp, die sich gerade mit einer Kundin unterhielt. Als er sich näherte, drehte sie ihm schnell den Rücken zu. Es ist die Uniform, dachte Berg. Du bist keiner von ihnen. Und wenn einer nicht seit mindestens drei Generationen hier ansässig ist, wird er vermutlich auch nie dazugehören.
Der Weg zurück zum Revier war nicht wirklich lang, wie eigentlich keiner der Wege auf dieser Insel, trotzdem kam er ihm endlos vor. Draußen vor den Restaurants standen die Stühle und Tische verlassen da. Nur wenige Hartgesottene kauerten mit hochgeschlagenem Kragen im Freien. Der Wind hatte sogar noch zugenommen, und Berg fröstelte. Er sehnte sich nach Sonne, nach langen Abenden im Biergarten, ein paar Kartenspielen, einem ordentlichen Pils dazu. Er wunderte sich über sich selbst. Vor seiner Abreise hatte er alle Einladungen in den Wind geschlagen und sich stattdessen in seinem Zimmer verkrochen. Selbst schuld, sagte er sich und setzte mechanisch einen Fuß vor den anderen. Du wolltest allein sein. Jetzt bist du es.

Auch auf dem Revier herrschte trübe Stimmung. Althuis schritt wieder einmal im Zimmer auf und ab.
»Verflucht«, murmelte sie. »Wenn sich nicht bald etwas tut, bin ich gezwungen, um weitere Verstärkung zu bitten.«
Berg spürte die Frustration in ihrer Stimme. Was würden

die Kollegen auf dem Festland denken, wenn es ihnen nicht gelang, bald Ergebnisse zu präsentieren?

Als das Telefon schrillte, stürzte sich Althuis auf den Hörer. »Aha. Sehr interessant ... Tatsächlich?«

Johanssen, der gerade die Blumen goss, hielt mitten in der Bewegung inne, auch Berg blieb reglos stehen. Hoffentlich keine neuen Hiobsbotschaften.

Doch Althuis entspannte sich sichtlich, gegen Ende des Gesprächs lachte sie sogar. »Ja, Herr Doktor, Ihnen auch. Regen, davon haben wir auch genug hier. Also, schicken Sie den Bericht heute noch raus, ja? Vielen Dank.«

Sie legte auf und genoss es sichtlich, die beiden Männer einen Moment lang im Unklaren zu lassen. »Das war der Rechtsmediziner. Also ...« Sie rieb sich das Kinn und lächelte. »Also, dieser Kassierer ...« Althuis blätterte in einem Stapel Papier. »Matthias Roth, genau. Weshalb kann ich mir bloß den Namen nicht merken? Es ist nicht auszuschließen, aber doch recht unwahrscheinlich, dass er sich die tödliche Dosis Insulin selbst injiziert hat. Er hatte zum Zeitpunkt seines Todes 3,9 Promille Alkohol im Blut. Selbst ein Gewohnheitstrinker wäre bei so einer Menge annähernd bewusstlos. Außerdem sieht es so aus, als habe jemand versucht, ihm das Medikament intravenös zu verabreichen. Du hattest vollkommen recht mit deiner Vermutung, Thomas. Ein Diabetiker käme niemals auf solch eine Idee. Man spritzt es unter die Haut, in den Bauch zum Beispiel.«

»Also haben wir es jetzt mit zwei Morden zu tun?«, fragte Johanssen und nippte an seiner Cola.

Althuis machte ein ernstes Gesicht und seufzte. »Sieht ganz so aus.«

»Und wenn es eine Verbindung zwischen den beiden Fällen gibt?« Berg blickte Althuis herausfordernd an. Die starrte entgeistert zurück. »Wir wissen noch viel zu wenig, um irgendeine Möglichkeit auszuschließen«, fuhr er dann fort. »Ist doch wirklich seltsam, nicht wahr? Zwei Tote in so kurzer Zeit. Und wenn man bedenkt, dass es hier vorher noch nie einen Mord gegeben hat.«
»Aber diese Frau Riemann, spricht nicht einiges dafür, dass sie ihren Mann ganz einfach erschossen haben könnte? Niemand kann beweisen, dass Marie die ganze Zeit über wach war. Die Mutter könnte heimlich das Haus verlassen haben. Vielleicht hat sie es einfach nicht mehr mit ihm ausgehalten. Oder er hatte doch eine Geliebte«, überlegte Johanssen laut.
Berg griff nach seiner Kaffeetasse. »Sie hätte ihn einfach verlassen können.«
»Ich glaube, den meisten Frauen fällt es furchtbar schwer, sich zu trennen. Manchmal so schwer, dass sie zu allem Möglichen bereit sind«, gab Johanssen zu bedenken.
»Na ja, einen Menschen umzubringen ist nicht gerade eine Kleinigkeit«, sagte Althuis skeptisch.
»Besonders zartfühlend kam sie mir nicht gerade vor«, bemerkte Berg. »Vielleicht hat sie ihn tatsächlich so sehr gehasst, dass sie gar nicht viel dabei empfunden hat.«
»Vielleicht, vielleicht«, konterte Althuis. »Mit solchen Mutmaßungen kriegen wir niemals einen Haftbefehl.« Danach verschwand sie für Stunden in ihrem Büro, ohne etwas von sich hören zu lassen.
Johanssen begann, die beiden vorderen Fenster zu putzen. Berg machte die Putzaktion ganz verrückt, aber er sah ein, dass die Scheiben es nötig hatten. Als der Insulaner fertig

war, zog er die Rollläden wieder hoch und betrachtete zufrieden das Ergebnis.
»Warum tust du das alles?«, fragte Berg. »Du bekommst doch von niemandem Geld dafür.«
Als er sah, wie sich eine plötzliche Röte auf Johanssens Wangen ausbreitete, hätte er die Frage am liebsten zurückgenommen. Er hatte ihn nicht in Verlegenheit bringen wollen.
»Ich bin einfach gerne hier«, erklärte Johanssen. »Am Anfang war es wegen Theo. Er kam einfach nicht mehr allein zurecht. Das war schon lange vor dem Herzanfall ein Problem.«
Berg nickte. Die Offenheit des Insulaners beschämte ihn. »Herrlich hat dich tatsächlich um Hilfe gebeten?«, fragte er erstaunt.
»Na ja, nicht direkt.« Johanssen warf den Lappen zurück in den Putzeimer und wandte sich ab. Das Gespräch schien ihm unangenehm zu sein. »Ich kenne ihn schon, seit er ein kleiner Junge war. Da merkt man einfach, wenn sich was verändert. Zuerst hat er ja nur jemanden gesucht, der ihm ein bisschen beim Aufräumen hilft. Du glaubst gar nicht, wie es damals hier ausgesehen hat.« Dann hob er den Kopf und nickte nachdrücklich, als müsse er sich für irgendetwas rechtfertigen. »Kennst du das Gefühl, nicht mehr gebraucht zu werden? Ich glaube nicht, dass du das kennst.«
Berg verspürte augenblicklich einen Kloß im Hals. Auch wenn er gern Näheres über Herrlich erfahren hätte, beschloss er, schnell das Thema zu wechseln. »Was ist mit deiner Tante?«, fragte er leise.
»Sie ist eine freundliche alte Dame.« Johanssen lächelte

zerknirscht und holte tief Luft, bevor er weitersprach. »Aber wir passen einfach nicht zusammen.«
Berg blickte bemüht in eine andere Richtung. Dass nicht nur er Sorgen und Probleme hatte, kam ihm viel zu selten in den Sinn. Er war froh, als Johanssen seine gute Laune zurückgewann und stolz auf die Scheiben zeigte. »Absolut streifenfrei. Das schaffen viele Hausfrauen nicht.«

Einige Zeit später klingelte es an der Tür. Es war Nadine Praun, die sich gemäß ihrer Auflage melden musste. Wieder registrierte Berg verblüfft, wie sehr sie seiner Schwester ähnelte, und erneut krampfte sich sein Magen zusammen.
»Wie geht es Ihnen?«, fragte er sie räuspernd.
»Es geht schon.« Ihr Blick glitt ziellos durch den Raum, dann nickte sie Berg kurz zu und wandte sich rasch ab. Sie schien froh zu sein, als sie das Revier wieder verlassen durfte.
Irgendwann wirst du über die alten Gespenster hinwegkommen, sagte er sich und schaute ihr durch das Fenster nach, bis sie um die Ecke verschwunden war. So wie man über alles irgendwann hinwegkommt.
Erst als Johanssen gegen Mittag belegte Brote verteilte, erschien Althuis in der Tür.
»Es ist zum Verzweifeln«, seufzte sie. »Wir kommen einfach nicht schnell genug voran. Alle Spuren scheinen im Nichts zu enden.«
Berg schob den Teller mit dem Brot, das Johanssen ihm gereicht hatte, widerwillig von sich. »Ich bin überzeugt, dass nur noch ein winziger Anhaltspunkt fehlt. Irgendein Detail, das alle Steine gleichzeitig ins Rollen bringt.«

Die Hauptkommissarin blinzelte ihn an. »Aber nichts spricht dafür, dass es eine Verbindung zwischen den beiden Fällen gibt.«
»Ich weiß«, sagte er. »Trotzdem habe ich das Gefühl, dass uns nur ein einziges Puzzleteil fehlt. Es gibt da irgendetwas, das wir bisher übersehen haben.«
»Allein schon die Art, wie die beiden Morde begangen wurden«, warf Althuis ein. »Da passt einfach nichts zusammen. Riemann wurde kaltblütig aus nächster Nähe erschossen. Und dann schau dir zum Vergleich mal den Fall dieses Kassierers an. Wenn das tatsächlich ein Mord war, dann doch wohl ein sehr dilettantischer. Was wissen wir überhaupt über den Mann? Hatte Matthias Roth Verwandte?«
»Niemanden«, entgegnete Berg. »Sein Bruder ist vor ein paar Jahren tödlich verunglückt. Er hatte nur seine Arbeit, aber gut, dass du es erwähnst. Ich muss da noch etwas überprüfen.« Eilig erhob er sich und verließ den engen Aufenthaltsraum.

Dienstag, 23. Juni, nachmittags

Magnus Jägers Eltern besaßen wie viele Leute auf Spiekeroog ein kleines Häuschen. Ein gewaltiger Schneeball nahm den halben Vorgarten für sich ein, vor den Fenstern hingen Petunien aus rechteckigen Tonkästen. Eine Frau mit strenger Hochsteckfrisur öffnete die Tür.

»Matthias Roth?«, fragte sie abweisend. »Den kenne ich nicht.«

»Er arbeitete auch erst seit einem Jahr im Supermarkt.«

Sie zog ihre Augenbrauen nach oben. »Dann kann Magnus ja sowieso nichts dazu sagen. Er hat nämlich schon vor zwei Jahren in diesem Saftladen aufgehört!«

»Ich muss Ihrem Sohn trotzdem einige Fragen stellen«, beharrte Berg. Er musste durch den Mund atmen, weil ihr aufdringliches Parfüm ihn dauernd zum Niesen reizte.

»Er hat Urlaub«, fügte sie eine Spur versöhnlicher hinzu. »Die Treppe rauf, gleich links.« Damit ließ sie ihn widerwillig eintreten.

Ein scharfer Geruch nach Zwiebeln erinnerte Berg daran, dass er bisher kaum etwas gegessen hatte. Über eine bedrohlich knirschende Treppe gelangte er zu Jägers Zimmer. Auf dem Bett lag ein junger Mann mit kindlichen Gesichtszügen und brav gescheiteltem Haar. Er blätterte lustlos in einer Tageszeitung und setzte sich steif auf, als Berg eintrat.

Berg stellte sich vor und erklärte in groben Zügen die Situation. Als er Magnus Jäger um eine Stellungnahme bat, kratzte der sich nur am Kopf, rieb sich die Stirn, schlug die

schlaksigen Beine übereinander. Ein Zappelphilipp wie Eilerts.
»Tut mir leid, aber da müssen Sie schon jemand anders fragen. Ich arbeite seit zwei Jahren nicht mehr da«, war alles, was er schließlich von sich gab. Er zeigte nicht das geringste Interesse, das Gespräch in irgendeiner Form fortzusetzen, doch darauf konnte Berg keine Rücksicht nehmen.
»Was machen Sie jetzt?«, erkundigte er sich. »Ihre Mutter sagte ...«
»Meine Mutter!«, gab Jäger wütend zurück. »Was hat sie Ihnen erzählt, dass ich die Windpocken habe? Hören Sie, die in dem Scheißladen haben behauptet, ich hätte in die Kasse gegriffen. So was spricht sich in Windeseile herum, und jeder dichtet noch was dazu. Ich gehe wieder zur Schule und versuche, mein Abitur nachzuholen. Auf dieser gottverdammten Insel wird mich bestimmt niemand mehr einstellen. Nicht mal als Putzfrau!«
Der Junge war frustriert. Er mochte kaum achtzehn Jahre alt sein, dennoch hatte die kalte, böse Welt bereits ihre Klauen nach ihm ausgestreckt.
»Wer hat denn behauptet, Sie hätten das Geld gestohlen?«, fragte Berg.
»Liebling heißt der. Dabei war er selbst der Dieb. Ich hab es ja gesehen! Am liebsten hätte ich Anzeige erstattet und wäre vor das nächste Arbeitsgericht gezogen, aber meine Mutter schämt sich so wegen der Leute. Sie hat Angst, dass sie mit dem Finger auf ihr Söhnchen zeigen.«
Berg überlegte angestrengt. Der Junge machte einen glaubwürdigen Eindruck. »Haben Sie denn eine Ahnung, wofür Liebling das Geld gebraucht hat?«
»Na, klar doch!« Jäger rutschte zurück bis an die Wand

und kickte beiläufig die Zeitung zu Boden. »Liebling zockt. Ich hab ihn schon ein paar Mal gesehen, meistens draußen in der Pfingstrose. Da geht's richtig um Kohle, da liegen Stapel von Scheinen auf dem Tisch.«

»Und wissen davon auch noch andere in dem Supermarkt?«

»Nein, das glaube ich nicht. Zuerst dachte ich, die Sache fliegt auf. Eilerts hat gemerkt, dass Geld fehlt, und jetzt will Liebling ihm einen Schuldigen präsentieren, aber inzwischen ...«

»Inzwischen?«

»Denke ich, der hatte das gar nicht nötig. Der arbeitet so lange als Kassierer, da weiß er genau, wie er seine Diebstähle vertuscht. Daran kann es also gar nicht gelegen haben.«

»Sondern?«

»Er wollte mich loswerden, weil ich das mit der Spielerei herausgefunden hatte. Und als ich ihn dann beim Klauen überraschte, bekam er Panik, der linke Hund. Haben Sie mal seine Augen gesehen? Er ist ständig irgendwie auf der Flucht, voller Angst, nur wenn er sich bedroht fühlt, dann ist er kalt wie ein Fisch. Fischaugen, das ist es.«

Nachdenklich verschränkte Berg die Arme vor der Brust und betrachtete den Jungen eingehend. »Warum haben Sie Eilerts nichts davon erzählt?«, fragte er.

Der andere stieß ein bitteres Lachen aus. »Nach der Geschichte? Der hätte mir doch kein Wort geglaubt. Wer glaubt schon einem Dieb?«

Berg schaute dem Jungen tief in die Augen und nickte langsam. Er blieb bei seiner Einschätzung. Wie verletzt, entnervt oder wütend Jäger auch sein mochte, seine Angaben klangen plausibel. Berg bedankte sich fürs Erste. Im Augenblick wusste er alles, was er wissen musste. »Ich finde selbst raus.«

Plötzlich kam Leben in die schmale Gestalt. »He, Moment, um was für ein Verbrechen geht es überhaupt? Haben Sie Liebling verhaftet?«

»Darüber kann ich leider keine Auskunft geben«, entgegnete Berg.

Jäger zeigte ein überhebliches Teenagergrinsen. »Sie brauchen gar nix zu sagen.«

»Stopp!« Berg tippte ihm heftig gegen die Brust. »Sie werden sich hüten, irgendwelche Gerüchte in Umlauf zu bringen. Bis jetzt wissen wir selbst noch deutlich zu wenig, um jemanden ernsthaft zu verdächtigen.«

Das Grinsen verschwand von Jägers Gesicht, aber ein zufriedener Ausdruck blieb zurück. »Also hat er doch wieder Dreck am Stecken.«

»Weshalb sind Sie überhaupt auf der Insel geblieben, wenn Ihnen hier niemand eine Chance gibt?«, fragte Berg noch nach, doch der Junge gab ihm keine Antwort.

Draußen wartete die Sonne auf ihn. Er zog die Jacke aus und fühlte sich endlich ein wenig besser. Die Kopfschmerzen hatten etwas nachgelassen. Unterwegs versuchte er, ein erstes Resümee zu ziehen.

Jäger wusste also von Lieblings Spielsucht, ebenso wie von dessen Griff in die Kasse, dachte Berg. Daraufhin wehrte sich Liebling auf eine zugegeben recht hinterhältige Art, doch körperliche Gewalt war definitiv nicht im Spiel. Was also wäre passiert, wenn Roth, der ebenfalls Zugang zur Kasse hatte und sogar privat mit Liebling verkehrte, all das ebenfalls herausgefunden hätte. Wenn er angefangen hätte,

Liebling zu erpressen? Roth war ein Trinker, und Trinker brauchten Geld.
Liebling hatte also versucht, sein altes Spiel zu wiederholen. Er schwärzte seinen Kollegen beim Chef an und hoffte auf dessen Entlassung. Diesmal musste er nicht einmal lügen. Eine Mitarbeiterin bezeugte, dass Roth während der Arbeit heimlich trank. Aber er hatte nicht mit der Reaktion des Filialleiters gerechnet. Eilerts hatte ein weiches Herz und gab Roth eine zweite Chance. Für Liebling zog sich die Schlinge immer enger.

Auf dem Revier trug er Althuis seine Theorie in allen Einzelheiten vor und schloss mit der Frage, die ihm auf der ganzen Strecke durch den Kopf gegangen war. »Wäre dieser Mann bereit, zu morden?«
Althuis wirkte beeindruckt. »Gute Arbeit«, murmelte sie. »Aber wie steht es mit den Beweisen?«
Resigniert schüttelte Berg den Kopf. Mehr als diese Hypothese hatte er leider nicht zu bieten.
»Trotzdem«, erklärte Althuis. »Wir sollten den Mann auf jeden Fall eingehend verhören.« Sie wandte sich an Ohling, der gerade hereinkam. »Uwe, ruf doch bitte im Supermarkt an und bestell mir diesen Liebling aufs Revier. Ich will, dass der Kerl morgen früh hier antanzt.«
Durch das Fenster beobachtete Berg Johanssen, der mit einer Rebschere das vertrocknete Rosenbäumchen zurechtstutzte. Dieser Mann gab anscheinend niemals auf, und er war sich nicht sicher, ob er ihn deswegen bewundern oder belächeln sollte.
Wenig später beschloss Althuis, noch einmal persönlich bei Christian Karve, dem Bruder von Frau Riemann, vor-

beizuschauen. Berg begleitete sie. In wenigen Minuten hatten sie den Wohnblock erreicht. Mit seinem abblätternden Putz passte er nicht zu den restlichen Häusern, Abfall lag in struppigem Gebüsch. Eine drückende Stille lag in der Luft.

»Vollkommen untypisch für diese Insel, der Klotz«, stellte Berg emotionslos fest.

Althuis interessierte sich nicht für solche Details. »Der Eingang befindet sich da hinten«, brummte sie und verschwand um die Ecke.

Berg drückte ein paar Mal auf den Klingelknopf. »Mist, wahrscheinlich ist der wirklich verreist. Wir könnten jemanden abstellen, um das Haus zu beobachten. Wenn er wirklich hier ist, muss er sich doch irgendwann blicken lassen.«

Althuis verdrehte die Augen. »So wichtig ist es auch wieder nicht. Nach den Schilderungen seiner Mutter glaube ich kaum, dass dieser Karve uns besonders nützlich sein wird. Versuchen wir es morgen noch einmal.« Schweigend ging sie voran in Richtung Wittdün.

»Wir sollten noch einmal mit der Mutter sprechen«, schlug Berg vor.

»Klar.« Sie nickte wenig überzeugt. »Versuchen können wir es zumindest.«

Frau Karves Haus lag verlassen vor ihnen. Auch hier öffnete niemand, hinter den Fenstern blieb alles dunkel. Trotzdem war Berg plötzlich sicher, dass sie zu Hause war. Am liebsten wäre er rund um das Haus herumgelaufen und hätte an die Fensterscheiben getrommelt, aber er sah ein, dass sie im Moment nichts tun konnten. Wortlos folgte er der Hauptkommissarin zurück auf den Weg.

»Was denkst du?« Althuis warf ihm einen fragenden Blick zu.
»Sie ist da drin. Etwas anderes kann ich mir nicht vorstellen. Sie konnte sich ja kaum auf den Krücken halten.«
»Vielleicht ist sie zum Arzt gegangen. Oder sie liegt im Krankenhaus.«
Berg wiegte nachdenklich den Kopf. »Wir können das natürlich nicht ausschließen, aber ich glaube es nicht.«
Am Supermarkt bog Althuis in den Melksett ein. »Und weshalb sollte sie nicht mit uns sprechen wollen? Weil sie ihre Ruhe haben will?«
»Das auch«, antwortete er und betrachtete ein paar Möwen, die in der Ferne über dem Wasser kreisten. »Aber da ist noch mehr. Etwas, worüber sie nicht reden will.«

Als Berg seine Notizen überflog, fiel ihm wieder ein, was er noch erledigen musste. Und wie jedes Mal, wenn er sich auf den Weg machte, erinnerte er sich daran, dass er sich immer noch nicht um ein Fahrrad gekümmert hatte.
Der Wirt mit der käsigen Gesichtsfarbe hatte das Lokal gerade erst geöffnet. In einer schmutzigen Schürze kam er hinter dem Tresen hervor und schaute ihn verwirrt an. Berg blickte in die trüben Augen und fragte sich, wie lange der Mann überhaupt schon wach war. Diekoff, erinnerte er sich. Der Mann hieß Paul Diekoff.
Er setzte sich auf einen der Barhocker, und gegen seinen Willen wanderte sein Blick zu der Ecke, in der er Nadine Praun vorgefunden hatte, vollkommen verstört und mit dem Rücken gegen die Musikbox gelehnt. Dieses Bild ging ihm einfach nicht mehr aus dem Kopf.
»Ich habe alles gesagt«, erklärte der Wirt und begann mit

demonstrativ gelangweilter Miene, den Zapfhahn zu polieren. »Und unterschrieben. Was gibt es jetzt noch?«
Wieder fragte Berg sich, ob es an der Uniform lag, dass sich so viele Leute ablehnend verhielten, und der Wirt bestätigte seine Annahme sofort.
»Entschuldigen Sie«, erklärte Diekoff nun in etwas versöhnlicherem Tonfall. »Aber Sie müssen mich auch verstehen. Die Leute reden viel, und wenn hier schon wieder die Polizei auftaucht ... Das ist einfach nicht gut fürs Geschäft.«
Berg nickte, obwohl er diese Überzeugung nicht teilte. Er hatte vielmehr den Eindruck gehabt, dass sich einige der Gäste im Beisein der Polizei durchaus wohl gefühlt hatten. Vermutlich waren sie sich wichtig vorgekommen. »Ich werde auch nicht lange bleiben. Ich brauche nur eine Auskunft von Ihnen. Es geht auch gar nicht um den Fall Praun. Sagen Sie, wird bei Ihnen Karten gespielt?«
Der Wirt ließ den Lappen sinken. »Karten?«, fragte er mit verkniffenem Mund, als habe er das Wort noch nie zuvor gehört. Mit gespielter Betroffenheit blickte er sich in dem düsteren Raum um, als wolle er sagen: Sehen Sie vielleicht irgendwo welche?
Berg musste sich zwingen, freundlich zu bleiben. Es gab nicht viele Dinge, die ihn wütend machten, aber so eine dumme Provokation ging ihm gewaltig auf die Nerven.
»Mein Laden ist sauber«, erklärte Diekoff nun als Krönung und machte eine Geste, die alle vier schmuddeligen Ecken umfasste. »Mir können Sie absolut nichts anhängen.«
Berg hob beschwichtigend die Hände. »Darum geht es doch überhaupt nicht. Niemand will Ihnen etwas anhän-

gen, glauben Sie mir. Aber diese Auskunft ist für uns im Augenblick sehr wichtig.«

»Sehr wichtig also.« In den Augen des Wirtes blitzte etwas auf, als würde er sich für seine Auskunft eine Belohnung erhoffen. »Und wenn ich Ihnen antworte, werden Sie mich dann in Ruhe lassen?«

»Das kann ich Ihnen leider nicht versprechen.«

»So, können Sie nicht.« Diekoff rieb sich eine Weile die Hände, dann winkte er Berg näher zu sich heran. Obwohl sie allein waren, flüsterte er. »Es kommt schon mal vor, dass die Männer ein Spielchen machen. Aber betrogen, nein, betrogen wird nicht. Da passe ich höchstpersönlich auf.«

Berg warf einen Blick durch die dünne Gardine. Der Weg, der sich in Richtung Ortseingang durch die Dünen erstreckte, war menschenleer. »Sagt Ihnen der Name Kurt Liebling etwas?«

Wieder dieses Zögern, die Unschuldsmiene. Berg verdrehte die Augen.

»Den kenne ich, ja«, gab Diekoff endlich zu. »Vom Sehen.«

»Und?«

»Und was?«

»War der schon öfter hier?«

Der Wirt zog spöttisch einen Mundwinkel nach oben. »Schon möglich.«

»Herrgott!« Berg wurde laut. »Jetzt lassen Sie sich doch nicht alles aus der Nase ziehen. Ich brauche lediglich ein paar Informationen. Hat Liebling hier um Geld gespielt?«

Der Mundwinkel sackte enttäuscht wieder nach unten. Wahrscheinlich hat er gedacht, ich lege ihm jetzt ein paar Scheine auf den Tisch, dachte Berg, als die Hände des

Wirts sich unschlüssig um die Thekenkante krallten. Konnte es wirklich so schwer sein, mit diesem Kerl ein vernünftiges Gespräch zu führen?

Endlich lenkte der Wirt ein. »Sie werden mir aber keine Schwierigkeiten machen, oder?«

Berg seufzte. »Nicht, wenn Sie jetzt endlich erzählen, was Sie wissen.«

Vom Eingang her erklang leise das Glockenspiel, und einer der Männer, die hier offensichtlich Stammgäste waren, erschien in der Tür. Sofort verschwand Diekoff hinter dem Tresen. Berg wartete, bis er eine Flasche Bier geöffnet hatte. Er war selbst durstig, aber gleichzeitig wünschte er sich nur weg von hier. Der abgestandene Bierdunst ließ seine Kopfschmerzen wieder stärker werden, und nach wie vor wanderte sein Blick immer wieder zu der Musikbox.

Endlich kehrte Diekoff zurück und winkte ihn hinter einen der Holzpfosten. »Am Anfang war der oft hier«, nuschelte er vertraulich. »Hat auch ab und zu was nach Hause getragen. Als er dann immer öfter verloren hat, hat er sich rargemacht. Ich hab was läuten hören, dass er jetzt öfters in Neuharlingersiel zocken soll. Aber wo genau, kann ich nicht sagen.«

Berg gab sich zufrieden. Er hatte noch mehr Fragen stellen wollen, doch im Augenblick fühlte sich sein Kopf vollkommen dumpf an. Er wollte nichts weiter als endlich nach draußen. Erleichtert verabschiedete er sich.

Auf dem Revier klagte Johanssen über Zahnschmerzen.

Wieder und wieder ging Berg in Gedanken die beiden Fälle durch, fand aber keine Zusammenhänge.

Althuis saß mit wippenden Füßen an Herrlichs Schreibtisch und sah noch einmal die Aussagen der Anwohner durch. Obwohl es abends in den Dünen sehr ruhig war, hatte keiner der Leute, die im Slurpad wohnten, den Schuss gehört, der Walter Riemann getötet hatte. Oder vielleicht nicht hatte hören wollen? Wie sollten sie nur weiter vorgehen?

»Schluss für heute«, verkündete Althuis irgendwann und riss Berg damit aus den immer gleichen Gedanken. »Hast du Lust auf ein Steak, Thomas?«

»Gern.« Das Wort war ihm einfach so über die Lippen gekommen. Aber warum nicht, dachte er, schließlich sollte ich mehr unter die Leute gehen. Dies war immerhin ein Anfang.

Während sie sich vom Ortszentrum entfernten, beschlich Berg ein mulmiges Gefühl. »Hast du ein bestimmtes Lokal im Auge?«

Althuis schaute ihn aus übergroßen Augen an. »Hatte ich was von einem Lokal gesagt?« Sie lachte laut auf. »Wenn ich schon mal eine Ferienwohnung zur freien Verfügung habe, will ich doch wenigstens einmal den Herd benutzen. Ist nicht mehr weit.«

Ganz so vertraut hatte er sich das gemeinsame Essen nicht vorgestellt, aber jetzt gab es kein Zurück mehr.

Am Ende des Süderloogs bog die Hauptkommissarin auf einen schmalen Plattenweg ein. Berg folgte ihr wortlos durch den kleinen Garten zur Hintertür. Der Himmel über dem Meer hatte sich dunkelrot gefärbt, außer dem Muhen der wenigen Rinder, die in dem hiesigen Internat gehalten wurden, konnte er nur den Wind hören, der das Seegras auf den Dünen streichelte. Und ihre Schritte.

»Na, was sagst du?« Ihre Stimme klang weicher als sonst,

oder bildete er sich das nur ein? »Ich hab richtig Glück gehabt. Normalerweise ist um diese Jahreszeit hier kaum ein Zimmer zu bekommen. Dorsten und Rosenholz mussten sich sogar ein Doppelzimmer teilen.« Sie streckte die Arme aus und vollführte eine halbe Drehung. »Klein, aber mein, zumindest für den Moment.«

Berg schaute sich interessiert um. Klein war wohl der richtige Ausdruck, und natürlich war ihm klar, dass Althuis keine Gelegenheit gehabt hatte, sich die Unterkunft auszusuchen, aber ihm gefiel die heimelige Atmosphäre. Der Eigentümer hatte sich mit der Einrichtung viel Mühe gegeben, jedes Detail schien sorgsam ausgewählt und bezog sich auf das Leben auf dieser Insel. Die Wand über dem winzigen Esstisch zierten verschiedene Kupferstiche, die Spiekeroog von seiner schönsten Seite zeigten, auf einem Regal entdeckte er eine Dekoration aus Netzen und Muschelschalen. Selbst das Bett erinnerte mehr an eine Koje, und er überlegte, welche Turnübungen die Hauptkommissarin abends vollbringen musste, um überhaupt in diese schmale Nische zu gelangen.

Althuis hatte sich inzwischen bereits dem Geschirrschrank zugewandt und kramte eine große Pfanne heraus.

»Du erinnerst mich an meinen Mann«, sagte sie über die Schulter hinweg. »Das war auch so ein dünner Hering.«

»Dein Mann?«

»Ich dachte, ich hätte dir schon von ihm erzählt.« Sie goss Öl in die Pfanne und schaltete den Herd ein. »Im September hätten wir Silberhochzeit gefeiert.« Verträumt nickte sie in Richtung Kühlschrank. Mit einem spitzen Messer schnitt Althuis den Fettrand der Steaks ein und würzte sie dann. »Das war eine schöne Zeit«, sagte sie und gab die beiden Fleischstücke in die Pfanne, so dass das heiße Fett zischte. »Ich hätte nie gedacht, dass sie so plötzlich enden würde.«

»Ist er gestorben?«, fragte Berg leise. Plötzlich war es ihm unangenehm, solche Dinge von ihr zu erfahren.

»O nein. Er hat sich mit einer Jüngeren aus dem Staub gemacht.« Sie kicherte auf eine merkwürdige Art, dann drehte sie sich zu ihm um. Ihre Augen trugen einen feuchten Schimmer, der sofort wieder verschwand. »Recht hat er gehabt, der alte Bock. Ich würde auch nicht mit einer wie mir zusammenleben wollen.«

Berg bekam einen Hustenanfall. Mit einem Mal erschien ihm das Zimmer zu eng für sie beide. »Vielleicht sollte ich doch besser gehen«, hob er zu einer Entschuldigung an. »Ich wollte nicht neugierig sein. Ich …«

Althuis ließ das Küchenmesser, mit dem sie umständlich das Fleisch gewendet hatte, in die Spüle fallen. »Weißt du«, sagte sie leise. »Ich habe es lange nicht glauben wollen, aber manchmal hilft es tatsächlich, über solche Dinge zu sprechen. Es tut immer noch weh, und vielleicht wird sich das nie ändern, wie bei einer Narbe, die schmerzt, wenn das Wetter umschlägt, aber es geht nicht mehr so tief wie früher. Wenn du auch mal jemanden zum Reden brauchst, ich meine, besonders glücklich wirkst du nicht gerade.«

Berg schüttelte vehement den Kopf, dann klopfte er mit den Fingerspitzen auf die Tischplatte und rang sich ein verkrampftes Lächeln ab. »Meins bitte medium.«

Den Rest des Abends beschränkten sie sich auf unverfängliche Themen.

Er erzählte von seiner Leidenschaft für Volleyball, von seiner ersten Zeit beim KDD und wie er von einer Karriere

bei der Mordkommission geträumt hatte. Freier hatte sich damals für ihn starkgemacht.
»Du bist mit Leib und Seele Polizist«, stimmte Althuis ihm zu und schenkte ihm Weißwein nach. »Das habe ich schon am ersten Tag gemerkt. Ich finde, wir beide geben ein richtig gutes Team ab.«
Berg zuckte nur die Schultern. Er war froh, dass Althuis das Gespräch anschließend auf ein anderes Thema lenkte. Offenbar hatte sie ihm angesehen, wie unangenehm die ganze Situation für ihn war.
Auf dem Nachhauseweg dachte Berg über diesen Abend nach. Auch wenn Althuis ihm bisweilen zu nahe getreten war, so war es doch nett von ihr gewesen, ihn einzuladen. Und in einem Punkt musste er ihr zustimmen: Sie gaben ein recht gutes Team ab.
Er schloss die Tür auf und lauschte auf die Geräusche aus dem Erdgeschoss. Noch mehr Fürsorge würde er an diesem Abend nicht ertragen. Doch die Petrells schienen schon zu schlafen.
Berg fragte sich, wie es weitergehen sollte. Er dachte an Liebling, den ersten Kassierer des Supermarkts, der sich so seltsam benommen hatte. Der Mann wirkte verängstigt. Irgendetwas stimmte nicht mit ihm, genauso wie mit Frau Riemann und ihrer Tochter. Auf Bergs Armen bildete sich eine Gänsehaut. Sie waren ganz nahe dran, davon war er überzeugt.

Mittwoch, 24. Juni

Berg betrat das Revier in dem Augenblick, als Johanssen den Telefonhörer auflegte. Er bemerkte sofort die fahrige Geste, sein ernstes Gesicht, und noch bevor der Mann etwas sagen konnte, wusste er, dass etwas passiert war.
Auch Althuis schien das aufzufallen. »Was ist los? Wer war das?«, fragte sie mit ungewohnt lauter Stimme.
»Das war das Krankenhaus in Wittmund. Marie Riemann wurde vor einer halben Stunde mit dem Hubschrauber dort eingeliefert.« Der Insulaner sprach undeutlicher als sonst. Seine Wange war deutlich angeschwollen.
Althuis schloss für einen Moment die Augen. »Ist es das, was ich vermute?«
»Ein Selbstmordversuch«, bestätigte Johanssen. Er wirkte unendlich traurig. »Aber der Arzt sagte, sie sei jetzt außer Lebensgefahr und auch für kurze Zeit ansprechbar. Ein Psychologe ist bereits informiert.«
»Dann sollten wir hinfahren«, schlug Berg vor, obwohl ihm nach einer Überfahrt überhaupt nicht zumute war. Seine Kopfschmerzen wollten einfach nicht verschwinden. Es würde wohl noch etwas dauern, bis er sich an das Reizklima gewöhnt hatte. Genervt wühlte er in einer Schublade und fand endlich, was er suchte. »Die nächste Fähre geht in zwei Stunden.«
Althuis wandte sich an Johanssen. »Sie sollten zum Zahnarzt gehen mit Ihren Schmerzen. Und könnten Sie diesem Liebling Bescheid geben, dass er erst morgen kommen soll. Ich will persönlich mit ihm sprechen.«

Johanssen, der mit einer dicken Backe am Schreibtisch saß, winkte verlegen ab und holte ein paar Gewürznelken aus der Hosentasche. »Altes Hausmittel«, nuschelte er.

Die Überfahrt verlief problemlos. Auf dem Festland überraschte Freda Althuis Berg mit einem orangefarbenen Toyota, auf dessen Seiten rote und gelbe Flammen züngelten. »Hat mein Süßer gemacht«, erklärte sie stolz.

Berg stand auf der Leitung. »Dein Mann?«

»Blödsinn. Mein Sohn natürlich.« Sie lachte laut auf und bedeutete ihm, endlich einzusteigen.

Berg schüttelte kaum merklich den Kopf. Sie hatte also tatsächlich ein Kind. Auf diese Idee wäre er von selbst nie gekommen.

In der Notaufnahme stellte sich ein junger, schlecht rasierter Mann als Dr. Kleve vor. »Ihre Mutter hat sie in der Badewanne gefunden«, erklärte er mit einer Stimme, als sei es etwas ganz Alltägliches, dass ein vierzehnjähriges Mädchen sterben wollte. »Im Grunde bestand auch zu keiner Zeit eine echte Bedrohung. Sie hat versucht, sich die Pulsadern aufzuschlitzen, aber die Schnitte gingen nicht tief genug. Was selbstverständlich dem Ganzen nicht die Tragik nimmt.«

Wenigstens das hat er erkannt, dachte Berg grimmig.

»Ist sie hier?«, fragte er den Arzt. »Ich meine die Mutter.«

»Sie ist vor ein paar Minuten gegangen. Hat furchtbar geweint. Das Mädchen bestand darauf, dass wir sie wegschicken, sie wollte sie partout nicht sehen und hat sich wahnsinnig aufgeregt. Draußen wartet Herr Dr. Lührs, ein Psychologe. Nur für den Fall, dass sie sich noch einmal so aufregt.«

»Das heißt, wir können einen Moment mit Marie sprechen?«, hakte Althuis nach.
»Aber nicht lange. Bisher hat sie mit niemandem reden wollen. Keiner weiß, was für Gründe sie hatte.«
Doch, dachte Berg, und er spürte, wie in ihm Wut hochkochte. Die Mutter weiß es. Und auch die Großmutter.
Marie lag in ihrem Bett und stierte zur Decke. Als die beiden Polizisten den Raum betraten, schloss sie gequält die Augen. Das Gespräch dauerte keine zwei Minuten, und man konnte es kaum als Gespräch bezeichnen. Das Mädchen reagierte ganz einfach nicht, weder auf Bitten noch auf logische Erklärungen.
Ob sie denn kein Interesse daran habe, dass der Mörder ihres Stiefvaters gefunden wird, wollte Berg wissen und fragte sich, ob das schon zu viel für dieses Kind war. Aber Marie blieb stumm. Für einen Moment ärgerte Berg sich, denn wenn das Mädchen nicht mit ihnen sprach, waren sie vollkommen umsonst hierhergefahren. Dann jedoch ermahnte er sich, dass bei laufenden Ermittlungen stets viele Wege ohne Ergebnis blieben.
Ein Klopfen riss ihn aus seinen Gedanken, und Dr. Lührs, ein dicker Mann mit Hornbrille, gab ihnen zu verstehen, dass Marie nun ihre Ruhe brauche. Berg seufzte. Es hätte sowieso nichts genützt, noch länger zu bleiben.
Als sie im Freien standen, klingelte Althuis' Handy.
»Ach tatsächlich«, hörte Berg die Hauptkommissarin sagen und sah sie fragend an. »Die Großmutter hat sich auf dem Revier gemeldet. Sie bittet uns, dass wir bei ihr vorbeikommen.«
Berg verstand sofort.
»Ihre Tochter hat sie darüber informiert, was mit Marie

geschehen ist, und nun hat sie Angst bekommen. Sie will jetzt endlich erzählen, was sie über Walter Riemann weiß. Aber wäre es nicht eher Aufgabe der Mutter gewesen, sich bei uns zu melden? Warum hat sie das nicht getan?« Althuis betrachtete ihn mit einem finsteren Blick. »Für mich kann das nur eines bedeuten: Was immer die Alte preisgeben will, sie tut es gegen den Willen der Tochter. Komm, ich will endlich wissen, was hier gespielt wird.«

Nachdem sie den auffälligen Wagen wieder im Parkhaus untergebracht hatten, warteten sie beinahe drei Stunden am Neuharlinger Siel, bis die Spiekeroog 1 ablegte. Nur quälend langsam entfernte sie sich vom Ufer, und es war klar, dass die Überfahrt diesmal wesentlich länger dauern würde als bei der Hinfahrt.

»Schlechter Tidehub«, erklärte ihm der Mann am Kiosk. »Kann schon mal vorkommen.«

Berg nickte frustriert. Er bestellte sich eine Bockwurst mit Senf und setzte sich neben Althuis auf eine der schmalen Bänke. »Hätten wir nicht ein Boot organisieren können?«, erkundigte er sich zwischen zwei Bissen.

»Weißt du, was solche Extratouren kosten? Das geht nur in Notfällen. Schau dich mal um hier. Siehst du irgendjemanden, der sich über die Verspätung aufregt?«

Und damit schien sie recht zu haben. Als er sich umblickte, stieß er nur auf gleichmütige Gesichter. Menschen, die Kaffee tranken und sich unterhielten, lachende Kinder, die sich in der Spielecke vergnügten. Ja, das Leben verläuft hier wirklich in einem anderen Tempo als in Berlin, überlegte Berg. Daran werde ich mich wohl noch gewöhnen müssen.

Draußen trieb eine giftgrüne Boje vorbei, und Berg musste an das bevorstehende Gespräch denken. Er war gespannt, was ihnen Maries Großmutter zu berichten hatte.

Diesmal öffnete Frau Karve ziemlich rasch. Sie war bleich wie ein Gespenst und zitterte am ganzen Körper. In ihrem mokkafarbenen Hausanzug wirkte sie alt und hinfällig. »Ich danke Ihnen, dass Sie so schnell gekommen sind.« Ihre Stimme klang anders, als er sie in Erinnerung hatte, stellte Berg fest, irgendwie weicher, beinahe schon devot. Die Krücken trugen sie kaum bis zum Sofa. Erneut fiel Berg die fehlende Persönlichkeit in dieser Wohnung auf, als stünde das Haus bereits seit langem leer.

»Haben Sie meine Enkelin gesehen?«, fragte Frau Karve flehend. »Wie geht es ihr?«

»Sie wollte nicht mit uns reden«, antwortete Althuis. »Aber der Arzt sagte, sie sei nicht in Lebensgefahr. Frau Karve, Sie wissen etwas, worüber Sie das letzte Mal nicht mit meinem Kollegen sprechen wollen. Wenn Sie schon nicht daran interessiert sind, dass Walter Riemanns Mörder gefasst wird, dann denken Sie wenigstens an Marie. Im Augenblick ist sie vielleicht in Sicherheit, aber was ist, wenn sie wieder nach Hause kommt? Wenn sie es noch einmal versucht? Ich bin kein Psychiater, ich kann nicht beurteilen, wie ernst es ihr war.«

Die kleine Frau saß zusammengesunken in ihrem Sessel, in jeder Hand eine der Krücken wie zum Schutz.

»Als ich vor ein paar Tagen bei Ihnen war«, mischte Berg sich ein, »da sagten Sie, Walter Riemann habe alle unglücklich gemacht. Was genau hat Ihr Schwiegersohn denn nun getan? Der Laden lief gut, und nach den Aussagen der anderen Dorfbewohner war er ziemlich beliebt.«

»Das war er wohl.« Sie stieß ein bitteres Lachen aus und verbarg für einen Moment das Gesicht in den Händen. Als sie schließlich wieder aufblickte, las Berg nur noch Hass und Widerwillen darin. »Ich habe ihm auch vertraut, das müssen Sie mir glauben. Ich hatte wirklich keine Ahnung. Nachdem der Thiess damals gestorben war, brach Karin zusammen. Sie war immer schon ein wenig labil gewesen, und nach seinem Tod ließ sie sich vollkommen gehen. Ich dachte damals nicht, dass sie noch einmal auf die Füße kommen würde.«

»Sie sprechen von Karins erstem Mann?«, fragte Berg leise.

»Maries Vater, ja. Er hatte Krebs.« Sie machte eine Pause und starrte die Wand an. »Als Walter Riemann hier auftauchte, veränderte sich alles. Meine Tochter lebte wieder richtig auf. Als Walter dann mit der Idee herausrückte, dieses neue Fährhaus zu bauen, hielten ihn erst einmal alle für verrückt. Die ganze Insel hat über ihn gelacht, aber er kannte offenbar die richtigen Leute. Plötzlich gab es Verträge, Kredite wurden bewilligt, und kurz danach fingen die Bauarbeiten an. Und so ganz allmählich hat er sich Respekt verschafft. Er blieb auf der Straße stehen, um sich mit den Leuten zu unterhalten, und meldete sich im Chor an. Er traf einfach den richtigen Ton, und irgendwann war aus dem seltsamen Fremden ein Freund geworden. Das gelingt nicht vielen hier, schon gar nicht in so kurzer Zeit.«

»Aber innerhalb der Familie gab es Probleme«, vermutete Althuis.

Frau Karve nickte erschöpft. »Wenn ich nur früher etwas unternommen hätte. Zunächst hat Karin überhaupt nicht mit mir darüber gesprochen, und als sie anfing, sich über

Walter zu beschweren, habe ich ihr nur vorgehalten, was sie an diesem Mann hat. Wie froh sie sein sollte. Ich habe das alles nicht ernst genommen.« Sie griff nach einem Päckchen Taschentücher und schneuzte sich.

»Worüber hat sie sich beschwert?«, fragte Berg.

Frau Karve hob den Kopf und schaute ihn lange an. Ihre Unterlippe zitterte. »Kleinigkeiten«, sagte sie. »Er würde sie einengen, ihr Vorschriften machen. Dass er sie auch geschlagen hat, wusste ich damals noch nicht.«

Althuis sah auf die Uhr und richtete sich im Sessel auf. »Warum hat sie sich nicht von ihm getrennt?«

»Er war immerhin ein guter Vater. Für die Kleine tat er alles. Er verlangte zwar viel von ihr, aber er war auch großzügig, sie konnte alles von ihm haben. Und Marie hatte schließlich schon einen Vater verloren.«

Berg schüttelte den Kopf. »Und wie ging es weiter?«, fragte er.

»Es wurde immer schlimmer. Er behandelte Karin wie den letzten Dreck, nur das Kind zählte. Und sie ließ es sich gefallen, damit es der Kleinen gutging. Aber das tat es nicht. Marie veränderte sich immer mehr. Haben Sie mitbekommen, wie sie mit ihrer Mutter umgeht? Als würde sie sie verachten.«

»Ja, das ist mir auch aufgefallen.«

Frau Karve starrte zu Boden. »Dieser Treppensturz damals ist wohl tatsächlich ein Unfall gewesen. Warum sie versucht hat, es Walter in die Schuhe zu schieben, weiß ich auch nicht. Vielleicht war es ein Hilferuf.«

Althuis sah auf. »Aber Sie sagten doch gerade, dass es Marie gut bei Riemann hatte.«

»Das dachte ich zumindest die ganze Zeit. Bis Karin vor

zwei Wochen hier auftauchte. Sie sah schrecklich aus, total verheult. Sie zeigte mir einen großen Bluterguss. Walter hatte sie geschlagen. Sie hatte plötzlich so ein komisches Gefühl. Und dann hat sie Walter erwischt.«
»Er hatte eine andere?«
Die alte Frau sah auf, in ihren Augen standen Tränen. »Er hat sich an Marie vergangen«, flüsterte sie. »Und wer weiß, wie lange das schon ging.« Jetzt rannen wirklich Tränen über die Wangen der alten Frau.
Berg spürte, wie sich angesichts dieser Enthüllung sein Magen zusammenzog. »Aber auch da hat Ihre Tochter nichts unternommen«, stellte er stattdessen nüchtern fest.
Frau Karve schluchzte auf. »Ich habe ihr gesagt, geh zur Polizei, sprich mit Herrlich. Trenn dich von diesem Kerl, aber sie wollte davon nichts hören. Sie hatte viel zu viel Angst vor Walter. Der hatte inzwischen so viele Freunde auf der Insel, dass sie sicher war, niemand würde ihr glauben. Sie hätte von hier wegziehen müssen, und dafür fehlte ihr die Kraft.«
Berg stieß die Luft durch die Zähne aus. Endlich zeigte ihnen jemand den wahren Walter Riemann. Er musste an Marie denken und was sie wohl alles durchgemacht hatte. An die Anzeige vor zwei Jahren, den Hilferuf eines Kindes, den Herrlich nicht ernst genommen hatte. Ein Blick zu Althuis bestätigte ihm, dass ihr dasselbe durch den Kopf ging.
»Ich habe Karin bekniet, etwas zu unternehmen«, fuhr Elisabeth Karve stockend fort. »Aber sie hat nur geheult und wollte gleich wieder gehen. Sie sagte: ›Walter bringt uns beide um, wenn er erfährt, dass ich hier war.‹ Ich wollte sogar anbieten, Marie zu mir zu nehmen. Aber dazu

kam es nicht mehr.« Sie schloss die Augen und atmete tief aus.
»Und wer könnte außer Ihnen noch von diesem Familiengeheimnis gewusst haben?«, fragte Althuis.
»Ich bin mir sicher, dass außer mir niemand davon weiß. Karin schämt sich viel zu sehr. Und Walter muss in der Öffentlichkeit sehr vorsichtig gewesen sein, sonst hätte viel früher jemand etwas bemerkt.«
Berg überlegte kurz. Wenn niemand davon gewusst hatte, wer – außer Mutter und Tochter – sollte ein Motiv haben, Walter Riemann umzubringen? Andererseits konnte er sich nicht vorstellen, dass in einem Dorf mit so wenigen Einwohnern nichts von den familiären Problemen nach außen gedrungen war. »Was ist mit Ihrem Sohn, mit Christian?«, fragte er schließlich.
Frau Karve runzelte die Stirn. »Karin hat ihrem Bruder bestimmt nichts erzählt. Warum hätte sie das auch tun sollen? Christian ist der letzte Mensch, der sich für Marie interessiert. Der hat nichts als Saufen im Kopf. Es klingt hässlich, wenn man über den eigenen Sohn solche Dinge sagt, aber wir leben auch in einer verdammt hässlichen Welt.«
Damit war das Gespräch für Maries Großmutter beendet. Sie sackte derart in sich zusammen, dass Berg Bedenken hatte, sie allein zu lassen. »Haben Sie irgendjemanden, der sich ein wenig um Sie kümmern könnte?«, erkundigte er sich besorgt.
Frau Karve hob den Kopf und lächelte ihn an. Ihr Blick drückte Dankbarkeit aus, und Berg fragte sich, wie lange es wohl her war, dass sich jemand Gedanken um ihre Gesundheit gemacht hatte.

Dann presste sie die Lippen zusammen und schüttelte bestimmt den Kopf. »Junger Mann, ich habe einen Weltkrieg und zwei Ehemänner überlebt, ich werde auch das überleben.« Mühsam erhob sie sich und begleitete die beiden Polizisten zur Tür.

Auf dem Rückweg wirkte Althuis nachdenklich. »Riemanns Ex-Freundin hatte auch zwei halbwüchsige Töchter«, sagte sie schließlich. »Wer weiß, ob er sich an denen nicht ebenfalls vergangen hat? Denkst du, sie hätte ein Motiv, ihn umzubringen? Jetzt, vier Jahre nach der Trennung?«

»Den Hauptgrund, ihm etwas anzutun, hatte sicherlich seine Ehefrau«, überlegte Berg laut. »Nur hat die ein Alibi. Und dieses Alibi hat ihr ausgerechnet Marie gegeben, die doch so schlecht auf sie zu sprechen ist. Ich weiß im Moment nicht, was ich glauben soll. Die einzige Möglichkeit, die ich mir noch vorstellen kann, ist, dass jemand durch Zufall von Riemanns Doppelleben erfahren hat. Aber wer könnte emotional so sehr davon betroffen sein, dass er deswegen einen Mord begeht?«

»Ja«, erwiderte Althuis. »Oder es ging tatsächlich um etwas ganz anderes, und wir sind auf einer vollkommen falschen Spur.«

Sie schlenderten in Richtung Rathaus, wo Althuis unbedingt zu Abend essen wollte. Vor dem Teetied blieb sie stehen und betrachtete enttäuscht die überfüllte Terrasse.

Berg zuckte gleichmütig die Schultern. »Sollten wir es nicht besser woanders versuchen?«

Doch die Hauptkommissarin schaute ihn nur entsetzt an. »Heute steht Labskaus auf meinem Plan, also werde ich

auch Labskaus essen.« Sie zeigte auf die Tafel, die unterhalb der Stufen angebracht war.
Berg verdrehte die Augen. »Es wird doch wohl noch irgendwo sonst auf dieser Insel Labskaus geben.«
Aber Althuis schien ihm überhaupt nicht zuzuhören. Geschlagene zwanzig Minuten warteten sie, bis endlich ein Tisch frei wurde.
Berg bestellte lediglich einen Tee. Die ganze Geschichte war ihm auf den Magen geschlagen, außerdem stieß ihm die Bockwurst auf. So nippte er nur hin und wieder an seiner Tasse und versuchte, eine Unterhaltung in Gang zu bringen. »Hast du den Staatsanwalt erreicht?«, fragte er die Hauptkommissarin.
»Ja, ich habe ihn darüber informiert, dass wir Christian Karve bislang nicht angetroffen haben.«
»Und? Was sagt er?«
»Heinkes ist der Meinung, dass wir ihn vorerst nicht unbedingt brauchen. Eine Suchaktion hält er zu diesem Zeitpunkt für unnötig.«
Berg überlegte einen Moment. Es gab noch eine weitere Sache, die ihn beschäftigte. »Was wird denn nun aus dem Mädchen werden? Sie werden sie doch höchstens für ein paar Tage in der Klinik behalten.«
»Dieser Lührs wird sich bestimmt um sie kümmern«, entgegnete Althuis gedehnt. »Dem wird schon was einfallen.«
Nachdenklich betrachtete Berg ein kleines Mädchen am Nebentisch. »Hat er auch gesagt, was er zu tun gedenkt?«
»Ich weiß es nicht, ehrlich. Vielleicht entschließt sie sich ja doch noch, über ihre Probleme zu sprechen. Der Psychiater hat versprochen, mich anzurufen, falls sich etwas tut.«
Althuis kramte in ihrer Handtasche nach einem Taschen-

tuch. »Ich frage mich«, begann sie von neuem, »weshalb Marie überhaupt Selbstmord begehen wollte. Warum ausgerechnet jetzt? Ihr Stiefvater lebt nicht mehr, da müsste es ihr eigentlich bessergehen.«

Berg zuckte die Schultern. »Wer weiß schon, was in so einem Kind vorgeht?«

Später machten sie einen Umweg, um bei Christian Karve zu klingeln, doch abermals öffnete niemand. Als Berg sich von dem Haus abwandte, ging die Tür auf, und eine junge Frau mit kurzen Haaren und noch kürzerem Rock trat heraus.

»Entschuldigen Sie«, sprach er sie an und zeigte seinen Ausweis.

Das Mädchen umfasste den Wäschekorb, den sie unter dem Arm trug, ein wenig fester und sah ihm direkt in die Augen.

»Keine Angst, es ist nichts passiert«, fügte Berg rasch hinzu. »Hier im Haus wohnt ein Mann namens Christian Karve. Kennen Sie ihn vielleicht?«

»Nur vom Sehen.« Sie entspannte sich sichtlich und wartete darauf, dass er weitersprach.

»Wir waren schon mehrmals hier, weil wir dringend mit ihm reden müssen. Leider hatten wir bisher kein Glück. Ist es möglich, dass er verreist ist?«

»Wenn Sie ihn finden, sagen Sie ihm, er soll nachts nicht immer so einen Krach machen. Verreist ist der sicher nicht, der kommt doch nie weiter als bis zur nächsten Kneipe.« Mit diesen Worten drängte sie sich an Berg vorbei und verschwand zur Kellertreppe.

»Kneipen«, wiederholte Althuis. »Richtige Kneipen gibt es hier aber kaum, nicht wahr?«

Berg nickte. Auf Spiekeroog waren die meisten Lokale auf Touristen ausgerichtet. Nur zwei oder drei Kneipen fielen ihm ein, zu denen dieser Name gepasst hätte. Eine davon, die Pfingstrose, kannten sie ja bereits.

Auf dem Revier hatte sich in der Zwischenzeit nicht viel getan. Johanssen stand vor der winzigen Küchenzeile und reinigte die Kaffeemaschine. Berg sah ihm an, dass er litt. Althuis ging kopfschüttelnd zu ihm hinüber.
»Schon gut, so schlimm ist es wirklich nicht«, murmelte der Insulaner. Seine Aussprache war in den wenigen Stunden noch undeutlicher geworden.
»Sie gehen jetzt nach Hause und gleich morgen früh zum Zahnarzt. Es ist ohnehin schon spät«, sagte Althuis mit ernstem Gesicht und betrachtete Johanssen wie einen Schwerverletzten.
Der nickte nur schwach, räumte eine Packung mit Filtertüten weg und ging zur Garderobe. Als er gerade das Revier verlassen wollte, summte die Türglocke. Im Flur stand eine ältere Dame, die einen verwaschenen graugrünen Trainingsanzug trug. Ihre Brillengläser waren entsetzlich dick, wie Panzerglas. Ihre Haare standen zu Berge, und sie machte allgemein einen leicht desorientierten Eindruck.
»Kann ich Ihnen helfen?«, erkundigte sich Johanssen und blieb stehen, um die Frau genau zu betrachten. »Frau Osterkamp, ist alles in Ordnung?«
Die alte Dame wirkte aufgeregt und erschöpft zugleich.
»Das ist Frau Osterkamp«, nuschelte Johanssen in Richtung Berg, und die Alte nickte eifrig dazu. »Sie hat hier früher eine Bäckerei geführt. Ich habe schon als kleiner Junge dort meine Brötchen gekauft.«

Berg fiel es schwer, sich Johanssen, der ihn um einen guten Kopf überragte, als Kind vorzustellen. Geduldig wartete er, dass die Frau ihnen mitteilte, was sie hierhergeführt hatte. Nicht, dass es ihn besonders interessierte. Doch als sie anfing zu sprechen, horchte er auf.

»Stimmt es, dass Walter Riemann in den Dünen draußen erschossen wurde? Herr Strom hat mir davon erzählt. Also, stimmt das?«

Vermutlich war die Frau nur hergekommen, um sich von ihnen beruhigen zu lassen. Trotzdem sah Berg keine Veranlassung, Informationen zurückzuhalten. »Das ist richtig. Sie sollten sich allerdings keine allzu großen Sorgen machen, denn …«

»Sorgen?«, unterbrach ihn die Alte kopfschüttelnd. »Ich bin eigentlich aus einem anderen Grund hergekommen. Ich weiß natürlich nicht, ob es wichtig ist. Wann wurde der Mann genau erschossen?«

Berg stutzte. »Das war am Abend des fünfzehnten«, murmelte er. »Worum geht es denn eigentlich?«

Frau Osterkamp blinzelte unbeholfen. Wenn schon nicht verwirrt, so war sie auf jeden Fall ziemlich kurzsichtig. »Das war ein Montag, nicht wahr? Ich konnte nämlich genau in der Nacht von Montag auf Dienstag nicht einschlafen, da habe ich ein wenig aus dem Fenster gesehen. Ich wohne im Slurpad, direkt in dem Eckhaus, wissen Sie?«

Berg betrachtete die Frau argwöhnisch. »Und das ist Ihnen jetzt plötzlich wieder eingefallen?«, fragte er. »Sind Sie sicher, dass wir dieselbe Nacht meinen?«

Frau Osterkamp warf ihm einen schrägen Blick zu. »Wenn ich mir nicht sicher wäre, würde ich es sagen, junger Mann.«

»Am folgenden Tag haben zwei Beamte sämtliche Anwohner befragt«, erklärte er zögernd.
Die Alte zeigte ein beinahe zahnloses Lächeln. »Außer die Bewohnerin der Nummer 2, da hat nämlich keiner aufgemacht, richtig?«
»Und warum haben Sie nicht aufgemacht, wenn ich fragen darf?«
»Ganz einfach, weil ich nicht aus dem Bett hochgekommen bin. Montag auf Dienstag, das war genau die Nacht, bevor mich diese dämliche Grippe heimgesucht hat. Es war ziemlich dunkel, aber gegenüber steht eine Straßenlaterne. Dann kam ein Mann vorbei. Er rannte. Ich meine nicht wie ein Jogger oder so. Dieser Mann rannte, als sei der Teufel hinter ihm her. Einen kurzen Moment konnte ich ihn sehen, als er den Lichtkreis der Straßenlampe passierte. Danach hörte ich ihn nur noch keuchen, als er in Richtung Ort verschwand. Ich weiß ja nicht, ob Ihnen das hilft, aber ich dachte, ich erzähle Ihnen besser davon.«
»Um wie viel Uhr war das?«, fragte Berg, inzwischen sicher, dass die Frau sehr genau wusste, wovon sie sprach.
»So gegen halb elf vielleicht.«
»Und können Sie uns den Mann beschreiben?«
Verlegen lächelnd tippte sie an einen Bügel ihres Brillengestells. »Im ersten Moment dachte ich ja …« Dann korrigierte sie sich eilig. »Leider sehe ich schon seit Jahren ziemlich schlecht, deswegen bin ich mir auch nicht ganz sicher …«
Während sie nach Worten suchte, ging abermals die Türglocke, gleichzeitig klopfte jemand an die Tür.
Berg wandte sich ab, um zu öffnen. Ein bärtiger Mann blickte ihn aus zusammengekniffenen Augen an.

»Osterkamp. Ist meine Mutter hier?«
»Piet!« Erschrocken zuckte die Alte zusammen. »Ich dachte, du bist noch im Laden.«
»Der Lütte passt so lange auf. Helgersson hat mich angerufen und gesagt, dass du zur Polizei gehen willst.«
Frau Osterkamp reckte den Hals und warf ihm einen störrischen Blick zu. »Noch brauche ich kein Kindermädchen«, entgegnete sie mit fester Stimme.
»Nun mal langsam«, mischte sich Berg ein. Er sah sich hilfesuchend nach Johanssen um, aber der hatte sich auf dem einzigen Drehstuhl niedergelassen und starrte mit schmerzverzerrtem Gesicht vor sich hin. »Ihre Mutter wollte mir gerade erzählen, was sie in der Nacht zum sechzehnten vom Fenster aus beobachtet hat. Vielleicht sollten Sie einfach einen Moment draußen Platz nehmen, bis wir hier fertig sind.«
»Was willst du denn beobachtet haben?«, fragte Piet aufgebracht, ohne auf Bergs Vorschlag zu reagieren. Dann drehte er sich zu Johanssen um. »Erik, du weißt doch selbst, dass meine Mutter kaum noch was sieht.«
Aber Johanssen zuckte nur mit den Schultern. »Sie wird wohl selbst wissen, was sie tut«, sagte er leise und berührte vorsichtig die geschwollene Wange.
»Frau Osterkamp«, versuchte es Berg noch einmal in aller Ruhe. »Sie haben also einen Mann gesehen. Einen Mann, der vor irgendetwas davonlief.«
Die alte Frau schaute unsicher von einem zum anderen. Sie wirkte bei weitem nicht mehr so resolut wie vor wenigen Minuten. Dann nickte sie vorsichtig.
»Und können Sie uns den Mann vielleicht beschreiben? Oder haben Sie ihn sogar erkannt?«

Berg warf dem Sohn einen scharfen Blick zu, und der hielt tatsächlich für einen Augenblick den Mund, dann dauerte es ihm offensichtlich zu lange.
»Na, hast du oder hast du nicht?«
Die alte Frau begann, unschlüssig ihre Hände zu reiben. »Na ja, ich bin mir nicht sicher.«
Piet grinste selbstzufrieden. »Da sehen Sie es.«
Langsam wurde Berg wütend. »Jetzt lassen Sie Ihre Mutter doch einfach mal erzählen«, sagte er in scharfem Tonfall.
Aber der kräftige Insulaner zeigte sich völlig unbeeindruckt. Stattdessen legte er der alten Frau besitzergreifend seinen Arm um die Schultern, und Frau Osterkamp schien unter der Last zu schrumpfen. Betreten sah sie sich im Zimmer um und nickte schließlich ergeben. »Ich glaube, du bringst mich besser nach Hause.«
Berg stöhnte innerlich auf. Er sah seine Zeugin die Augen niederschlagen und wusste, dass das Gespräch damit beendet war.
»Hören Sie«, setzte er zu einem letzten Versuch an. »Für uns ist im Augenblick jedes Detail wichtig. Auch wenn es sich nur um eine ungenaue Beschreibung handelt, kann es wichtig sein.«
Piet warf ihm einen finsteren Blick zu. »Sie hören doch, dass sie kaum etwas sieht. Schon gar nicht im Dunkeln. Komm, Mutter, wir gehen. Du hättest gar nicht herkommen sollen.« Mit seinen riesigen Händen schob er die alte Dame vor sich durch die Tür und nickte Berg noch einmal zu. »Fragen Sie Erik, wenn Sie mir nicht glauben.«
Kopfschüttelnd begleitete Berg die beiden nach draußen, dann kehrte er ins Büro zurück und stützte sich mit den

Händen schwer auf dem Schreibtisch ab. »Sieht sie wirklich so schlecht?«, fragte er Johanssen.
»Ja«, entgegnete der Rentner leise. »Sie hat schon seit Jahren Probleme mit den Augen. Aber ich hätte trotzdem gern gehört, was sie zu sagen hatte.«
»Dann bestellen wir sie noch einmal offiziell her«, schlug Berg vor. »Ohne dass dieser Piet uns dazwischenkommen kann.«
Johanssen schüttelte nur den Kopf. »Das wird nichts nützen. Sie wird dabei bleiben, dass sie niemanden erkannt hat. Herrlich hätte sie vielleicht mehr erzählt, aber mit fremden Polizisten tun sich die Leute hier schwer. Ich gehe jetzt nach Hause.«
Einen Moment lang überlegte Berg, ob er Johanssen bitten sollte, Frau Osterkamp unter vier Augen auf die Sache anzusprechen, doch dann entschied er sich dagegen. Der Insulaner sah tatsächlich aus wie ein Häufchen Elend.
Er ging ins Nebenzimmer, um Althuis von dem Zwischenfall zu unterrichten.
Die Hauptkommissarin schien wenig beeindruckt. »Versteif dich nicht zu sehr auf solche Dinge. Wer weiß, was die Frau wirklich gesehen hat.«
»Vielleicht hast du recht, trotzdem mache ich auf jeden Fall einen Vermerk darüber«, erwiderte Berg.
»Tu das.« Althuis wandte sich ab. Sie war mit ihren Gedanken ganz woanders.

Mittwoch, 24. Juni, abends

Berg verabschiedete sich und stand dann eine Weile unschlüssig auf dem schmalen Rasenstreifen vor dem Revier. Es war spät geworden. Am Himmel bildeten rostrote und dunkle Streifen ein unregelmäßiges Muster, als sei eine Schlechtwetterfront im Anzug. Der Wind hatte deutlich aufgefrischt, und er erinnerte sich, dass Johanssen heute etwas von einer Sturmwarnung erzählt hatte. Das war das Letzte, was er jetzt brauchte, ihm ging es auch so schlecht genug. Jeder einzelne Knochen schien zu schmerzen, eine seltsame Schwäche hatte sich im ganzen Körper ausgebreitet. Trotzdem trieb ihn eine Ruhelosigkeit an, für die er selbst keine Erklärung hatte. Die Vorstellung, sich in das beengte Zimmer mit der Dachschräge zurückzuziehen, ertrug er im Augenblick ebenso wenig wie den Gedanken an eines der touristenüberlaufenen Lokale.

Ohne weiter nachzudenken, zog er los und entfernte sich immer weiter von den Lichtern des Inseldorfes und den Menschen, die es bewohnten. Sobald er Gelächter oder Fetzen einer Unterhaltung hörte, wechselte er die Richtung und hatte schon bald das Gefühl, im Kreis zu laufen, ständig auf der Suche nach einem abgeschiedenen Ort.

Irgendwann erreichte er den Slurpad. Der schmale Weg schlängelte sich an den letzten Häusern vorbei in Richtung der Dünen, die bei der Dunkelheit schattenhaft und unwirklich vor ihm aufragten. Hier irgendwo hatte Riemann gelegen, dicht am Weg, einfach liegen gelassen wie ein Stück Abfall, das jemand hatte loswerden wollen.

Berg kniff die Augen zusammen, aber außer den Umrissen der Hügel konnte er nichts erkennen. Von fern drangen Musikfetzen an sein Ohr, aber schon nach wenigen Metern wurde das Geräusch vom Schlagen der Wellen überlagert.
Der Weg stieg leicht an, und Berg steckte die Hände in die Jackentaschen. Seitlich erahnte er eines der Schilder, die Besucher darauf hinwiesen, dass das Betreten der Dünen nicht gestattet war.
Endlich ging das Pflaster in den feinen Sand über, der Weg machte eine kurze Biegung und fiel nun steiler ab, kaum noch mehr als ein schmaler sandiger Graben, der ihn direkt zum Wasser hinabführte. Es war das erste Mal, dass Berg sich zu so später Stunde am Strand aufhielt. Er hatte von Anfang an gewusst, dass Spiekeroog nicht mit einer dieser Touristenhochburgen zu vergleichen war, doch mit dieser Stille hatte er nicht gerechnet. In regelmäßigen Bewegungen leckte das Wasser an den Strand. Wie ein Tier, schoss es ihm durch den Kopf, ein riesiges Lebewesen, das versucht, auf die Insel zu gelangen – beinahe verzweifelt und trotzdem erschreckend beharrlich.
Berg machte einen Bogen um einen der Strandkörbe und hielt sich an der Seitenwand fest. Obwohl es inzwischen dunkel und auch nicht mehr besonders warm war, zog er Schuhe und Strümpfe aus, krempelte seine Hosenbeine ein Stück hoch und ging vorsichtig zum Wasser hinunter. Zentimeterweise zog sich die See zurück, bald würde man ins Watt laufen können, um Seesterne zu suchen.
Berg blieb einige Minuten lang stehen, während seine Fußsohlen mehrere Zentimeter im kalten Schlick einsanken, als er plötzlich oberhalb des Weges eine Bewegung wahrnahm.

»Hallo?«, fragte er viel zu leise und setzte sich langsam in Bewegung. »Ist dort jemand? Hallo!«

Einen Moment lang rührte sich nichts. Fast glaubte er schon, sich getäuscht zu haben, doch dann tauchte auf einmal ein Schemen auf und kam auf ihn zu. Erst als die Frau dicht vor ihm stand, erkannte Berg das schmale Gesicht mit den brennenden Augen.

»Guten Abend«, sagte Nadine Praun. Sie trug ein leichtes Sommerkleid, das Haar flatterte im Wind.

»Was tun Sie denn hier?«, fragte Berg und wurde sich im gleichen Moment der Unsinnigkeit seiner Frage bewusst.

»Ich bin oft hier ... in letzter Zeit.« Die Worte klangen verlegen, beinahe wie ein Schuldeingeständnis. »Und Sie?«

»Ich brauchte noch etwas frische Luft«, antwortete er ausweichend.

»Sie haben sicher viel zu tun.« Das Mitgefühl in ihrer Stimme schien nicht gespielt. »Außer meinem Mann gab es noch zwei weitere Tote. Die Zeitung hat darüber berichtet.«

Berg dachte an die Regionalzeitung, die Althuis ihm auf den Schreibtisch gelegt hatte.

»Ja, im Moment haben wir es mit zwei Morden zu tun«, erwiderte er.

Nadines Gesicht schwebte vor ihm wie ein fahler Fleck in der Dunkelheit, einzig ihre großen Augen schienen zu leuchten.

»Haben Sie denn schon eine Spur?«

»Die Ermittlungen laufen noch«, entgegnete er kurz angebunden. »Und wie geht es Ihnen? Haben Sie schon Post von der Staatsanwaltschaft bekommen?«

Als würde sie Schutz suchen, rückte sie einen Schritt näher

an ihn heran. In ihrem Blick lag etwas, das er nicht richtig deuten konnte. »Ich rechne jeden Tag damit«, sagte sie leise.

Irgendwo schrie ein Vogel.

»Machen Sie sich nicht verrückt«, entgegnete er. »Das Verfahren wird sicherlich eingestellt werden, immerhin war die Situation eindeutig. Was haben Sie denn vor, wenn alles vorbei ist?«

Sie schaute auf das Meer hinaus, das sich inzwischen noch weiter zurückgezogen hatte. »Wenn alles vorbei ist, wie Sie sagen, werde ich hier meine Zelte abbrechen und fortgehen. Irgendwohin, wo mich niemand kennt.« Aus kalt glitzernden Augen schaute sie ihn entschlossen an. »Wissen Sie, was das Schlimmste ist? Mit der Schuld könnte ich leben, aber nicht mit dem Mitleid in den Gesichtern der Leute. Und diejenigen, die den Blick senken und sich abwenden, die sind am schlimmsten.«

Nadine Praun begann zu zittern und umschlang ihren Oberkörper mit den Armen. Ob es an der Kälte lag, die der stärker werdende Seewind mit sich trug, oder an etwas anderem, konnte Berg nicht sagen.

Nur, dass sie litt, und zwar erheblich litt, konnte er sehen, konnte es in ihrer Gegenwart beinahe körperlich spüren. Berg glaubte, eine Flut von Traurigkeit wahrzunehmen, die von ihr auf ihn übergriff. Nur zu gern hätte er sie abgeschüttelt, sich frei gemacht von der Erinnerung, die diese Frau jedes Mal aufs Neue in ihm wachrief, doch gleichzeitig meldete sich eine vorwurfsvolle innere Stimme zu Wort. War er nicht einmal bereit, seine eigenen Gefühle für eine kleine Weile beiseitezuschieben? Einfach nur ein paar Minuten zuzuhören?

Inzwischen fing er selbst an zu frieren. Seine nackten Füße wurden bereits gefühllos, und er sehnte sich nach etwas Wärme.
»Soll ich Sie vielleicht nach Hause bringen?«, erkundigte er sich, aber sie schüttelte nur den Kopf.
»Es geht schon. Aber danke, dass Sie gefragt haben.«
Sie verschwand; verschwand als Schemen zwischen den Büschen, die den Drahtzaun säumten, dann blieben nur der Wind, das Meer und er selbst zurück.
Wie betäubt starrte Berg ihr hinterher.
Kerstins Tod stand ihm vor Augen, als wäre es erst gestern passiert. Schuldgefühle nagten an ihm, Schuldgefühle wegen dieses schrecklichen Unfalls und Schuldgefühle wegen seiner Freundin Saskia, die ihn nicht länger hatte ertragen können. Ja, er hatte einen Fehler gemacht, sogar eine Menge Fehler, aber das Leben ging dennoch weiter. Er dachte an Johanssen, der sich im Revier eine Zuflucht vor der Einsamkeit geschaffen hatte, an Althuis und ihre unsäglichen Pfeildiagramme.
All diese Menschen kämpften täglich darum, die Welt für sich und andere ein wenig erträglicher zu machen. Sie stellten sich den Problemen, jeder auf seine Weise. Und was tat er?

Das Dachzimmer wirkte noch enger als sonst. Müde schaute Berg aus dem Fenster auf die Straße hinab. Ein einsames Licht näherte sich dem Haus und verschwand um die nächste Ecke. Berg klatschte sich mit einer Hand gegen die Stirn. Das Fahrrad! Morgen würde er sich endlich darum kümmern. Und nicht nur darum. Es war Zeit für einen Neuanfang in seinem Leben, Zeit, endlich die

alten Fehler hinter sich zu lassen und in die Zukunft zu schauen.
Frierend warf er einen Blick auf die Uhr. Ihm blieben noch fünf Stunden Schlaf, vorausgesetzt, er konnte jetzt schlafen. Er plazierte einen zweiten Wecker auf der Fensterbank und ging endlich ins Bett.

Donnerstag, 25. Juni

Ein unbarmherziger Ostwind wehte kalte Regenschauer gegen die Fensterscheiben, als am späten Vormittag Kurt Liebling durch die Tür trat. Er war tadellos gekleidet, und die wenigen grauen Haare, die ihn noch von einer Vollglatze trennten, glänzten feucht vom Regen.

»Ich hoffe, Sie haben unseretwegen keine Schwierigkeiten bekommen«, begrüßte Althuis den farblosen Kassierer.

»Oh, wenn ich helfen kann, komme ich doch gern.«

Die heisere Stimme jagte Berg einen eiskalten Schauer über den Rücken, obwohl er sich noch immer fiebrig fühlte.

»Ich wüsste bloß nicht, was …«

»Keine Sorge, das will ich Ihnen ja gerade erklären. Ich habe da nämlich so eine Theorie, und ich glaube, Sie sind der Einzige, der mir im Augenblick helfen kann. Ja, ja, nur nicht so bescheiden, Sie sind ein ganz wichtiges Glied in unserer Ermittlungskette, sozusagen die Schlüsselfigur.« Althuis zog beim Sprechen in rhythmischen Abständen die Brauen in die Höhe, dabei sah sie aus, als redete sie auf ein Kind ein.

Liebling lächelte zerknirscht. Das weiße Hemd begann, sich unter den Achseln durchscheinend zu färben. Er nahm auf dem angebotenen Stuhl Platz und zog den Kopf ein. »Glauben Sie denn …?«, krächzte er, und Althuis schenkte ihm ein wohlwollendes Lächeln.

»Allerdings. Ich glaube, dass Ihr Kollege Matthias Roth ermordet wurde.«

»Nein, tatsächlich. Und weshalb?«

»Das haben wir uns natürlich auch gefragt. Anfangs war es sehr verwirrend. Aber dann hat mein junger Kollege hier, Kriminalkommissar Berg, ein Gespräch mit Ihrem ehemaligen Lehrling geführt. Ein überaus aufschlussreiches Gespräch. Können Sie sich vorstellen, wieso?«

»Nein.« Liebling wurde noch heiserer als sonst, bald würde ihm die Stimme ganz wegbleiben.

Johanssen kam mit einer Kanne Tee und drei Tassen auf einem Tablett herein. Seine Wange war nur noch leicht angeschwollen.

»Dieser Magnus Jäger behauptet nämlich, dass ihm damals zu Unrecht gekündigt wurde, sozusagen durch eine kleine Intrige. In Wirklichkeit hätten Sie das Geld aus der Kasse genommen.«

»Lächerlich. Aber was kann man von dem auch anderes erwarten? Vollkommen wirr im Kopf, der Knabe.«

»Meinen Sie?« Althuis lächelte zuckersüß.

Berg stellte sie sich auf einem römischen Streitwagen vor, mitten im Triumphzug.

»Herr Jäger hatte noch mehr zu erzählen, zum Beispiel, dass Sie eine Leidenschaft fürs Kartenspielen haben. Eine geheime Leidenschaft, für die man bekanntlich viel Geld braucht. Er hat Sie damals in Ihrer Stammkneipe beim Zocken überrascht. War es nicht so?« Sie schlug sich mit der Hand vor die Stirn und lächelte abermals zuckersüß. »Die Rechte, die hätte ich ja beinahe vergessen. Wir wollen doch keinen Fehler machen. Sie haben selbstverständlich das Recht, zu schweigen …«

Während Althuis dem Kassierer seine Rechte vortrug, fiel Berg siedend heiß ein, dass er eigentlich etwas aus der Bäckerei hatte mitbringen wollen. Ein paar belegte Brötchen

vielleicht, irgendetwas, das ihnen allen hier im Revier zugutekam. Er hatte es einfach vergessen.
Nachdem Althuis geendet hatte, atmete sie tief durch und nickte Liebling aufmunternd zu. »Also, geben Sie zu, dass Sie hin und wieder gern Ihr Glück versuchen?«
»Und wenn schon? Was hat denn das alles ...«
»Das werde ich Ihnen sagen.« Althuis' Ton wurde etwas schärfer. »Matthias Roth wusste ebenfalls von Ihrem kleinen Geheimnis. Vielleicht war er auch einmal in dem besagten Lokal. Und ich vermute, er kam, ebenso wie Jäger, darauf, dass Sie Geld von den Tageseinnahmen abzweigten. Als Kassierer muss er das gemerkt haben. Sicher, es war nur geliehen. Bestimmt wollten Sie alles zurückzahlen, bevor irgendjemand etwas bemerken konnte, von Ihrem nächsten Gewinn vermutlich, doch der ließ leider auf sich warten. Sie wussten nicht mehr weiter.«
»Hören Sie endlich mit diesen haltlosen Unterstellungen auf. Sofort!«
Liebling saß noch immer steif und mit eingezogenem Kopf auf seinem Stuhl, und Berg überlegte, ob das etwas über seine Persönlichkeit aussagte. Er schaute zu dem ängstlichen Mann mit der krankhaft blassen Hautfarbe hinüber und wandte sich angewidert ab.
»Und das war erst der Anfang«, tönte Althuis siegessicher. »Roth wusste also etwas, das er nicht wissen durfte. Nur war er bedauerlicherweise nicht der mitfühlende Kollege, den Sie nötig gehabt hätten. Er dachte gar nicht daran, den Mund zu halten, geschweige denn, Ihnen zu helfen. Matthias Roth war Alkoholiker. Somit hatten Sie eine entscheidende Gemeinsamkeit. Auch er brauchte dringend Geld. Was lag ihm also näher, als Sie zu erpressen? Sie hat-

ten keine Wahl mehr. Sie fühlten sich in eine Ecke gedrängt. Selbst der ersehnte Gewinn beim Poker hätte Ihnen Ihre Ruhe nicht wiedergeben können, denn von nun an kreiste ständig dieser Aasgeier über Ihnen. Was sollten Sie also tun?«

Liebling begann, in feinen, kaum wahrnehmbaren Bewegungen zu zittern. Jeglichen Widerspruch schien er aufgegeben zu haben, mit gesenktem Kopf ließ er alles über sich ergehen.

»Zunächst versuchten Sie es mit derselben Masche wie bei Magnus Jäger. Sie hatten Rückendeckung, schließlich war im Supermarkt bekannt, dass der Kollege ständig angetrunken war, und Eilerts glaubte Ihnen natürlich sofort. Sie hofften, wenn Roth erst entlassen sei, würde er Spiekeroog schnell den Rücken kehren. Nur, dass Eilerts ihn nicht feuerte. Er gab dem Kerl tatsächlich eine zweite Chance. Mit so viel Großherzigkeit hatten Sie nicht gerechnet. Und Roth, der vorübergehend von der Arbeit freigestellt war, hatte jetzt noch mehr Zeit zum Saufen. Seine Forderungen wurden immer unverschämter. Unterbrechen Sie mich ruhig, wenn ich mich irre.«

Berg starrte Althuis an. Er hatte die Hauptkommissarin noch nie so viel reden hören. Auf ihrer Stirn standen dicke Schweißtropfen, aber abgesehen davon war ihr keinerlei Anstrengung anzumerken. Sie kam gerade erst so richtig in Fahrt.

Liebling dagegen keuchte, als würde er schwere körperliche Arbeit verrichten.

»Als Sie sich nicht mehr zu helfen wussten«, fuhr Althuis mit glänzenden Augen fort, »sahen Sie nur noch einen Ausweg. Roth musste sterben! Sie wussten, dass er Insulin

spritzte. Sie wussten außerdem, dass Insulin tödlich wirken kann, wenn man es zu hoch dosiert. Also warteten Sie ab, bis er wieder einmal total betrunken war. Sie begleiteten ihn nach Hause und setzten dem Mann, der laut Autopsiebericht bereits eine ordentliche Alkoholvergiftung hatte, die Injektion.«
Berg sah zum Fenster hinaus. Sein Kopf schien voller Watte zu sein, und er hatte Mühe, sich zu konzentrieren. Ganz plötzlich hatte der Regen aufgehört, und auch der Wind schien zu erlahmen. Die Wolkendecke war aufgerissen, und die Straße lag vor ihm, eingetaucht in ein beinahe weißes Licht. Für einen Moment verlor er sich in diesem Anblick, dann riss er sich zusammen und lenkte seine Aufmerksamkeit wieder auf Liebling. Der Kassierer räusperte sich in einem fort und wiegte mechanisch den Kopf vor und zurück.
Althuis jedoch dachte nicht daran, eine Pause einzulegen.
»Und da Sie selbst kein Diabetiker sind«, sie klang nun beinahe verständnisvoll, »konnten Sie auch nicht wissen, dass man das Insulin ins Unterhautfettgewebe spritzt. Sie versuchten es mit einer Vene, und als das nicht funktionierte, drückten Sie ihm die Nadel einfach in den Arm und machten sich aus dem Staub in der Hoffnung, es werde ihn schon umbringen. Und Sie hatten Glück, zunächst jedenfalls.« Sie klatschte den Schnellhefter, mit dem sie bei den letzten Sätzen gespielt hatte, auf die Schreibtischplatte.
Liebling zeigte keine Regung, sein Blick war starr auf einen Punkt an der Wand gerichtet.
»Und jetzt sehen Sie mich an und sagen mir, dass es verdammt noch mal nicht so war!«, brüllte Althuis ihn unvermittelt an.

Als Liebling der Hauptkommissarin sein Gesicht zuwandte, wirkte er hilflos, zerbrochen. Kaum gelang es ihm, ihrem Blick standzuhalten.
»War es so, Herr Liebling? Haben Sie Matthias Roth getötet?«, fragte Althuis noch einmal. »Wir werden die Fingerabdrücke am Tatort mit Ihren vergleichen. In der Wohnung, die Sie angeblich nie betreten haben.«
Berg erhob sich und ging auf den Mann zu. »Kommen Sie«, sagte er. »Machen Sie es sich nicht noch schwerer.«
Der Kassierer sah langsam zu ihm auf. Abermals räusperte er sich lange und schüttelte dabei ärgerlich den Kopf. Dann warf er Althuis einen feindseligen Blick zu. Mit geübtem Griff lockerte er schließlich seinen Krawattenknoten, und mit dieser Geste schien alle Unsicherheit von ihm abzufallen.
»Nein!«, entgegnete er. Seine Augen glänzten trotzig. »Vergessen Sie es!«

»Wenn du willst, kannst du jetzt Mittag machen, und am besten bleibst du heute Nachmittag gleich zu Hause und legst dich ins Bett. Du siehst aus, als hättest du Fieber, und ich habe keine Lust, mich bei dir anzustecken«, erklärte Althuis.
Liebling war vor wenigen Minuten zur Tür hinausspaziert. Es gab keinen Grund, ihn länger hierzubehalten. Keinen einzigen.
Berg nickte ihr zögernd zu.
Althuis war schlecht gelaunt. Sie wusste, dass sie sich als Ermittlungsleiterin auf äußerst dünnem Eis bewegte. Wenn nicht bald ein Wunder geschah, würde sie sich bei ihrer Rückkehr aufs Festland so einiges anhören müssen.

Kurz darauf schleppte sich Berg den Wüppspoor in Richtung Ortskern entlang. Er dachte an das bevorstehende Dorffest, zu dem neben den Inselbewohnern auch viele Gäste vom Festland erwartet wurden. Der einzige Tag im Jahr, an dem die Fähre nach zweiundzwanzig Uhr noch ablegen würde. Die Vorstellung so vieler Menschen beunruhigte ihn auf einmal. In Berlin war das nichts Besonderes gewesen, aber hier hatte er trotz der zahllosen Urlauber immer das Gefühl, ein kleines Stück der Insel für sich zu haben. Es gab zu jeder Tageszeit Orte, an die man sich zurückziehen konnte. Aber vielleicht lag es auch einfach an dem Fieber.
An einem Imbiss kaufte Berg ein Brötchen und zwang sich, wenigstens die Hälfte davon zu essen.
Die Sonne schien, und offenbar war es auch wärmer geworden. Irritiert beobachtete Berg die Menschen, die ihm entgegenkamen. Die meisten trugen T-Shirts oder dünne Blusen. Er hingegen schlug den Kragen seiner Jacke hoch und zog den Reißverschluss zu.
Obwohl er sich am liebsten nur noch ins Bett legen wollte, schaute er noch einmal auf dem Revier vorbei, denn inzwischen waren sicher die Ergebnisse von dem Vergleich der Fingerabdrücke eingetroffen.
Althuis hatte recht behalten. Es gab keinen einzigen Fingerabdruck von Liebling in der Wohnung seines toten Kollegen, was selbstverständlich überhaupt nichts bedeutete. Jeder Idiot konnte sich Handschuhe besorgen, wenn er eine Straftat plante.
Berg war nach wie vor davon überzeugt, dass sich alles genau so abgespielt hatte, wie er von Anfang an vermutet hatte. Dass sie dem Kassierer noch nichts davon nachwei-

sen konnten, war zwar ein Problem, aber seiner Erfahrung nach kein unlösbares.

Althuis schien das anders zu sehen. Mit düsterer Miene saß sie am Schreibtisch.

»Jetzt ist es also so weit«, erklärte sie schließlich. »Ich habe noch einmal mit diesem Wichtigtuer von Staatsanwalt gesprochen. Er ist auch der Meinung, dass wir Verstärkung anfordern sollten, wenn sich nicht bald etwas tut.«

»Ich sehe darin keine Kritik an unserer Arbeit«, erwiderte Berg. »Es ist doch durchaus üblich, dass im Laufe einer Ermittlung die Stammbesetzung nicht ausreicht. Wo ist denn das Problem dabei?« Er sah Althuis an, dass sie Mühe hatte, die richtigen Worte zu finden.

»Es gibt kein Problem«, flüsterte sie, zog ein Taschentuch aus ihrer Jeanstasche und schneuzte sich geräuschvoll. »Überhaupt keins. Wahrscheinlich bilde ich mir alles nur ein. Vielleicht bin ich einfach zu empfindlich, was?« Sie lachte laut auf, dann schlug sie ihm fest auf die Schulter. »Und jetzt sieh zu, dass du ins Bett kommst.«

Donnerstag, 25. Juni, nachmittags

Trotz des Fiebers konnte Berg sich nur schwer dazu entschließen, in sein Zimmer zurückzukehren. Vor dem Rathaus schaute er für eine Weile den Aufbauarbeiten für das Dorffest zu. Eine Gruppe Touristen, mehrere Einheimische und natürlich viele Kinder standen herum, um zu beobachten, wie bunte Girlanden, Lichterketten und endlose Kabel durch die Gegend gezogen wurden. Ein Mann in orangegelber Warnweste karrte ein Toilettenhäuschen heran, ein anderer zimmerte letzte Bretter auf das kleine Podest, wo am nächsten Tag die Kapelle spielen sollte.

»Es soll einen Sturm geben, auch wenn es im Moment gar nicht danach aussieht«, hörte er in diesem Moment hinter sich eine Frau mit ehrfurchtsvoller Stimme sagen. »Aber in den Nachrichten haben sie die Sturmwarnung von gestern heute nochmals bestätigt. Hoffentlich fällt nicht alles ins Wasser.«

Auch vor ihm hatten sich Grüppchen zusammengefunden, die über den bevorstehenden Tag und die Wetteraussichten diskutierten.

Schließlich wurde es Berg zu eng, er drehte sich um und begann, sich durch die Menschen zu quälen, die kaum Anstalten machten, ihn durchzulassen. Er war inzwischen wirklich durchgefroren und wollte nur noch nach Hause, um sich in seinem Bett zu verkriechen. Irgendwer erwischte ihn mit dem Ellbogen knapp über der Hüfte, dann trat ihm jemand auf den Fuß. Als er sich suchend nach dem Verantwortlichen umsah, entdeckte er am Rand des Platzes Nadine Praun. »Hallo.« Er versuchte, einen Arm zu heben, der jedoch sofort wieder vom Gewühl verschluckt wurde. Endlich gelang es ihm, sich aus dem Pulk zu befreien.

Die junge Frau bewegte sich in seine Richtung und nickte ihm freundlich zu. »Sehen Sie sich die Vorbereitungen für morgen an?«

Berg zuckte müde die Schultern. »Ich bin eher mitten hineingestolpert. Das Dorffest soll ja das Ereignis hier sein. Werden Sie hingehen?«

Sie schaute zu den lärmenden Kindern hinüber, und wieder lag diese Traurigkeit in ihren Augen, die Berg kaum ertrug.

»Warum sollte ich das tun?«, fragte sie so leise, dass er sie kaum verstand.

Berg suchte nach einer passenden Antwort, aber es gab keine. Er war nicht für sie verantwortlich.

Kopfschüttelnd blickte er der jungen Frau nach, die sich schon von ihm abgewandt hatte, dann machte er sich selbst auf den Heimweg.

Freitag, 26. Juni

Nach einer unruhigen Nacht erwachte Berg mit Fieber. Dennoch würde er nicht krankfeiern, während Althuis sich mit den beiden Fällen abquälte. Mühsam stand er auf und schleppte sich zu seiner Arbeitsstelle.

»Moin, Kollege.« Die Hauptkommissarin sah von ihrem Schreibtisch auf, dann platzte sie heraus: »Du siehst ja noch schlechter aus als gestern!«

Berg antwortete nicht. Er hatte nicht die geringste Lust, über seinen Zustand zu reden, denn reden war im Moment ohnehin viel zu anstrengend.

Althuis ergriff den Rollkragen ihres fliederfarbenen Pullovers und streifte ihn demonstrativ über Mund und Nase. »Steck mich bloß nicht an, Mensch. Ich hab's dir ja gesagt.«

»So schlimm ist es bestimmt nicht«, erwiderte Berg und schlurfte zu seinem Schreibtisch.

Er startete den Computer und öffnete die neuesten E-Mails. Das LKA hatte einen Trickbetrüger zur Fahndung ausgeschrieben, in Hannover war ein Kind verschwunden. Berg hustete trocken. Solche Meldungen ließen ihn immer mit einem Kloß im Hals zurück.

Noch bevor er alle Posteingänge durchgesehen hatte, tauchte Johanssen hinter ihm auf. Ungefragt senkte sich die riesige Hand auf seine Stirn. Berg roch eine Mischung aus Tabak und Seife.

»Von wegen, nicht so schlimm«, dröhnte die Stimme des Insulaners in seinen Ohren. »Du glühst ja förmlich.«

Berg zuckte zusammen und warf einen Blick zu Althuis hinüber, aber die schien irgendetwas unter dem Tisch zu suchen.
»Das geht nun wirklich zu weit«, wollte er sagen, aber er fühlte sich viel zu müde, um Widerstand zu leisten. Der ganze Raum verschwamm vor seinen Augen. Träge sah er zu, wie Johanssen eine Ecke auf der Tischplatte frei räumte und kurz darauf mit einer Tasse Tee zurückkehrte. Er stellte einen Teller mit durchscheinenden Kandisstückchen dazu.
»Klüntje«, erklärte Johanssen fröhlich. »Wenn du noch Milch brauchst, sag einfach Bescheid.«
Berg berührte die Tasse mit den Fingerspitzen und zog rasch die Hand zurück. »Danke«, krächzte er und senkte schnell den Kopf, um Johanssen nicht weiter in die Augen sehen zu müssen. Er hatte wieder nicht daran gedacht, etwas von der Bäckerei mitzubringen.

Berg wusste nicht, ob es am Tee lag. Auf jeden Fall fühlte er sich gegen Mittag etwas besser. Nur die Augen wollten ihm mehrmals zufallen, aber das hatte zum Glück niemand bemerkt.
Gegen dreizehn Uhr klingelte das Telefon. Johanssen hob den Hörer ab. Als er auflegte, hatte er vor Aufregung rote Flecken im Gesicht.
»Was ist jetzt schon wieder los?«, fragte Althuis beunruhigt.
Johanssen drehte sich langsam zu ihr um. »Auf Liebling ist geschossen worden.«
Die Hauptkommissarin wurde schlagartig leiser. »Ist er …«

»Nur verletzt«, erklärte Johanssen. »Wie ernst es ist, habe ich nicht gefragt.« Verlegen blickte er zur Seite.
Berg schüttelte ungläubig den Kopf. »Wo ist das passiert?«
»Draußen hinter dem Supermarkt.«
»So eine Scheiße«, brummte Althuis. Sie klappte die Schwingtüren des Aktenschranks zu. »Das hat uns gerade noch gefehlt.«

Freitag, 26. Juni, mittags

Berg bemerkte, dass Johanssen die Sache viel zu nahe ging. Er hielt es für einen Fehler, den Mann mit an den Tatort zu nehmen, aber Althuis schien keine Einwände zu haben. Nur mit Mühe konnten sie die Schaulustigen zur Seite drängen. Berg seufzte. Es war überall dasselbe. Kaum gab es etwas zu sehen, setzte bei vielen der Verstand aus.

Liebling lag zusammengerollt auf der Seite. Aus einer Wunde in seinem Arm sickerte Blut, eine weitere Kugel schien ihn in die Brust getroffen zu haben. Sein Gesicht sah noch grauer aus als sonst, und er war nicht bei Bewusstsein. Dort, wo der Mann lag, war der Strandhafer stellenweise zerdrückt. Am Fuß einer Düne, dachte Berg und schauderte. Genau wie Riemann. Aber hatte das etwas zu sagen auf einer Insel, auf der es überall Dünen gab?

Bevor er sich weiter mit Liebling befassen konnte, zog Johanssen ihn auf die Seite. Neben ihm stand eine junge Frau, die unverkennbar die Uniform der Angestellten trug. Berg erkannte die Verkäuferin wieder, nur ihr Name war ihm kurz entfallen, so dass er möglichst unauffällig nach dem Schildchen oberhalb der Brusttasche suchte. Ja genau, Monika Bierkamp.

»Ich habe Sie angerufen«, sagte sie. »Und den Krankenwagen habe ich auch verständigt.«

Berg führte die junge Frau ein Stück von den anderen weg. »Haben Sie Herrn Liebling so aufgefunden?«, fragte er in einem Tonfall, der beruhigen sollte. »Oder haben Sie ihn irgendwie bewegt?«

»Ich habe ihn auf die Seite gedreht. Das macht man doch so mit Bewusstlosen.«

»Und haben Sie vielleicht sonst jemanden gesehen oder gehört? Gibt es irgendetwas, womit Sie uns weiterhelfen können?«

Einen Augenblick lang überlegte er, ob er die Fragen in der falschen Reihenfolge stellte, aber es schien keinen großen Unterschied zu machen. Hinter ihnen plärrte das Martinshorn, als der Krankenwagen auf den Platz hinter dem Supermarkt einbog. Obwohl Berg nicht mit Lieblings Zustand vertraut war, fühlte er sich doch erleichtert, als er den Arzt erkannte. Auch Frau Bierkamp betrachtete nachdenklich die weißgekleideten Männer. Sie schien ihn gar nicht gehört zu haben.

»Weshalb waren Sie überhaupt hier draußen bei dem Wetter?«, versuchte er es erneut. Die Frage war berechtigt, denn der Wind zerrte heftig an ihren Kleidern.

»Herr Eilerts hat vor ein paar Wochen das Rauchverbot ausgedehnt. Wir dürfen uns jetzt auch nicht mehr auf dem Vorplatz aufhalten. Er behauptet, das würde sich negativ auf das äußere Erscheinungsbild des Marktes auswirken. Also steigen wir ein Stück den Weg hinauf. Herr Liebling ist ein ziemlich starker Raucher.«

»Und was genau ist passiert?«

Hinter ihnen luden zwei Sanitäter den Verletzten auf eine Trage. Anscheinend war er nach wie vor nicht ansprechbar.

»Liebling ging ein paar Minuten vor mir in die Pause«, fuhr Frau Bierkamp fort. »Als ich die Steigung hochkam, wollte ich am liebsten gleich wieder kehrtmachen. Die Zigarette ließ sich bei diesem Wind sowieso nicht anzünden.«

»Doch dann fanden Sie Ihren Kollegen«, vermutete Berg. Ihm war jetzt wirklich kalt, und er wartete sehnlich darauf, dass die Dame zum Punkt kommen würde. Außerdem hoffte er, endlich zu erfahren, wie es um Liebling stand. Unter den Schaulustigen bemerkte er Eilerts, der sich mit Althuis unterhielt. Er war kreidebleich im Gesicht und schien auch bei diesem Wetter noch zu schwitzen.

Entmutigt wandte Berg sich wieder an Frau Bierkamp, die sich mit Mühe ihr wehendes Haar aus dem Gesicht wischte. »War es so?«

»Nein.« Sie schüttelte energisch den Kopf. »Es war ganz anders.«

Erst jetzt bemerkte er, dass sie kurz davor stand, in Tränen auszubrechen. Gleichzeitig verfluchte er sich für seine Ungeduld. Das Mädchen hatte einen Verletzten gefunden. Warum konnte er ihr nicht einfach Zeit lassen, alles in Ruhe zu erzählen?

»Zuerst war da dieser Knall.«

Berg stutzte. »Jetzt sagen Sie nicht, Sie haben den Schuss gehört.«

»Zwei Schüsse.« Sie hob Zeige- und Mittelfinger zu einem V. »Aber da war mir noch nicht klar, dass es Schüsse waren. Ich dachte bloß, Herr Liebling ist da oben. Vielleicht ist ihm irgendetwas passiert. Ach, ich weiß nicht mehr genau, was ich dachte. Und hinter den letzten Sträuchern entdeckte ich diesen Mann. Er rannte. Ich habe noch nie jemanden so rennen sehen. Er hielt irgendetwas in der Hand, wahrscheinlich die Waffe, und sein Gesicht war ganz verzerrt. Ich habe mich da drüben hinter die Büsche geduckt, und er ist keine fünf Meter an mir vorbeigehetzt, den Hügel runter. Beinahe wäre er gestolpert. Ich habe gebetet, dass er mich nicht sieht. Dann ist er um die Ecke verschwunden, am Parkplatz vorbei, und weg war er.«

Sie hatte sehr schnell gesprochen. Ihre Augen blieben trocken, aber der Gesichtsausdruck wirkte unnatürlich starr. Sie könnte jetzt tot sein, dachte Berg, und das ist ihr vollkommen klar. »Haben Sie den Mann erkannt?«, fragte er vorsichtig. »War es jemand von hier?«

Sie schüttelte bedauernd den Kopf. »Ich lebe noch nicht sehr lange auf dieser Insel. Ich glaube, ich habe ihn vorher schon einmal gesehen, aber ganz sicher bin ich mir nicht.«

Berg gab sich Mühe, sich die Enttäuschung nicht anmerken zu lassen. »Können Sie ihn denn beschreiben?«

Frau Bierkamp sah dem Rettungswagen nach, der in diesem Moment losfuhr. »Wird er überleben?«, erkundigte sie sich.

Berg machte ein ratloses Gesicht. Er hätte selbst gern mehr gewusst, aber im Moment hatte die Täterbeschreibung Vorrang. Ihnen lief die Zeit davon, und für Liebling wurde schließlich gesorgt.

In den Wind mischte sich nun Regen. Erneut forderte er die junge Frau auf, weiterzuerzählen. Frau Bierkamp zog die blau-weiße Jacke enger um die Taille. »Er war kleiner als Sie«, überlegte sie. »Höchstens eins siebzig. Sehr schlank. Seine Haare waren blond und ziemlich kurz geschnitten. Er trug Jeans und einen Pullover, eine dunkle Farbe, vielleicht grün.«

»Wie alt?«, hakte Berg nach, während er in seiner Gesäßtasche nach dem Notizblock suchte, auch wenn es nicht ganz leicht war, im Regen auf durchweichte Seiten zu schreiben.

»Vielleicht dreißig?« Sie sah ihn fragend an. »Vielleicht

auch älter. Ich kann das Alter von Leuten nicht besonders gut schätzen. Und er hatte etwas an der Stirn.«
Berg unterbrach sie mit einer Handbewegung. An der Stirn? »Können Sie sich erinnern, um was es sich dabei handelte?«
»Ich glaube, es war eine Narbe. Eine ziemlich große sogar.«

Johanssen stapfte hinter ihnen über den Sandboden, der sich wegen des zunehmenden Regens allmählich in Schlamm verwandelte. Er hielt die Leute ab und versuchte, zusammen mit Althuis den Tatort abzusichern. Über der Stelle, an der Liebling gelegen hatte, hatten sie zwei große Planen zu einem Zelt gegeneinandergelehnt. Dieses provisorische Bauwerk schwankte allerdings bedrohlich im Wind. Johanssen fluchte laut vor sich hin, während sich Althuis unter die Plane duckte, um wenigstens im Trockenen telefonieren zu können.
Sie musste die Spurensicherung verständigen, außerdem mussten sie sofort mit der Fahndung beginnen. Der Täter konnte nicht weit sein. Abgesehen von der Fähre, die erst um zweiundzwanzig Uhr wieder ablegen würde, gab es bei diesem Wetter kaum eine Möglichkeit, die Insel zu verlassen. Mit einem der kleinen Motor- oder Segelboote, die an Touristen verliehen wurden, würde niemand den Weg bis zum Festland schaffen. Nicht bei diesem Wind.
Althuis fuhr zusammen, als Berg sich plötzlich zu ihr hinunterbeugte und die Plane etwas anhob.
»Wie geht es Liebling?«, erkundigte er sich als Erstes.
»Sie bringen ihn zur Sanitätsstation. Er muss wahrscheinlich operiert werden, aber der Arzt meint, es ist nicht so schlimm, wie es aussieht.«

Berg spürte ehrliche Erleichterung.
»Sonst was Neues?«, fragte Althuis.
»Allerdings. Wir haben eine Zeugin, eine Frau Bierkamp. Und eine Täterbeschreibung.«
Die Hauptkommissarin musterte ihn ungeduldig. »Ich höre?«
»Wir suchen einen zierlichen, blonden Mann, nicht besonders groß, mit einer Narbe auf der Stirn.«
»Mann. Endlich was Konkretes«, sagte sie, während sie aus dem provisorischen Zelt kletterte und die junge Frau, die davor stand, musterte.
»Ich nehme an, Sie sind Frau Bierkamp. Dann muss ich Sie bitten, uns aufs Revier zu begleiten.«
»Hat vielleicht irgendjemand einen Schirm parat?«, wollte Berg wissen, der inzwischen vor Kälte schlotterte.
Althuis hob nur bedauernd die Hände.
Der Weg durch den Regen schien mit jedem Schritt länger zu werden. Berg fehlte die Geduld, Frau Bierkamps Aussage, die er sich bereits stichwortartig notiert hatte, nun offiziell aufzunehmen. Selbstverständlich wusste er ebenso gut wie jeder andere, dass das nötig, ja unumgänglich war, doch irgendetwas sagte ihm, dass die Zeit drängte.
Althuis schien die Vernehmung ohnehin allein führen zu wollen. Er überlegte kurz, ob er zu Hause vorbeigehen und sich umziehen sollte, doch er verwarf die Idee sofort wieder. Irgendein Gedanke kreiste die ganze Zeit in seinem Kopf. Kurz bevor sie das Revier erreichten, blieb er stehen und blickte Althuis entschlossen an.
»Was ist los?«, fragte die Hauptkommissarin.
»Ich muss noch mal weg«, erklärte er. »Mir ist da etwas eingefallen, und wenn ich recht habe, ist es wichtig.«

Freitag, 26. Juni, 15:00 Uhr

Mit aller Kraft stemmte sich Berg gegen den böigen Wind. Er war durchnässt bis auf die Knochen. Die Wetterpropheten schienen mit ihrer Vorhersage recht zu haben. Er fragte sich, ob die Kollegen von der Spurensicherung überhaupt noch etwas vorfinden würden oder ob der Regen nicht bereits sämtliche Spuren vernichtet hatte. Bitte mach auf, dachte er, als er das kleine Haus erreichte. Es dauerte eine Weile, aber schließlich öffnete Frau Riemanns Mutter die Tür. Sie schien ihm anzusehen, dass etwas Schlimmes geschehen war, und trat schweigend zur Seite, um ihn einzulassen.

Mit wenigen Schritten war Berg bei der Anrichte aus Fichtenholz. Das Foto stand ganz rechts, neben einem winzigen Strauß getrockneter Blumen.

»Der hier!« Er deutete mit seinen feuchten Fingern auf den jungen blonden Mann im Hintergrund. »Wer ist das?«

»Mein Sohn«, entgegnete die Alte erstaunt. »Das ist Christian. Haben Sie ihn immer noch nicht kennengelernt?«

»Wir haben ihn nie in seiner Wohnung angetroffen. Aber wir haben das Gespräch mit ihm auch bisher nicht als so wichtig eingestuft. Das war vermutlich ein großer Fehler. Was hat er da an der Stirn?«

»Das war ein schrecklicher Unfall. Er wäre damals beinahe gestorben.« Sie schluckte hörbar.

»Es handelt sich also um eine Narbe?«

»Ja. Er hat sie schon seit der Kindheit. Aber ich verstehe nicht …«

»Das werde ich Ihnen alles erklären, sobald wir mehr wissen. Im Augenblick bleibt uns leider keine Zeit. Ich muss gehen«, verabschiedete er sich und trat hinaus auf die Straße.
Plötzlich schoss ihm ein weiterer Gedanke durch den Kopf. Er blieb stehen, griff nach seinem Handy und wählte die Nummer des Reviers.
Nach dem dritten Läuten hob Johanssen ab.
»Suchst du mir bitte mal die Nummer von dieser Frau Osterkamp raus.«
Am anderen Ende vernahm er ein leises Schnaufen.
»Das brauche ich nicht«, sagte Johanssen. »Die kenne ich auswendig.«
Nachdem Berg das Gespräch beendet hatte, lehnte er sich gegen eine Hauswand.
Der Weg bis zum Slurpad war ihm zu weit, außerdem wusste er nicht, ob die Dame überhaupt zu Hause war. Er hätte vom Revier aus telefonieren können, doch er wollte dieses Gespräch ungestört führen. Immerhin handelte es sich nur um eine Vermutung. Im Schutz einer Linde wählte er die Nummer.
»Aber ich hab es Ihnen doch gesagt«, krächzte Frau Osterkamp in den Hörer. Ihre Stimme klang meilenweit entfernt. »Ich habe den Mann nicht deutlich genug sehen können. Mein Sohn hat schon recht, wenn er sagt …«
Berg rieb sich die Stirn. »Aber im ersten Moment dachten Sie, Sie hätten jemanden erkannt, nicht wahr?« Sein Herzschlag beschleunigte sich augenblicklich. Mit ihrer Antwort konnten all seine Überlegungen in sich zusammenfallen, aber einen Versuch war es wert.
Die alte Frau stieß geräuschvoll den Atem aus. »Im ersten Moment schon.«

»Dann sagen Sie mir jetzt bitte, um wen es sich dabei handeln könnte.«
Sie kicherte verlegen. »Aber ich möchte nicht den falschen beschuldigen«, wandte sie mit dünner Stimme ein.
»Dann werde ich es Ihnen sagen. Sie haben Christian Karve gesehen, Karin Riemanns Bruder. Habe ich recht?«
Sekundenlang wartete er vergeblich auf eine Antwort, dann endlich antwortete sie leise: »Ich glaube schon.«
»Danke, damit haben Sie uns sehr geholfen«, sagte er erleichtert. »Und machen Sie sich keine Sorgen. Sollte sich Ihre Vermutung als falsch herausstellen, ist Ihnen deshalb bestimmt niemand böse.«
Er hörte, dass Frau Osterkamp noch etwas erwiderte, aber er verabschiedete sich schnell und unterbrach die Verbindung. Wenn dieser Tag zu Ende war, würde er gern alle Fragen beantworten, aber im Augenblick musste er sofort mit Althuis sprechen.
Als er den Supermarkt passierte, kam ihm Nadine Praun entgegen. Sie mühte sich mit zwei Einkaufstüten und einem Schirm ab, der sich offenbar bei diesem Wind nicht öffnen ließ.
»Ist etwas passiert?«, fragte sie und stellte die beiden Tüten ab. Sie sah aus, als sei sie zu müde, um weiterzugehen. »Ich habe heute den Krankenwagen gehört, und die Kassiererin erzählte etwas von einem Unfall.«
Berg wurde unruhig. Er wollte nicht unhöflich sein, unter anderen Umständen hätte er sie vielleicht sogar ein Stück begleitet, doch nun musste er schleunigst zurück aufs Revier. »Ich darf darüber nicht reden«, erklärte er so ruhig wie möglich, doch noch während er die Worte aussprach, entlud sich plötzlich all die Anspannung der letzten Tage, und

es platzte aus ihm heraus: »Jemand hat einen Anschlag auf einen Inselbewohner verübt, und es gibt auch bereits einen Tatverdächtigen. Ich glaube, wir stehen kurz davor, die ganze Geschichte aufzuklären.« Das war zu weit gegriffen, um ein Vielfaches zu weit, und Berg war sich durchaus bewusst, dass es ein Fehler war, in diesem Stadium der Ermittlungen etwas nach außen dringen zu lassen.

Verlegen wartete er auf eine Reaktion von ihr.

»Haben die beiden Mordfälle denn miteinander zu tun?«, fragte sie schließlich mit großen Augen.

»Das ist noch nicht sicher«, sagte er. »Aber es wäre durchaus möglich.«

»Tatsächlich?« Nadine Praun betrachtete ihn mit einem seltsamen Blick. »Dann wünsche ich Ihnen viel Glück, Sie können es sicher brauchen. Ich muss jetzt gehen.«

»Ja, ich muss auch weiter.« Erleichtert machte er sich auf den Weg zum Revier.

Der Anruf war vor einer halben Stunde gekommen. Nur ein einziger Satz, aber das war er von dem Mann, der ihn bezahlte, nicht anders gewohnt. Besonders gesprächig war sein Partner nie gewesen. Inzwischen war es beinahe drei Uhr nachmittags, und er war der Anweisung, ohne zu zögern, gefolgt. Obwohl es regnete, hatte er sich nicht einmal die Zeit genommen, eine Jacke überzuziehen. Er spürte die Kälte ohnehin kaum, die Feuchtigkeit, die durch seinen grünen Pullover drang, nahm er nicht wahr. Sein Herz schlug hart gegen die Rippen, und von Zeit zu Zeit erfasste ihn ein heftiger Schwindel, so dass er stehen bleiben musste, bis es ihm besserging. Die Angst war es, die ihn antrieb, die ihn überhaupt auf den Beinen hielt und dafür sorgte, dass er Meter um Meter zurücklegte. Er wusste, dass er einen Fehler gemacht hatte, und das auch nicht zum ersten Mal.

Langsam und mit unsicheren Schritten schleppte er sich den Hellerpad entlang.

»Wir treffen uns bei der Schule!«, hatte der Mann gesagt.

Doch bis dorthin kam er nicht. Der Mann wartete schon zwischen den Bäumen auf ihn, ein hochgewachsener Schemen hinter dem grauen Regenschleier. Mit wenigen Schritten war er bei ihm und streckte die Hand wie zu einer freundlichen Geste aus. »Die Waffe.«

Er stockte für einen Moment. Dennoch, der Alkohol fing die Angst ab, bevor sie sich über seinen Verstand legen konnte. Er zuckte die Schultern und grinste zerknirscht. »Kann doch jedem mal passieren.«

»Du solltest ihn töten«, entgegnete der Mann kalt. »Der Kerl ist ein Risiko.«

Karve starrte auf seine Schuhe. Das ist einer, der sein Leben im Griff hat, dachte er trübsinnig und erinnerte sich, dass ihm dieser Gedanke schon früher einmal gekommen war.

»Und? Ist er etwa tot?«

»So gut wie.« Karves Stimme kippte in ein trotziges Falsett. »Was spielt das noch für eine Rolle? Der ist garantiert für den Rest seiner Tage so eingeschüchtert, dass …«

»Die Waffe!« Die Hand zuckte in der Luft, als wolle sie nach ihm schlagen.

Langsam zog Karve die Achtunddreißiger aus dem Hosenbund und reichte sie dem Mann, von dem er nicht einmal den Namen kannte, der jedoch von Anfang an eine gewaltige Autorität ausgestrahlt hatte. Nie wäre er auf die

Idee gekommen, sich ihm zu widersetzen. »Heißt das, Sie wollen nicht länger mit mir zusammenarbeiten?«, fragte er weinerlich. »Bisher hat doch alles reibungslos …« Der Rest blieb ihm in der Kehle stecken, als er in die Mündung blickte.

Ungläubig.

Staunend.

»Du bist ebenfalls ein Risiko«, erklärte der andere mit eisiger Stimme. »Außerdem gehört so viel Dummheit einfach bestraft.«

Karve spürte, wie ihm das Bein wegknickte. Der Einschlag kam so plötzlich, dass er gar nicht begriff, was geschah. Während ihm der Schuss noch in den Ohren gellte, betrachtete er sein Hosenbein, das sich langsam dunkel färbte. Er weinte jetzt heftig; nicht wegen der Schmerzen, die nahm er gar nicht wahr, sondern weil er in den kalten Augen seines Gegenübers etwas erkannte, das sich mit keinem Fusel der Welt verdrängen ließ. Endstation, sagte der Blick. Dann ertönte ein zweiter Schuss, und Karve begann zu schreien …

Freitag, 26. Juni, 16:00 Uhr

Berg hastete ins Revier. Er musste die anderen sofort darüber informieren, was er herausgefunden hatte. Er vermutete, dass es sich bei dem Täter um Christian Karve handelte. Frau Osterkamp glaubte ihn in der Nacht gesehen zu haben, in der Riemann erschossen wurde. Jetzt war ein Anschlag auf Liebling verübt worden, und wieder hatte jemand einen Mann mit einer großen Narbe auf der Stirn erkannt. Immerhin war es möglich, dass Karin Riemann ihren Bruder damit beauftragt hatte, ihren Mann zu töten. Ausschließen konnten sie die Möglichkeit jedenfalls nicht.

Doch was hatten die beiden Fälle miteinander gemein? In Bergs Kopf begann sich alles zu drehen. Sie mussten augenblicklich die Kollegen zusammentrommeln, um den Ort nach Karve abzusuchen, und als Erstes würden sie …

Keuchend blieb er im Flur stehen und rang nach Luft.

»Mein Gott, wie siehst du denn aus!«, rief Johanssen, der in der Küchentür stand, ihm zu.

»Ich muss …«, setzte Berg an, aber der Insulaner ließ ihn nicht zu Wort kommen.

»Zuerst einmal musst du aus den nassen Sachen raus. Was ihr jungen Leute bloß immer im Kopf habt.« Er nahm Bergs Uniformjacke entgegen und entfernte sich kopfschüttelnd.

Im Hintergrund klingelte das Telefon.

»Ich dreh hier noch durch!« Althuis gab sich keine Mühe, ihre Wut zu verbergen. Gerade erst hatte sie Monika Bier-

kamps Aussage protokolliert, die Zeugin war soeben durch die Glastür verschwunden.
Ungeduldig wartete Berg darauf, dass sie das Telefonat beendete. Währenddessen kehrte Johanssen mit einem dicken Pullover unter dem Arm zurück und reichte ihn Berg. Dankbar nahm er ihn entgegen.
Althuis pfefferte den Hörer auf die Gabel. Berg wollte gerade anfangen zu berichten, doch sie fiel ihm sofort ins Wort. »Los, los, los! Wir können gleich weiter.« Nach einem säuerlichen Blick auf das Wetter zuckte sie die Schultern. »Wir nehmen die Räder. Geht nicht anders.«
»Was ist denn nun schon wieder?«
»Der Anruf kam vom Hellerpad. Einer von den Urlaubern ist sich ganz sicher, dass da oben geschossen wurde.«
»Das darf doch nicht wahr sein! Scheiße!«
Eilig verließen sie das Revier. Während sie den schmalen Weg entlangradelten, erklärte Berg ihr japsend, was er herausgefunden hatte.
»Moment mal.« Althuis bremste kurz ab und sah ihn nachdenklich an. »Das könnte auch eine Erklärung für Maries Suizidversuch sein. Wenn sie davon erfahren hat, muss sie befürchten, dass wir ihre Mutter verhaften. Dann wäre sie vollkommen allein.«
Berg schüttelte den Kopf. »Ob sie wirklich so glücklich bei ihrer Mutter ist? Den Eindruck hatte ich jedenfalls nicht.«
»So ein Quatsch«, grunzte die Hauptkommissarin. »Eine Mutter bleibt immer eine Mutter. Du hast wirklich keine Ahnung von Kindern.«
»Auf jeden Fall müssen wir Karve finden«, bekräftigte er seine Aussage. »Sowie wir hier fertig sind, durchkämmen wir die ganze Insel nach diesem Mann mit der Narbe.«

Freitag, 26. Juni, 16:35 Uhr

Als sie das kleine Waldstück erreichten, legten sie die Räder ab und bogen in einen ausgetretenen Pfad ein. Mit vorsichtigen Schritten bewegte sich Berg durch den Matsch, der bei jedem Schritt an seinen Schuhen kleben blieb.

Zwei Männer standen im Schutz einer Linde und rauchten. Sie trugen Wanderkleidung und Regenjacken darüber; das Wetter schien ihnen nichts auszumachen.

»Herr Matthis?«, fragte Althuis und sah von einem zum anderen.

»Ich habe angerufen«, entgegnete der ältere von ihnen, der sich nur durch einen dünnen Schnurrbart von seinem Begleiter unterschied. »Mein Name ist Olaf Matthis. Das ist mein Sohn, Jörg.«

»Sie haben also Schüsse gehört?«, fragte Berg, ohne sich vorzustellen. Abermals hatte er das Gefühl, dass ihnen die Zeit davonlief, dass es nun vielleicht auf jede Minute ankam.

»Drei Schüsse«, sagte der Sohn und kratzte sich irgendwo unter seiner Kapuze. »Und jemand hat schrecklich geschrien. Ein Mann, glaube ich.«

»Sind Sie sicher, dass es Schüsse waren?«, wandte Berg ein.

»Das waren Schüsse.« Der alte Matthis sprach die Worte mit einer solchen Bestimmtheit aus, dass Berg ihm glaubte.

»Und woher kamen die Schüsse?«

»Da. Aus dieser Richtung.« Beide deuteten auf das baumbestandene Gelände ein Stück den Weg hinab.

»Nachgesehen haben Sie nicht?«, fragte Althuis.
»Ich bin doch nicht lebensmüde!« Der alte Matthis schüttelte entsetzt den Kopf.
»Warten Sie bitte hier auf uns«, bat Althuis und bedeutete Berg, ihr zu folgen.
Umständlich stolperten sie den kurzen Hang hinunter, an dessen Ende das Waldstück begann. Die meisten Bäume waren Linden, nicht sonderlich hoch gewachsen, das hatte der ewige Wind nicht zugelassen, aber da sie ungewöhnlich dicht gepflanzt waren, verdeckten sie den dunkelgrauen Himmel.
Berg hörte von weitem das Kreischen der Möwen, ansonsten herrschte eine geradezu unwirkliche Stille, als wären sie hier unten vom Rest der Insel vollständig abgeschnitten. Was für ein Blödsinn, ermahnte er sich und verspürte eine Gänsehaut auf den Armen. Das musste das Fieber sein, er konnte schon nicht mehr klar denken. Unbeholfen stakste er über Baumwurzeln, atmete den intensiven Geruch nach Moder und feuchter Erde ein. Etwas Ungewöhnliches konnte er nicht entdecken.
»Fällt dir irgendetwas auf?«, fragte er Althuis, die als Antwort nur den Kopf schüttelte.
Angespannt folgten sie dem Trampelpfad. Von den Bäumen tropfte das Wasser auf sie herunter.
»Wir gehen noch bis zu der Hütte da vorne, dann bitte ich Ohling und Pragida her«, sagte Althuis. »Schließlich können wir schlecht zu zweit die halbe Insel auf den Kopf stellen.«
Berg hörte die Ungeduld in ihrer Stimme. »Das ist eine Schutzhütte für die Zivis, die sich hier um die Vögel kümmern«, entgegnete er. »Frau Petrell hat mir davon erzählt.«

Er kniff die Augen zusammen und betrachtete das provisorische Gebäude. Es war so niedrig, dass ein erwachsener Mensch gerade aufrecht darin würde stehen können. »Ich werde hochklettern. Vielleicht sehe ich von da oben mehr.«
Doch so weit kam es nicht.
»Da liegt einer«, keuchte Althuis, als sie das Häuschen ein Stück umrundet hatten.
Berg folgte mit den Augen dem ausgestreckten Zeigefinger und seufzte entmutigt.
Die beiden Zeugen hatten recht behalten.
Im Gras vor ihnen lag eine Gestalt, die Arme weit von sich gestreckt, der Kopf lehnte in einem unnatürlichen Winkel an einem der Holzpfosten.
»Verdammt. Nicht noch einer«, schnaufte die Hauptkommissarin, der nun endgültig die Luft auszugehen schien.
Zögernd näherten sie sich dem Körper in der sinnlosen Hoffnung, irgendein Lebenszeichen zu entdecken, doch der Mann war tot.
Als Berg sich vorsichtig über ihn beugte, entdeckte er über dem linken Auge das Einschussloch – wie bei Walter Riemann. Nur, dass dieser Mann es sich mit seinem Mörder zuvor gründlich verscherzt haben musste. Jemand hatte ihm beide Knie zerschossen, bevor er seinem Leben ein Ende bereitete.
Berg wandte sich ab und atmete mehrmals tief durch. Das tat er immer, wenn er befürchtete, sich übergeben zu müssen. Nach ein paar Sekunden wurde es besser, die tanzenden Punkte vor seinen Augen verschwanden allmählich. Er drehte sich um, und abermals fiel sein Blick auf die Stirn des Toten. Unter den blonden, vom Regen verklebten Haaren blitzte etwas Weißes hervor.

Auch Althuis beugte sich fasziniert vor, und nun sahen sie es beide.
Eine gut zehn Zentimeter lange Narbe.
»Ich glaube, die Suche nach Christian Karve können wir uns sparen«, sagte Berg, als die augenblickliche Anspannung etwas nachließ.
»Ich hoffe, die Kollegen von der Spusi sind trotz des Wetters inzwischen eingetroffen. Na, die werden sich freuen, gleich zwei Tatorte zu haben. Und Nürnberger natürlich. Ich kenne seine Nummer inzwischen auswendig.« Althuis verdrehte die Augen. »Das gibt es doch gar nicht. Wird mir langsam unheimlich, diese Insel.«
»Irgendjemand muss die Angehörigen verständigen«, sagte Berg leise.
Die Hauptkommissarin schaute ihn vielsagend an. Sie zog ihr Handy hervor und führte mehrere Gespräche. Danach bedachte sie Berg mit einem seltsam stechenden Blick. »Und wie gehen wir weiter vor? Irgendwelche Vorschläge?«
Berg schüttelte den Kopf, weniger als Antwort, sondern um einen klaren Kopf zu bekommen. Dann fiel ihm etwas ein. »Wir machen einen Krankenbesuch«, entgegnete er. Der Gedanke war ihm eben erst gekommen, aber im Grunde genommen lag nichts näher.
»Ich bin nicht sicher, wie es dem Kassierer geht«, wandte Althuis ein und warf einen weiteren, unglücklichen Blick auf den Mann mit der Narbe. »Ob sie ihn in ein Krankenhaus bringen müssen. Wobei ich nicht glaube, dass der Hubschrauber bei diesem Wind überhaupt starten kann.«

Nur eine gute Viertelstunde später stießen die Kollegen zu ihnen. Berg sah in ungehaltene, missmutige Gesichter. Sicherlich war die Überfahrt mit dem DLRG-Boot bei diesem Wetter alles andere als angenehm gewesen, wenn auch kürzer als mit der Fähre.
Schließlich traf auch Nürnberger ein, kaum zu erkennen unter einem Südwester. Der kleine Arzt stolperte laut fluchend die Böschung hinab. Berg konnte ihn verstehen. So hatte sich vermutlich keiner von ihnen diesen Tag vorgestellt.
Nachdem sich Rosenholz und Dorsten an die Arbeit gemacht hatten, verließ Berg den Fundort der Leiche.
Eilig kletterte er den steilen Abhang hinauf, wo die beiden Zeugen noch immer geduldig warteten. Als er hinter sich Althuis' pfeifenden Atem vernahm, drehte er sich um.
Sie wedelte hektisch mit den Armen. »Nun mach schon.«
Er reichte ihr eine Hand und brauchte all seine Kraft, um sie die Böschung hinaufzuziehen. Oben angekommen, wurde Berg von der Anstrengung schwindlig. Schwerfällig stützte er sich auf den Knien ab und versuchte, wieder zu Kräften zu kommen. Althuis dagegen stapfte atemlos an ihm vorbei und zu den beiden Matthis' hinüber.
»Wann genau war das mit den Schüssen und dem Schrei?«, erkundigte sie sich.
»Viertel nach drei«, antwortete der Sohn. »Im Übrigen waren es mehrere Schreie. Aber nun sagen Sie schon, haben Sie etwas gefunden?«
Mehrere Schreie, dachte Berg schaudernd, sagte jedoch laut zu den beiden Zeugen: »Dort hinten ist tatsächlich jemand erschossen worden. Wir müssen Sie allerdings bitten, das vorerst für sich zu behalten. Kommen Sie bitte

morgen auf dem Revier vorbei wegen der Aussage. Sie machen hier Urlaub, richtig? Wohnen Sie in einer der Pensionen? Nur, falls wir noch ein paar Fragen an Sie haben.« Er notierte sich die Adresse, während der junge Matthis erklärte, sie seien dort noch bis Ende nächster Woche zu erreichen.

Nachdem sich die beiden Männer verabschiedet hatten, warteten Berg und Althuis noch einen kurzen Moment auf Nürnberger, dann radelten sie gemeinsam los.

Freitag, 26. Juni, 17:35 Uhr

Nass und völlig erschöpft erreichten sie die Sanitätsstation. Der behandelnde Arzt stellte sich als Dr. Rammers vor, ein kleiner quirliger Mann mit schulterlangen Locken. Nürnberger hatte ihn aus der einzigen Praxis zu Hilfe gerufen, als er selbst nach Karves Leiche hatte sehen müssen. Er war es auch, der ihnen nun noch einmal erklärte, was für ein Glück Liebling gehabt hatte. Im Krankenhaus würden sie ihm die beiden Kugeln entfernen müssen, aber es waren keine lebenswichtigen Organe verletzt worden. Er würde Liebling erst am kommenden Vormittag mit der Fähre aufs Festland begleiten. »Heute Abend bringt das nichts mehr«, sagte er mit seiner seltsamen tiefen Stimme. »Das Schiff wird voller Leute sein, die auf besseres Wetter gehofft hatten und das Fest besuchen wollten.«

»Dann ist er ansprechbar?«, folgerte Althuis vorsichtig.

»Ich denke, ein paar Minuten kann ich Ihnen gestatten.« Dr. Rammers hob spielerisch den Zeigefinger. »Ich würde seinen Zustand als stabil bezeichnen. Aber übertreiben Sie es bitte nicht.«

Auf dem Weg zu Lieblings Zimmer musste Berg an das Dorffest denken. Er hatte ein paar Bierstände gesehen, an denen sich aber kaum Leute aufgehalten hatten, und die vermutlich auch nur, um sich dort vor dem anhaltenden Regen unterzustellen. Vielleicht würden sie das Fest auch komplett abbrechen. Ihm konnte es ohnehin egal sein. Unter den gegebenen Umständen war an einen freien Abend nicht zu denken.

Kurt Liebling war der einzige Patient in der kleinen Station. Das Gesicht des Kassierers erschien weißer als das Laken. Müde und hilflos blickte er zu ihnen auf.
Berg bemühte sich um einen freundlichen Tonfall, was ihm nicht recht gelingen wollte. »Guten Tag, Herr Liebling. Wie geht es Ihnen? Glauben Sie, wir können uns einen Moment unterhalten?«
Liebling streckte einen Arm aus und versuchte, sich unter Schmerzen in die Höhe zu ziehen, gab dieses Unterfangen aber sofort wieder auf. Stöhnend glitt er aufs Bett zurück.
»Herr Liebling?«, hakte Althuis nach.
»Ja, geht schon. Stellen Sie Ihre Fragen.« Seine Stimme war nicht mehr als ein Hauch.
»Sie bleiben sicherlich bei Ihrer Aussage, dass Sie nichts mit dem Tod von Matthias Roth zu tun haben. Außerdem waren Sie nie in seiner Wohnung, nicht wahr?«
Liebling zwang sich zu einem Lächeln, doch es fiel ziemlich traurig aus. »Haben Sie meine Fingerabdrücke gefunden?«, fragte er leise.
»Ich fürchte, es hat sich inzwischen herumgesprochen, dass man Handschuhe anziehen sollte, wenn man einen Mord begehen will«, seufzte Althuis. »Aber was sagen Sie denn zu den beiden Kugeln, die auf Sie abgefeuert wurden? Wenn Sie Wert auf meine persönliche Meinung legen: Irgendwer befürchtet, dass Sie zu viel reden. Und dieser Jemand wird es sicherlich noch einmal versuchen. Würde mich nicht wundern, wenn er hier oder im Krankenhaus auftaucht, um seine Arbeit zu Ende zu bringen.« Sie warf Berg einen mahnenden Blick zu.
Liebling hob jetzt mühsam den Kopf an. In seinen Augen spiegelte sich Angst, und Angst war genau das, was den

Kerl umtreiben sollte. Berg spürte, wie Althuis neben ihm den Atem anhielt.

»Dann sorgen Sie gefälligst dafür, dass niemand hereinkommt«, erwiderte Liebling.

»Ich denke, Sie haben mit der ganzen Sache nichts zu tun?« Althuis knirschte geräuschvoll mit den Zähnen. »Wenn wir uns sicher wären, dass es weiterhin jemand auf Sie abgesehen hat und weshalb … Aber wir kennen ja nicht einmal die näheren Umstände, und wenn man bedenkt, wie wenig kooperativ Sie bisher waren, haben die paar Männer, die mir im Moment zur Verfügung stehen, wirklich Besseres zu tun, als sich in irgendwelchen Arztpraxen herumzutreiben. Und wie gesagt, das war nur so eine Theorie von mir. Also machen Sie sich keine Sorgen, wahrscheinlich war alles nur ein Versehen. Wir gehen jetzt wieder unserer Arbeit nach, und Sie erholen sich gut.«

Die Angst in den Augen des Kassierers verwandelte sich in Entsetzen.

»Das können Sie nicht machen«, keuchte er, und Berg konnte zum ersten Mal seine Stimme richtig hören, die viel zu hoch für einen Mann seiner Größe klang.

»Solange wir von Ihnen keine Erklärung bekommen«, fuhr Althuis ohne eine Spur von Mitleid fort, »sind uns da leider die Hände gebunden.«

Liebling setzte sich ruckartig im Bett auf. Er stöhnte laut auf, und Berg sah, wie sich auf dem weißen Verband an seinem Arm ein frischer Blutfleck bildete. »Was genau erwarten Sie von mir? Ein Geständnis?«

»Dazu hätten Sie auf dem Revier Gelegenheit gehabt. Aber jetzt reicht mir das nicht mehr. Der Fall ist inzwischen zu kompliziert. Ich will die ganze Geschichte hö-

ren.« Althuis fixierte Lieblings Blick, als könnte sie ihm auf diese Weise den letzten Rest Widerstand nehmen, und wartete schweigend.
»Ich werde ins Gefängnis kommen«, flüsterte Liebling.
»Ja.«
»Für wie viele Jahre? Bei Mord – sind das zehn? Vielleicht mehr, nicht wahr?«
»Vielleicht.«
Einen Moment lang sprach niemand ein Wort. Als Berg vortrat, um den Kassierer nochmals über seine Rechte aufzuklären, starrte Liebling nur apathisch durch ihn hindurch. Dann sanken Kopf und Schultern des Mannes nach vorn, und er schloss für einen Moment erschöpft die Augen. Etwas in ihm schien erst nachzugeben, dann beinahe zu zerbrechen. »Die ganze Geschichte«, stimmte er zu.
Althuis nickte erleichtert. Und langsam, quälend langsam begann Liebling zu erzählen. Von seinen nächtlichen Pokerspielen in der Pfingstrose, den Schulden, die nachts schwer auf seiner Brust lasteten und ihn nicht mehr zur Ruhe kommen ließen. Von seinem Traum, einmal den großen Gewinn zu landen, den großen Harry, wie er ihn nannte, aber der große Harry zeigte sich leider immer nur von hinten. Irgendwann begann er, Geld zu unterschlagen, und er, der stets pedantisch und grundehrlich seine Arbeit verrichtet hatte, verlor nach und nach jeden Respekt vor sich selbst. Er bestätigte, die Diebstähle dem Lehrling in die Schuhe geschoben zu haben. Ebenfalls bestätigte er Bergs Vermutung, dass er versucht hatte, Matthias Roth wegen seiner Trinkerei bei Eilerts anzuschwärzen, nachdem dieser begonnen hatte, ihn zu erpressen.
»So weit, so gut«, versuchte Berg, die Sache abzukürzen.

»Was ist mit dem Mann, der auf Sie geschossen hat? Wer ist er?«
»Ich lernte Karve vor etwa vier Wochen in einem Lokal in den Dünen draußen kennen. Er saß neben mir an der Bar, und ich hatte ziemlich viel getrunken, was sonst nicht meine Art ist. Irgendwann brach alles aus mir heraus. Dieser Mann hörte ganz einfach zu. Er gab mir in allen Punkten recht, und ich fühlte mich zum ersten Mal seit Jahren von jemandem verstanden. Und als ich fertig war, erklärte er, dass er einen Weg wüsste, um mir zu helfen.«
Sieh an, dachte Berg. Ein Lokal draußen in den Dünen. Da fiel ihm auf Anhieb nur eines ein. Trotzdem machte ihn die Geschichte skeptisch. »Und Sie haben ihn nicht schon vorher gekannt? Ich meine, bei den paar Einwohnern …«
»Natürlich habe ich das«, protestierte Liebling mit seiner flüsternden Stimme. »Den kennt hier jeder, aber ich bin ihm vorher immer aus dem Weg gegangen. Nur an diesem Abend war mir das egal. Ich war am Ende, verstehen Sie?«
Althuis streckte genüsslich den Rücken. »Weiter«, murmelte sie.
»Wir verabredeten ein Treffen in einem abgelegenen Teil der Insel. Kennen Sie das Vogelschutzgebiet? Dort traf ich einen weiteren Mann.«
»Hat er auch einen Namen?«, unterbrach ihn Berg.
»Keine Ahnung, wie er heißt. Er benutzte lediglich einen Decknamen. Der Regisseur.«
Berg war erneut schwindlig. Dieses verdammte Fieber. Er überlegte, sich einfach auf den Stuhl in der Ecke zu setzen und die Hauptkommissarin machen zu lassen, stattdessen lehnte er sich gegen die Wand und versuchte, Lieblings Worten weiterhin zu folgen.

»Dieser Mann sagte, es gebe zwei Wege, um mein Problem aus der Welt zu schaffen. Das sei eine Sache der finanziellen Möglichkeiten. Er könne diesen Matthias Roth für mich beseitigen lassen, sauber und unauffällig. Das war die eine Option, aber sie sprengte selbstverständlich meine Mittel. Dann machte er mir einen zweiten Vorschlag. Er würde möglichst genaue Informationen über meinen Kollegen benötigen. Alles, was ich in Erfahrung bringen könne. Dann eine kurze Bedenkzeit. Anhand dieser Daten wollte er mir einen Plan ausarbeiten, der alles wie einen Unfall aussehen lassen würde. Nur ausführen müsste ich es selbst. Dafür kam mich diese Alternative weitaus günstiger.«

»Sie reden darüber, als hätten Sie eine Gebrauchsanleitung für ein Küchengerät erhalten«, stellte Berg fest. Lieblings Kaltblütigkeit widerte ihn an.

»Wir trafen uns also erneut. Ich hatte das Geld dabei, er einen Plan für mich. Im Grunde war es ein guter Plan. Aber ich war zu aufgeregt, ich …«

Althuis musste ebenfalls aufgefallen sein, dass Lieblings Wunde wieder blutete, aber sie ging mit keinem Wort darauf ein. Sie waren ohnehin schon viel länger hier, als ihnen der Arzt gestattet hatte. Liebling würde ihnen nicht mehr lange zur Verfügung stehen, und sie brauchten dringend so viele detaillierte Informationen wie möglich.

Berg betrachtete die Hauptkommissarin, die wie erstarrt vor dem Krankenbett stand. »Können Sie die beiden Männer beschreiben?«, fragte er dann an Liebling gewandt.

»Der Regisseur ist ziemlich groß, dunkelblond, Mitte dreißig. Frauen würden ihn sicher attraktiv finden. Karve ist wesentlich kleiner und für einen Mann ausgesprochen schmal. Blond, und er hat eine gut sichtbare Narbe auf der Stirn.«

»Und dieser Regisseur hat Ihnen niemals seinen Namen genannt?«, fragte er noch einmal.

»Nein.« Liebling hüstelte und verzog vor Schmerzen das Gesicht. »Roth trank Unmengen Alkohol. Ich sollte einfach einen Tag abwarten, an dem er besonders betrunken war. Die Einweghandschuhe hatte ich vorsichtshalber immer bei mir, ebenso wie die Spritze. Am Dienstagabend traf ich ihn dann. Er war wohl gerade auf dem Heimweg, und er konnte wirklich kaum noch laufen. Also brachte ich ihn zu seiner Wohnung. Es war spät, kein Mensch war auf der Straße. Er sackte sofort auf den Fußboden und fing an zu schnarchen. Ich begann also, im Kühlschrank nach dem Insulin zu suchen. Ich wusste, dass ich das schnellwirksame Insulin nehmen musste. Ich zog über fünfzig Einheiten auf und steckte die angebrochene Patrone ein. Roth selbst spritzte sich das Zeug mit so einem Gerät, mit dem ich nicht umgehen konnte. Deswegen legte ich es direkt neben ihn. Schließlich sollte es wie ein Unfall aussehen. Dieser Regisseur hatte alles minutiös für mich geplant und mir erklärt, dass das viele Insulin eine Unterzuckerung auslösen würde. Zusätzlich würde der Alkohol dafür sorgen, dass der Körper nicht einfach mit seinen eigenen Reserven gegensteuerte und Roth irgendwann wieder aufwachte. Aber nachdem ich endlich die Spritze aufgezogen hatte, schlug der Kerl auf einmal die Augen auf, nur ganz kurz, wahrscheinlich hat er gar nichts mitgekriegt … Doch das war der Moment, in dem ich endgültig die Nerven verlor. Anstatt ihm die Nadel in eine Falte im Bauch zu stechen, wie der Plan es vorsah, suchte ich nach einer Vene in seiner Armbeuge. Als das nicht funktionierte, stieß ich sie in den Oberarm und verließ panisch die Wohnung. Plötzlich wurde mir klar, dass ich nicht einfach ein leidiges Problem gelöst, sondern tatsächlich einen Menschen getötet hatte. Wenn die Berechnung stimmte, und die Dosis wirklich tödlich war …« Liebling tastete nach dem Glas Wasser auf dem Nachttisch.

Berg reichte es ihm. Ganz kurz tauchte der Gedanke auf, er könne echte Betroffenheit in der Stimme des Kassierers vernommen haben, doch dann entschied er, dass es etwas anderes gewesen sein musste. Wenn dieser Mann wirklich etwas bedauerte, dann war das sicherlich nur die eigene Situation.

»Haben Sie danach noch einen der beiden Männer wiedergesehen?«, fragte Althuis.

»Nein«, murmelte Liebling unglücklich. »Was ist jetzt mit meiner Bewachung? Ich habe Ihnen alles gesagt.«

Althuis nickte. »Was den Mann mit der Narbe betrifft, von dem geht keine Bedrohung mehr aus. Wir haben ihn heute Nachmittag gefunden. Er ist tot.«

»Tot?«, wiederholte der Kassierer fassungslos.

»Ja, trotzdem lassen wir im Moment einen Mann zu Ihrem Schutz da«, sagte Althuis. »Schließlich läuft dieser Regisseur ja noch frei herum.«

Dann holte sie ihr Handy heraus und rief Ohling an, der auf Liebling aufpassen sollte.

»Ja, sofort. Das ist mir egal!«, hörte Berg sie sagen. Der Herr Kollege war offenbar nicht begeistert von der Aufgabe, die Althuis ihm gerade übertragen hatte.

Freitag, 26. Juni, 18:30 Uhr

Nach dem Telefonat ließen sie einen völlig in sich zusammengesunkenen Liebling zurück und machten sich auf den Rückweg.

Währenddessen versuchte Berg, sich den Regisseur vorzustellen: ein Mann, der Mordpläne verkaufte. So etwas hatte er bisher noch nie erlebt. Plötzlich musste er an Johanssen denken. Der gutmütige Riese tat ihm auf einmal leid. Nicht nur, dass er Herrlich und ihnen allen unter die Arme griff in der Hoffnung, gebraucht zu werden. Für Johanssen hatte sich diese ehrenamtliche Tätigkeit sicher inzwischen in einen reinen Alptraum verwandelt. Seine Insel war betroffen, der Ort, den er immer als etwas Besonderes empfunden hatte, war besudelt worden.

Auch Althuis schien düsteren Gedanken nachzuhängen, bemerkte Berg mit einem Blick auf die Hauptkommissarin. Er ließ sie in Ruhe, sah stattdessen im Ortskern den Leuten auf der Straße hinterher, die trotz des furchtbaren Wetters hofften, das alljährliche Dorffest feiern zu können.

Unvermittelt hielt Althuis an. »Es reicht«, sagte sie, und Berg, der ebenfalls vom Rad gestiegen war, konnte sehen, wie schwer ihr dieses Eingeständnis fiel. »Diese Menschen hier«, sie deutete mit der Hand auf einen Bierstand, »haben keine Ahnung, wer sich möglicherweise unter ihnen herumtreibt. Und wir kommen so nicht mehr weiter. Ich rufe jetzt in Aurich an und bitte um Verstärkung.«

Berg nickte nur. Schweigend hörte er das kurze Gespräch

mit an und betrachtete Althuis' enttäuschtes Gesicht, als der Polizist am anderen Ende der Leitung ihr erklärte, dass sie zuerst den Sturm abwarten müssten.
Danach rief Althuis kurz im Revier an und führte anschließend zwei weitere Telefonate, von denen Berg nichts mitbekam. Ihm war abwechselnd heiß und kalt. Mit geschlossenen Augen stand er da, unfähig, einen klaren Gedanken zu fassen.
»Wir müssen wohl vorerst allein zurechtkommen«, erklärte Althuis ihm, nachdem sie das Handy ausgeschaltet hatte. »Pragida wird uns den Schlüssel zu Karves Wohnung vorbeibringen. Wir müssen uns unbedingt ein Bild davon machen. Es macht mir zwar keinen Spaß, die Leute bei diesem Wetter derart durch die Gegend zu hetzen, aber es lässt sich im Moment leider nicht vermeiden. Ich habe den Rest der Truppe zusammengetrommelt. Besprechung ist um halb acht. Es wird Zeit, dass wir darüber beraten, was wir als Nächstes tun.«
»Dieser Mann, der sich Regisseur nennt, ist also der Kopf«, versuchte Berg, den Faden aufzunehmen. »So sieht es jedenfalls für mich aus. Er muss mitbekommen haben, dass Liebling kurz davor stand, die Nerven zu verlieren. Deswegen sollte sein Mitarbeiter, wenn ich ihn mal so nennen darf, ihn ausschalten. Aber er hat es vermasselt. Also musste er sterben. Möglicherweise hätte er sich Karve aber ohnehin vom Hals geschafft, bevor er weitergezogen wäre. Wer weiß das schon?«
»Was sagt uns dieses Verhalten über den Mann?«, wollte Althuis wissen.
»Diese ganze Geschäftsidee klingt nach einem ziemlich skrupellosen Menschen. Was seine Pläne angeht, arbeitet

er wie ein Geschäftsmann, ziemlich phantasievoll und auch irgendwie risikobereit, sonst wäre er wohl nicht so lange auf einer kleinen Insel geblieben. Karve war nur sein Handlanger. Er sollte ihm die Klienten vermitteln. Ich wette, er bekam auch nicht gerade viel Geld dafür. Zum Glück blieb es bei diesem einen Auftrag.«
»Sonst noch was?« Althuis war jetzt sehr aufmerksam.
»Dass er seinen Gehilfen tötet, weil er versagt hat, oder auch nur, weil er ihn aus dem Weg räumen will, kann ich nachvollziehen. Aber dass er ihm vorher die Knie zerschießt, das begreife ich nicht. Sicher scheint es eine Art Strafe zu sein. Nur passt das nicht zu der Vorstellung, die ich von diesem Mann habe.«
»Und das heißt?«
Berg suchte nach den richtigen Worten. »Das heißt, dass meine Vorstellung von unserem Täter vollkommen falsch sein kann – oder der Mann ist dabei, die Nerven zu verlieren. Das macht ihn unvorsichtig, aber auch äußerst gefährlich. Unberechenbar.«
»Ja, möglich«, murmelte Althuis und setzte sich schwerfällig wieder aufs Fahrrad.

Freitag, 26. Juni, 18:55 Uhr

Auf dem Revier angekommen, ließ Berg sich erschöpft auf den Schreibtischstuhl sinken. Althuis ging in die Küche, um sich einen Kaffee zu holen. Als sie mit einer Tasse in der Hand zurückkehrte, sah sie ihn nachdenklich an. »Du hast da eben etwas erwähnt, das mir Sorgen macht. Es sieht so aus, als sei der Mann, dieser Regisseur, dabei … wie hast du dich ausgedrückt? … durchzudrehen? Egal, auf jeden Fall liegt mir das schwer im Magen. Kann ihn das so weit bringen, unplanmäßig zu töten? Einfach, um sich abzureagieren, um Druck abzulassen? Wenn wir davon ausgehen, dass er in der Beschaffung von Informationen ein geradezu krankhafter Pedant ist, ein Mensch, der sich bisher immer vollständig unter Kontrolle hatte?«

Berg wusste genau, was sie meinte. »Darauf kann ich dir leider keine Antwort geben. Ich bin kein Psychologe. Aber ich halte es nicht für ausgeschlossen.«

Auch Johanssen sah ziemlich mitgenommen aus, als er sich zu ihnen gesellte. »Hier«, erklärte er müde. »Das wurde eben für euch abgegeben.«

Berg nahm den Umschlag entgegen und öffnete ihn. Darin befand sich ein einzelner Schlüssel. »Wir können noch schnell bei der Wohnung von Christian Karve vorbeischauen, wenn du willst«, sagte er zu Althuis.

Ohne ein weiteres Wort zu verlieren, griff die Hauptkommissarin erneut nach ihrer Jacke und folgte ihm nach draußen. Alle spürten es jetzt. Die Zeit zerrann ihnen unter den Fingern.

Trotz der schlechten Wetterverhältnisse erreichten sie den Westerloog in wenigen Minuten.
Berg ging voraus. Bereits im Flur überkam ihn eine leichte Übelkeit. Wände und Möbel, auch der Teppich, alles schien einen alten ekelerregenden Dunst nach Alkohol und modriger Wäsche auszuströmen. Der Gestank schnürte einem die Luft ab. Die Wohnung wirkte auch sonst ziemlich verwahrlost. Auf dem niedrigen Couchtisch stapelten sich Kartons mit schimmeligen Pizzaresten, ein überquellender Plastiksack voll leerer Bierdosen und -flaschen füllte die winzige Kochnische aus. Zwischen schmutzigem Geschirr und stinkenden Aschenbechern sah Berg mit Abscheu eine Küchenschabe davonhuschen.
Althuis warf ihm einen skeptischen Blick zu. Sie war blass geworden.
»Diesen Schweinestall müssen wir wohl später genauer durchsuchen«, sagte Berg freudlos. »Aber vielleicht finden wir auf die Schnelle ja etwas, das uns auf die Spur dieses Regisseurs bringen könnte. Irgendwelche Notizen oder Fotos, obwohl ich das weniger glaube. Ein Mensch, der so lebt, hat dafür nichts übrig. Außer Saufen hat den nichts interessiert. Ich denke, wir können davon ausgehen, dass er für den Mord an seinem Schwager ebenfalls von jemandem bezahlt worden ist. Und da liegt es natürlich nahe, dass Frau Riemann dahintersteckt. Vermutlich hat Karve sich weder viele Gedanken gemacht noch etwas dabei empfunden.«
Althuis nickte, ihre Einschätzung des Täters sah offenbar ähnlich aus. »Und wo war er die ganzen letzten Tage?«, fragte sie laut.
Berg seufzte. »Das werden wir wohl nicht mehr erfahren.

Vielleicht hat er einfach nur nicht aufgemacht, oder er war tatsächlich auf dem Festland.« Er zuckte die Schultern.
»Übernimmst du die Schränke da? Ich seh mal im Bad nach«, schlug Althuis vor und war auch schon verschwunden.
Angewidert begann Berg, Schubladen und Schranktüren zu öffnen, doch er stieß auf nichts Wichtiges.
Kurze Zeit später kehrte Althuis aus dem Badezimmer zurück. »Ich habe nichts gefunden, das uns zum Regisseur führt, aber es ist gleich halb acht, und wir sollten zusehen, dass wir es rechtzeitig ins Revier schaffen.«
»Vielleicht ist es besser, wenn ich hierbleibe und noch weitersuche«, erwiderte Berg.
Doch Althuis drängte jetzt zur Eile. »Ich will dich bei der Besprechung dabeihaben. Wenn Liebling morgen früh auf der Fähre ist, können wir Ohling darauf ansetzen. Und sollte das Wetter besser werden, trifft hoffentlich auch die versprochene Verstärkung ein. Ich hoffe nur, dieser verdammte Sturm geht bald vorüber.«
Widerwillig folgte Berg ihr und stieß im Vorbeigehen gegen einen der wackeligen Schränke. Ein kleines, schwarz eingebundenes Schreibheft fiel zu Boden, das anscheinend dahinter festgeklemmt gewesen war. Er bückte sich, um das Heft aufzuheben, und sofort wurde ihm schwarz vor Augen. Wenn das hier vorbei ist, dachte Berg, werde ich mich ins Bett legen und schlafen. Mindestens drei Tage lang. Es musste einfach bald vorbei sein, denn lange würde er nicht mehr durchhalten.
Althuis rief ungehalten nach ihm, und mit zusammengekniffenen Augen trat Berg nach draußen, wo ihm eiskalter Regen entgegenpeitschte.

Freitag, 26. Juni, 19:35 Uhr

Auf dem Revier hatte Johanssen den alten Küchentisch aus dem Aufenthaltsraum ins Büro geschafft, und auch die Stühle stammten von dort. Es gab Tee, frischen Kaffee und eine Platte mit belegten Broten.

»Habt ihr etwas gefunden?«, erkundigte er sich sofort, als sie eintraten.

»Nichts«, gab Berg zu. »Aber wir haben ja auch gerade erst mit unserer Suche angefangen.« Er nahm sich ein Brot und eine Tasse Kaffee zur Stärkung.

Kurze Zeit später wurde die Tür geöffnet, und Pragida trat herein. Zitternd vor Kälte, rieb sie sich die Hände, während sie sich an den provisorischen Konferenztisch setzte. Althuis erhob sich und pinnte ein großes Blatt mit einer ihrer berüchtigten Zeichnungen an die Tafel.

Obwohl er sich die größte Mühe gab, hatte Berg Schwierigkeiten, sich auf die Ausführungen der Hauptkommissarin zu konzentrieren. Deshalb zwang er sich, noch einen Kaffee zu trinken.

»… inzwischen hat der Kassierer die Tat allerdings zugegeben«, hörte er Althuis weiterreden. »Wir suchen also nach einem dunkelblonden Mann, Mitte dreißig, circa eins achtzig groß …«

Nach einer Dreiviertelstunde hörte Berg es an der Tür klingeln. Dann tauchte Johanssen hinter ihm auf und flüsterte ihm ins Ohr: »Da will dich dringend jemand sprechen.«

Berg tauschte einen fragenden Blick mit Althuis aus, die nur unwirsch nickte. Schwerfällig stand er auf und folgte dem Insulaner nach draußen. Rasch ging er in Gedanken die wenigen Personen durch, die in Frage kamen, doch mit der Frau, die im Flur auf ihn wartete, hatte er nicht gerechnet.

»Ich hoffe, ich störe nicht allzu sehr«, sagte Frau Petrell. Sie machte ein unschuldiges Gesicht, aber in ihren Augen lauerte der Schalk. »Ich will ja nicht, dass Sie Ärger bekommen, aber ich weiß doch, wie so etwas ist. Ich war schließlich auch einmal jung.« Wie ein kleines Mädchen saß sie auf der blauen Holzbank und erweckte nicht den Eindruck, in nächster Zeit aufstehen zu wollen. Also wartete Berg geduldig, bis Johanssen sich zurückgezogen hatte, und setzte sich neben sie.

Er zwang sich, aufrecht zu sitzen, obwohl er kaum die Augen offen halten konnte. »Ich verstehe leider nicht ganz«, erwiderte er und entdeckte ein winziges Lächeln in ihrem runzligen Gesicht.

»Ihre Freundin war eben bei mir«, erklärte sie fröhlich.

»Meine …?«

»Aber ja. Nun stellen Sie sich doch nicht so an. Mitte zwanzig, langes schwarzes Haar, ein bildhübsches Mädchen. Sie hat etwas für Sie abgegeben.«

Nadine, schoss es ihm durch den Kopf. Der Beschreibung nach konnte es niemand anders als Nadine Praun gewesen sein.

Frau Petrell öffnete ihre altmodische Handtasche und kramte einen weißen Umschlag hervor. »Sie hat ausdrücklich verlangt, ich solle Ihnen den Brief nicht vor morgen früh geben, aber ich will nicht schuld sein, wenn es zu einer Tragödie kommt.« Sie warf ihm einen verschwörerischen Blick zu und lachte leise. »Sie haben sich wohl gestritten. Das kommt schließlich in den besten Familien vor.«

Berg saß wie versteinert auf der kleinen Bank. Er wollte etwas erwidern, aber alle Worte hatten ihre Bedeutung verloren. Es gelang ihm nicht, sich aus der Starre zu lösen. Seine Vermieterin plapperte fröhlich weiter, während das Pochen hinter seiner Stirn immer unerträglicher wurde. Endlich zwang er sich, aufzustehen. Frau Petrell versicherte nochmals, dass auch sie einmal jung gewesen sei, dann gelang es ihm mit einiger Überzeugungskraft, sie hinauszukomplimentieren.

Schweigend beobachtete Berg, wie der Wind ihr zweimal die schwere Glastür aus der Hand riss, dann verschwand sie hinter der nächsten Hausecke.

Anstatt zu seinen Kollegen zurückzukehren, zog er sich in den leeren Aufenthaltsraum zurück und schloss die Tür. Sein Instinkt sagte ihm, dass etwas geschehen sein musste. Die Kaffeemaschine gluckerte leise, in der Spüle türmte sich schmutziges Geschirr. Aus dem Büro nebenan drangen die Gespräche als dumpfes Murmeln zu ihm hinüber. Irgendjemand hustete.

Berg riss den Umschlag auf und entfaltete ein einzelnes Blatt Papier, das nur wenige Zeilen enthielt. Die Schrift ließ auf Eile schließen. Hastig überflog er, was Nadine Praun in ihrer großen, unregelmäßigen Handschrift für ihn hinterlassen hatte.

Lieber Herr Berg,
ich muss fort, und Sie werden bald auch wissen, warum. Vielleicht ist es dumm von mir, aber ich glaube, dass ich Ihnen zumindest diese wenigen Worte des Abschieds schul-

de. Zu welchem Schluss Sie auch immer kommen mögen, um eines bitte ich Sie: Denken Sie nicht schlecht von mir. Was ich getan habe, habe ich aus reiner Verzweiflung getan.

Leben Sie wohl,
Nadine Praun

Ratlos starrte Berg auf das Papier. Wieder und wieder überflog er den kurzen Text. Wie betäubt saß er auf dem wackeligen Hocker, unfähig, sich zu rühren. Der Brief lag wie ein fremder, gefährlicher Gegenstand in seinen Händen.

Was hatte Nadine mit diesen Worten sagen wollen? Vergeblich versuchte er, sich zu konzentrieren. Stattdessen erweckten plötzlich die Geräusche aus dem Nebenraum seine Aufmerksamkeit. Ihm fiel auf, dass die Stimmung sich verändert hatte. Die angeregte Diskussion hatte sich in einen ernsthaften Disput verwandelt. Die Zeichen standen nun eindeutig auf Streit.

Berg senkte den Kopf und atmete mit geschlossenen Augen durch. Unter seinen Lidern drehten sich grelle Kreise. Mit fahrigen Fingern faltete er den Brief zusammen und steckte ihn in die vordere Tasche seiner Hose. Dabei berührten seine Finger einen Gegenstand, der im Hosenbund steckte. Das Heft, schoss es ihm durch den Kopf. Das schwarze Notizheft aus Karves verwahrloster Wohnung. Während ihres eiligen Aufbruchs hatte er es einfach eingesteckt. Und das Schlimmste war, er konnte sich nicht einmal daran erinnern. Zerknirscht über seine Unaufmerksamkeit, zog er es hervor. Die Seiten waren fleckig und verklebt, als hätte jemand etwas darüber geschüttet;

die Schrift ließ sich nur mühsam entziffern. Der Gedanke, dass sich zwischen diesen paar Seiten die Lösung all ihrer Probleme verbergen könnte, machte ihn wütend. Gleichzeitig fühlte er sich von einer starken Unruhe ergriffen, und er fürchtete, das Papier beim Umblättern zu zerreißen. Berg hörte den Wind, der draußen wie ein hungriges Raubtier ums Haus heulte, und begann zu frösteln. Im nächsten Moment holte ihn die Gewissheit ein.

Berg kehrte ins Besprechungszimmer zurück, wo inzwischen wieder halbwegs Ruhe herrschte. Pragida war aufgestanden, um sich die Beine zu vertreten, Althuis stand noch immer vor der Tafel, beide Hände auf die Hüften gestemmt. Dann fiel Bergs Blick auf eine Person, die sich rechts vom Fenster befand, und er wusste sofort, um wen es sich da handelte. Auch die dazugehörige Stimme war unverkennbar.

»Der einzige Weg, heute noch die Insel zu verlassen, ist die Fähre um zweiundzwanzig Uhr!«, dröhnte Herrlich.

Berg tauschte einen Blick mit Johanssen, der an der Wand lehnte und sofort in eine andere Richtung sah. Natürlich, dachte er, Johanssen hatte gewusst, dass Herrlich zurück war. Vielleicht hatte er versucht, ihn zu überreden, sich noch für eine Weile herauszuhalten. Aber damit hatte er natürlich genau das Gegenteil bewirkt. Berg stellte sich vor, wie der Revierleiter stundenlang in der Wohnung über ihnen auf den richtigen Moment wartete, um schließlich seinen großen Auftritt zu inszenieren, wenn sie alle im Revier anwesend waren.

Ausgerechnet heute, dachte er. In all diesem Durcheinander. Hätte er sich nicht noch ein paar Tage länger Zeit lassen können?

Althuis schenkte dem Einwurf nur wenig Beachtung. »Schauen Sie doch einfach mal aus dem Fenster«, entgegnete sie nur lakonisch. »Bei diesem Sauwetter ist es vollkommen unsicher, ob die Fähre überhaupt anlegt beziehungsweise wieder ablegt. Dieser Regisseur ist möglicherweise darüber informiert, dass wir Karves Leiche gefunden haben. Dass Liebling so glimpflich davongekommen ist und bereits ausgepackt hat, kann er unmöglich wissen. Wenn er annimmt, dass der Kassierer noch nicht ansprechbar ist, muss er gleichzeitig davon ausgehen, dass wir nichts von seiner Existenz wissen. Dennoch muss er mit Lieblings Geständnis rechnen, deswegen wäre es logisch, wenn er sich so schnell wie möglich von hier absetzt.«

»Oder den Kassierer tötet«, gab Pragida mit skeptischer Miene zu bedenken.

»Für so dumm halte ich ihn nicht. Er wird davon ausgehen, dass wir Vorsichtsmaßnahmen getroffen haben. Ohling und ich halten die ganze Zeit über telefonischen Kontakt. Bislang ist nichts Ungewöhnliches in der Krankenstation passiert.«

»Wäre es nicht auch möglich, dass er bei Ebbe zu Fuß ans Festland verschwindet?«, hakte die junge Polizistin nach.

Herrlich bekam einen Hustenanfall, von dem Berg nicht wusste, ob er echt oder nur vorgetäuscht war. »Natürlich, möglich ist schließlich fast alles. Da müsste er sich aber schon verdammt gut auskennen und den Tideplan genau im Kopf haben. Außerdem kann da draußen im Watt ganz plötzlich Seenebel auftreten, so dass man die Orientierung verliert. Ich bin hier aufgewachsen, aber ohne Führer würde ich mich nicht ins Watt wagen. Aber vielleicht sollten wir unsere Besprechung hier beenden und stattdessen an der Küste in Stellung gehen, um zu beobachten, ob da jemand unterwegs ist.« Er grinste Pragida überheblich an.

»Schluss jetzt!«, sagte Althuis mit lauter Stimme. »Wir sind hier nicht im Kindergarten.« Sie musterte Herrlich mit eisiger Miene. »Obwohl ich mir da manchmal nicht so sicher bin.«

Berg lehnte sich an die Wand und wartete auf den richtigen Moment, der vermutlich nie kommen würde. Das dünne Notizheft in seiner Hand wog immer schwerer.

»Genauso gut kann er sich aber auch irgendwo versteckt halten«, meldete sich Herrlich erneut zu Wort. »Und sei es nur, um den Sturm abzuwarten. Bedauerlicherweise haben wir keine besonders gute Beschreibung des Mannes. Groß, schlank und dunkelblond – das trifft auf jeden dritten zu.«

Althuis neigte leicht den Kopf zur Seite, als würde sie so besser hören.

Berg konnte sehen, dass ihr Herrlichs Gerede gehörig auf die Nerven ging, doch offenbar hatte sie sich vorgenommen, einen Rest an Anstand zu bewahren.

Nach wenigen Sekunden drehte sie sich zu Herrlich um und nickte. »Ich halte diese Möglichkeit für unwahrscheinlich, aber natürlich ist es nicht unmöglich. Ich schlage deshalb vor, dass … was ist denn?«

Endlich trat Berg nach vorne. Keine Sekunde länger hätte er das Ganze mehr ausgehalten. Mit wenigen Schritten umrundete er den Tisch und stand nun vor den Kollegen, die ihn neugierig anstarrten.

»Vor wenigen Minuten war meine Vermieterin hier«, begann er zu berichten. »Um mir einen Brief zu bringen, den Nadine Praun bei ihr hinterlegt hat. Sie sollte ihn eigentlich nicht vor morgen früh übergeben, aber Frau Petrell hatte Angst, einen Fehler zu machen.«

Er las die wenigen Zeilen vor und reichte das Blatt Papier anschließend herum.

»Sie sollte wissen, dass sie die Insel bis zur Einstellung des Verfahrens nicht verlassen darf. Aber ich frage mich etwas ganz anderes bei diesen Zeilen. Weshalb hat sie es plötzlich so eilig?«, erkundigte sich Althuis.

»Nun, vielleicht ist das meine Schuld«, gestand Berg, der verdammt gut wusste, dass es so war.

Mit wenigen Worten erzählte er von seinem Gespräch mit Frau Praun und wie er sie über den Stand der Ermittlungen informiert hatte. Dann wartete er darauf, dass Althuis explodieren würde. Er wusste, dass er seine Befugnisse deutlich überschritten hatte. Im Übrigen war seine Handlungsweise einfach nur dumm gewesen. Beinahe wünschte er sich, sie würde ihn anschreien. Möglicherweise fühlte er sich hinterher besser.

Doch Althuis schien die Situation immer noch nicht zu erfassen. »Was soll das?«, fragte sie ungeduldig. »Wovon redet sie da in diesem Brief? … Was sie getan hat? … Ich dachte, sie hat sich nur gewehrt.«

»Ich kann es nicht genau erklären«, entgegnete Berg. »Aber ich vermute, dass genau das der Plan war. Sie wusste, wie leicht ihr Mann zu provozieren war. Sie nutzte seine krankhafte Eifersucht und brachte ihn dazu, ihr ein Messer aufzudrängen und vor seinen Kumpels damit zu prahlen. Sie wusste genau, wie sie es anstellen musste, damit er handgreiflich werden würde. Dann erstach sie ihn in angeblicher Notwehr. Vor all diesen Zeugen.« Berg keuchte leise. Es kam ihm vollkommen absurd vor, Frau Praun so einen perfiden Plan zu unterstellen. Und dennoch passte alles zusammen.

»Das ist doch an den Haaren herbeigezogen«, mischte sich Herrlich ein. Er war näher gekommen, um den Brief ebenfalls in Augenschein zu nehmen.

Berg ging mit keinem Wort darauf ein. Stattdessen knallte er das Schreibheft auf den Tisch. »Das hier habe ich in Karves Wohnung gefunden und wohl ziemlich gedankenverloren eingesteckt. Ich hatte es ganz vergessen.« Er schielte zu Althuis hinüber, die neben ihm stand, und registrierte ihre bleiche Gesichtsfarbe. Sollte sie ihn ruhig für unfähig halten. Doch die Hauptkommissarin bedachte ihn nur mit einem verwirrten Blick.

Berg holte tief Luft und setzte seine Rede fort. »Offenbar hatte Karve damit begonnen, darin die Daten seiner Klienten zu notieren, zusammen mit den eingegangenen Zahlungen. Und sehen Sie hier? Da steht ihr Name!«

Althuis runzelte die Stirn. »Tatsächlich«, sagte sie heiser. »Da stehen sie beide. Kurt Liebling und Nadine Praun. Wahrscheinlich wollte sich Karve die Möglichkeit offenlassen, sie später zu erpressen. Wenn er für seine Kunden extra ein Heft anlegte, hatte er ja noch verdammt viel vor. Ob sich dieser Regisseur am Hafen zeigt, werden wir sehen – wenn wir ihn denn erkennen. Aber für den Fall, dass er sich doch irgendwo versteckt hält, sollten wir uns aufteilen.«

Sie trat ans Fenster und telefonierte mit gedämpfter Stimme. Anschließend wandte sie sich an Johanssen, der sich bis jetzt zurückgehalten hatte. »Ich habe Ohling aus der Krankenstation abgezogen.« Sie hob entschuldigend die Handflächen. »Der Arzt wird darauf achten, dass alle Türen und

Fenster gut verschlossen bleiben. Für den Notfall hat er meine Handynummer. Wir können im Moment auf keinen Mann verzichten. Ohling soll alle Pensionen, Kneipen und so weiter durchkämmen, und am liebsten wäre es mir, wenn ihn jemand dabei begleiten würde, der sich hier gut auskennt.«

Mit leuchtenden Augen folgte der Insulaner ihren Ausführungen.

»Und schaut euch auch auf dem Dorffest um, falls es da bei diesem Wetter überhaupt noch was zu sehen gibt. Sollte euch irgendjemand komisch vorkommen oder sich auffällig benehmen, nehmt ihr sofort Kontakt zu uns auf. Keine Alleingänge.«

Althuis warf Johanssen einen strengen Blick zu.

»Wir gehen zur Anlegestelle, nehme ich an?«, fragte Herrlich.

Althuis war nicht gerade begeistert. »Herr Herrlich, seien Sie bitte vernünftig. Ihre Krankmeldung geht noch bis Montag. Denken Sie doch an Ihren Versicherungsschutz.«

»Das ist meine Verantwortung«, blaffte Herrlich zurück. »Bitte vergessen Sie eines nicht. Dies ist meine Insel. Niemand kennt die Menschen und die Verhältnisse hier besser als ich.«

Althuis zuckte nur mit den Schultern.

Währenddessen spürte Berg, wie er zornig wurde. Offenbar konnte ihm nicht einmal Althuis folgen. »Verstehst du denn nicht?«, wandte er sich an die Hauptkommissarin. Seine Stimme überschlug sich beinahe. »Frau Praun war der Meinung, der Brief würde mich erst morgen früh erreichen. Sie wird versuchen, Spiekeroog mit der letzten Fähre zu verlassen!«

»Dann nehmen wir sie eben fest«, ordnete Althuis an.
Berg hatte das Gefühl, dass er sich immer noch nicht klar genug geäußert hatte, dass er irgendeinen Gedankengang vor lauter Erschöpfung und Fieber aus den Augen verloren oder nicht zu Ende gedacht hatte. Eine unterschwellige Angst, für die er keine Erklärung hatte, ergriff Besitz von ihm.
Doch er hatte jetzt keine Zeit, ihr nachzuspüren, denn die Hauptkommissarin scheuchte sie hinaus.
Für einen Moment hielt Berg die Hauptkommissarin im Flur am Arm fest. »Glaubst du wirklich, Herrlich wird uns an der Anlegestelle eine Hilfe sein?«, flüsterte er ihr zu.
Althuis sah ihn ziemlich ratlos an. »Immerhin ist er tatsächlich der Einzige, der sich hier auskennt. Der einzige Polizist jedenfalls«, gab sie leise zurück.

Freitag, 26. Juni, 21:30 Uhr

Gemeinsam verließen sie das Revier. Johanssen und Ohling, der gerade eingetroffen war, schlugen die eine Richtung ein, um die Restaurants und Lokale abzuklappern. Berg, Althuis, Pragida und Herrlich machten sich in die entgegengesetzte Richtung zum Hafen auf.

Weder der Regen noch der stürmische Wind hatten nachgelassen, so dass die enge Straße bedrohlich und abweisend wirkte. Als sie die letzten Wohnhäuser passierten, beschlich Berg ein seltsames Gefühl. Zweimal glaubte er zu sehen, wie eilig die Gardinen zugezogen wurden. Als seien in Wirklichkeit sie es, die hier unter Beobachtung stünden.

Er betrachtete Althuis' maskenhaftes Gesicht und beschloss, sie mit seinen Ahnungen zu verschonen. Die Hauptkommissarin sah inzwischen so aus, als hielte sie sich nur noch mit reiner Willenskraft auf den Beinen. Berg mochte sich nicht vorstellen, was für einen Eindruck er selbst auf die Kollegen machte.

Bis zur Anlegestelle waren es nicht viel mehr als zweihundert Meter, doch bei diesem Wind stellte jeder Schritt eine Herausforderung dar. Pragida, die ihre Haare zu einem unordentlichen Pferdeschwanz zusammengerafft hatte, schien das Wetter am wenigsten auszumachen.

Während sie sich durch den Sturm bis zur nächsten Straßenecke vorkämpften, tauchte immer wieder Herrlich an Bergs Seite auf – beinahe wie ein schlechtes Omen. Der Regen schlug ihnen unangenehm ins Gesicht, und immer

wieder mussten sie Ästen ausweichen, die der Wind von den Bäumen gerissen hatte.
Endlich erreichten sie den Limperding. Der Schalter, an dem die Fahrscheine für den Fährbetrieb verkauft wurden, hatte trotz der vorgerückten Stunde noch geöffnet.
»Sollte das Schiff nicht längst da sein?«, erkundigte Berg sich bei Althuis, doch die zuckte nur die Schultern.
»Ich weiß, woran du jetzt denkst«, sagte die Hauptkommissarin. Sie beugte sich nahe zu ihm herüber, um sich bei dem Geheule und Prasseln überhaupt verständlich zu machen. »Glaubst du tatsächlich, dass er auf diesem Weg die Insel verlassen will? Hier, vor aller Augen?«
Berg hatte keine Antwort darauf, aber das mulmige Gefühl der Angst kehrte zurück.
Im Inneren der angrenzenden Imbissstube drängten sich mindestens drei Dutzend Touristen, die auf ihre Rückfahrt warteten, obwohl es nicht sicher war, ob die Fähre überhaupt kommen würde. Berg warf einen Blick durch die breite Frontscheibe und schaute in gleichmütige Gesichter. Niemand schien sich an dem Gedränge zu stören, die Leute unterhielten sich angeregt, hin und wieder hörte er jemanden lachen. Er dachte an Johanssen. Der hätte das sicherlich verstanden.
Auf der gegenüberliegenden Seite des Platzes hatte eine weitere Gruppe unter dem Vordach des alten Gebäudes Schutz gesucht. Vermutlich war es ihnen in der Grillstube einfach zu eng geworden.
Mit schweren Schritten stieg Berg die Stufen zur Terrasse hinauf. Hier oben, wo drei große Sonnenschirme bedenklich hin und her schwankten, hielt sich außer ihm niemand auf. Kurz spielte er mit dem Gedanken, sich zumindest für

einen Moment drinnen aufzuwärmen, so durchgefroren und müde, wie er war. Doch von hier oben hatte er einen besseren Überblick über den Vorplatz, den ein paar Laternen in orangefarbenes Licht tauchten. So blieb er stehen und beobachtete seine Umgebung. Er bemerkte ein paar Jugendliche, die im Laufschritt die Hafenstraße entlangeilten, eine ältere Frau, die sich eine Plastiktüte über den Kopf hielt.

Niemand nahm Notiz von den drei Beamten, die sich irgendwo unterhalb von ihm aufhielten, niemand würdigte ihn selbst eines Blickes. Er sah an sich hinab und musste beinahe lachen. Johanssens dicker, vollkommen durchnässter Strickpullover ließ jeden Gedanken an eine Uniform vergessen. Tatsächlich, dachte er, diese Tarnung funktioniert einwandfrei.

Er schaute auf seine Uhr und registrierte, dass sie stehengeblieben war. Unter dem Glas hatte sich Wasser gesammelt. Kopfschüttelnd zog er den Ärmel darüber.

Berg ging zurück zu der gewundenen Treppe und kletterte vorsichtig einige der nassen Stufen hinauf, die zu der kleinen Aussichtsplattform führten.

Durch den peitschenden Regen erkannte er nur verschwommen den asphaltierten Steg, wo in Kürze die Fähre anlegen sollte. Das Gelände lag verlassen da, Wellen spülten darüber hinweg. Unter Bergs Schädeldecke pochte es erneut, seine Gesichtshaut spannte unangenehm. Von seinen Kollegen konnte er niemanden ausfindig machen, vielleicht waren sie in die Grillstube gegangen, um die Gäste zu kontrollieren.

Doch plötzlich tauchte Althuis am Fuß der Treppe auf, dann entdeckte er auch die anderen. Pragida war die Einzige, die sich bis zu ihm nach oben bemühte. »Alles in Ordnung mit Ihnen?«

Berg nickte, obwohl im Grunde überhaupt nichts in Ordnung war. An jedem anderen Tag hätte er sich längst hingesetzt und wäre nicht wieder aufgestanden. Aber er durfte nicht schlappmachen, nicht heute.

Bevor die junge Kollegin noch etwas sagen konnte, löste sich eine Person aus der Ansammlung von Leuten, die sich unter dem Vordach zusammengedrängt hatten. Trotz der langen Lederjacke und des Kopftuchs hätte er sie unter Tausenden erkannt. Das Gewicht der beiden Reisetaschen, die sie mitschleppte, zwang sie in eine gebückte Haltung.

»Da kommt sie. Nadine Praun«, flüsterte Berg der Polizistin zu, und in diesem Moment hörte er jemanden husten. Wie aus dem Nichts war der Revierleiter hinter ihm aufgetaucht.

»Nehmen wir sie gleich fest, oder was?«, fragte Herrlich.

Bei diesen Worten schüttelte es Berg. Natürlich hatte Herrlich recht. Noch war das Schiff nicht in Sicht, noch hatte keiner der anderen Passagiere den schmalen Steg betreten. Wahrscheinlich war dies der günstigste Augenblick, der sich bieten würde.

Nadine Praun hatte die Taschen mittlerweile abgestellt. Der Sturm zerrte so stark an ihr, dass sie Mühe hatte, überhaupt das Gleichgewicht zu halten.

Nun trat auch die Hauptkommissarin zu ihnen. Althuis öffnete den Mund, um etwas zu sagen, doch ihre Stimme wurde vom plötzlichen Heulen des Windes verschluckt.

Pragida berührte Berg an der Schulter.

»Was ist denn los?«, fragte er ungehalten. Er spürte deutlich, dass diese Situation heute seine Kräfte überstieg.

»Dort drüben!« Sie griff nach seinem Ärmel und zog ihn ein Stück zur Seite. Verständnislos ließ Berg den Blick über das nasse Pflaster wandern. Schließlich entdeckte er einen einzelnen Mann, der mit zielsicheren Schritten auf den Anleger zuhielt. Sein heller Trenchcoat klebte wie eine zweite Haut an ihm.

»Und?«, brüllte Berg gegen den Wind an.

Althuis machte ein Geste, die wohl so viel bedeutete wie »Kann sein, kann aber auch nicht sein.«

Inzwischen hatten sich fünf oder sechs Leute auf dem Anlegesteg eingefunden. Weit draußen war ein dunkler Punkt in der unruhigen See zu erkennen – die Fähre. Weitere Touristen drängten aus der Imbissstube hinaus. Trotz des Wetters und obwohl es noch eine Weile dauern würde, bis das Schiff anlegte, breitete sich eine plötzliche Unruhe unter den Fahrgästen aus.

Nadine Praun verschwand irgendwo in der Menge, nur ihr Kopftuch stach noch hervor.

»Na, was denn?«, fragte Herrlich ungeduldig. »Wollt ihr sie vielleicht laufenlassen?«

Althuis brachte ihn mit einer einzigen Handbewegung zum Schweigen.

Berg kniff die Augen zusammen, um besser sehen zu können. Der Mann im Trenchcoat stand nun genau neben Nadine. Ein Zufall? Berg betrachtete ihn nachdenklich. Und mit einem Mal war er sich sicher, auch wenn er dieses Gefühl nicht hätte erklären können.

»Unser Mann«, schrie er Althuis zu.

Berg bedeutete seinen Kollegen, die Köpfe zusammenzustecken. »Wir können unmöglich jetzt da runtergehen und die beiden verhaften«, erklärte er ihnen. »Wenn er das wirklich ist, dann hat er auch eine Waffe. Können wir eine Telefonverbindung zum Fährschiff aufbauen?«

Erleichtert registrierte er, wie Herrlich ein Handy aus seiner Jackentasche zog und eine lange Nummer eintippte.

»Was soll ich denn sagen?«, fragte er, als das Freizeichen ertönte.

»Sie dürfen unter keinen Umständen anlegen«, entgegnete Berg. Dann wandte er sich an Pragida. »Sie gehen da rein und lassen eine Durchsage machen.« Er schaute die junge Frau eindringlich an. »Geben Sie eine harmlose Erklärung ab. Die Fähre hat bei diesem Sturm keine Erlaubnis, die Insel direkt anzusteuern. Irgendwelche Schifffahrtsbestimmungen, erfinden Sie etwas. Aber es muss glaubwürdig klingen.«

Pragida nickte und stieg vorsichtig die nasse Treppe herunter.

»Wir müssen sie zuerst einmal auseinandertreiben«, überlegte Althuis laut. »Vorher ist an eine Festnahme gar nicht zu denken.«

Herrlich nickte zustimmend, und Berg ließ erneut seinen Blick über die Anlegestelle schweifen. Ihm fiel auf, dass der Mann im hellen Mantel seltsam steif dastand. Wenn das tatsächlich der Regisseur ist, dachte er, weshalb fühlt er sich dann so sicher? Dann wurde ihm klar, dass die Leute dort unten sie von ihrer Warte aus überhaupt nicht sehen konnten. Trotzdem wirkte der Mann auf eine beunruhigende Art gelassen. Er hatte sich nicht ein einziges Mal umgesehen, um sich zu vergewissern, ob er beobachtet wurde.

Irgendetwas stimmte hier nicht, doch Berg konnte nicht sagen, was es war. Das mulmige Gefühl im Bauch wurde stärker.

Als Pragida zurückkehrte, wandte er sich sofort an sie: »Und, hat alles geklappt?«
»Der Alte, der für die Anlage zuständig ist, hat mir versprochen, gleich die Durchsage zu machen. Hoffentlich dauert das nicht mehr lange. Die Leute werden schon unruhig.«
Nur Sekunden später erklang ein statisches Rauschen, das in grelles Pfeifen überging. Schließlich meldete sich der Angestellte des Limperding übers Mikrofon. Seine Stimme klang etwas verzerrt und war schwer zu verstehen.
»Wirklich phantasievoll, das muss man Ihnen lassen«, fuhr die Hauptkommissarin die junge Polizistin an, die sich schulterzuckend eine nasse Haarsträhne aus dem Gesicht wischte. Die Durchsage entsprach beinahe wörtlich Bergs Vorgabe. Trotzdem schien der Plan aufzugehen.
Ein paar Leute verzogen sich wieder in die Imbissstube, andere traten zurück unter das Vordach und begannen zu diskutieren. Nadine Praun und der Mann im Trenchcoat blieben allein zurück.
Erst in diesem Moment bemerkte Althuis, dass Herrlich verschwunden war. Wütend beugte sie sich über das Geländer, um besser nach ihm Ausschau halten zu können.
»Wo ist Herrlich?«, brüllte sie Berg ins Ohr.
»Da unten!« Berg zeigte über die Brüstung in die Tiefe und traute seinen Augen nicht, als er sah, wie der Revierleiter mit gezogener Waffe hinter einer Säule hervortrat.
Althuis schlug mit der flachen Hand auf das Geländer, und eine Fontäne feiner Wassertropfen spritzte Berg ins Gesicht. »So ein verfluchter Idiot!«
Irgendwo im Hintergrund hörten sie eine Frau kreischen. Ein Stück entfernt begann ein junger Mann, wie wild zu

fotografieren, und hüllte den Anlegesteg in Blitzlichtgewitter. Die übrigen Leute wirkten wie versteinert.

»Los, runter hier!«, schrie Althuis und rannte auf die Treppe zu. Nur mit knapper Not entging sie einem Sturz auf den glitschigen Stufen. »Nicht, dass noch …« Den Rest ihrer Worte verschluckte der Sturm.

Pragida folgte ihr sofort, nur Berg starrte fassungslos auf den Mann im hellen Trenchcoat und Nadine Praun hinab. Und mit einem Mal verstand er, was ihn die ganze Zeit irritiert hatte. Der Mann schien weder ängstlich noch übermäßig erregt, denn er wich keinen Zentimeter zurück, als er Herrlich auf sich zukommen sah. Jetzt erst begriff Berg auch, weshalb der Regisseur sich nicht ein einziges Mal umgesehen hatte, als er den Steg betrat. Er wusste, dass die Polizei vor Ort war. Ab dem Augenblick, als er Nadine Praun erkannt hatte, musste er alles für ein abgekartetes Spiel gehalten haben. Das konnte nur eines bedeuten: Dieser Mann hatte keine Angst. Und er war wütend. Wütend auf Nadine!

In diesem Moment zog der Mann eine Waffe aus der Manteltasche, und Berg hörte einen einzelnen Schuss, der wie ein Peitschenschlag den heulenden Sturm durchbrach. Herrlich machte einen Satz und landete seitlich in der Hecke neben dem Eingang. Der Mann im Trenchcoat bewegte sich so schnell, dass Berg ihm kaum mit den Augen folgen konnte. Er riss Nadine an sich und presste den Lauf gegen ihre Schläfe.

Berg stürmte die Treppe hinunter und rutschte auf der dritten Stufe aus. Ein scharfer Schmerz schoss durch seinen Knöchel. Vor seinen Augen tanzten bunte Sterne. Mühsam rappelte er sich hoch und humpelte, so schnell er

konnte, zum Steg, wo Althuis und Pragida in sicherem Abstand inzwischen die Pistolen auf den Regisseur gerichtet hielten.
Der Regisseur starrte sie mit kalt glitzernden Augen an und grinste boshaft.
Mit erhobenen Händen trat Berg auf das Gestrüpp zu, unter dem der stöhnende Herrlich lag. Der Mann im Trenchcoat ließ ihn gewähren.
Vielleicht war es das Funkeln in seinen Augen, das Berg plötzlich klar sehen ließ. Dieser Mensch würde niemals aufgeben.
Althuis hielt die Pistole nach wie vor auf den Kopf des Geiselnehmers gerichtet und sprach ihn mit gefasster Stimme an: »Sie haben doch keine Chance, Mann. Lassen Sie die Frau gehen, und ergeben Sie sich.«
Augenblicklich glaubte Berg, ein leises metallisches Klicken zu hören, doch binnen Sekunden wurde der Regen erneut so stark, dass alle Geräusche untergingen. Berg kniff die Augen zusammen, er konnte kaum noch etwas erkennen. Dann plötzlich ließ der Mann im Trenchcoat Nadine Praun einfach los. Mit gesenktem Kopf sackte sie auf das Pflaster.
»So, und jetzt ganz langsam …«, setzte die Hauptkommissarin an, doch ehe sie ihren Satz beenden konnte, hob der Mann die Waffe und rannte wie ein Wahnsinniger auf die Treppe zu.
Und endlich begriff Berg, was das für ein metallisches Geräusch gewesen war, das er soeben gehört hatte. Der Regisseur hatte nicht etwa beschlossen, Nadine Praun laufenzulassen. Er hatte tatsächlich abgedrückt, aber sein Magazin war leer.

»Nein!«, brüllte Berg, schrie es dem Sturm entgegen, bis seine Stimme sich überschlug.
Die Warnung kam zu spät. Ein Schuss löste sich und streckte den Mann im Trenchcoat nieder. Lautlos brach er auf dem nassen Steg zusammen.
Der Regisseur war tot.

Freitag, 26. Juni, 22:30 Uhr

Niemand der Anwesenden sagte ein Wort, niemand rührte sich vom Fleck. Berg blickte in einzelne bestürzte Gesichter, doch die meisten hielten den Blick gesenkt. Die Erleichterung, die sich hätte ausbreiten müssen, blieb aus.

Althuis ließ sich auf die unterste Stufe der gewundenen Treppe sinken, die zur Sonnenterrasse führte, und schlug die Hände vors Gesicht.

Berg ahnte, was in ihr vorging. Sie hatte einen Menschen erschossen, einen Menschen, der offensichtlich hatte sterben wollen, was das Ganze jedoch nicht einfacher machte. Pragida kam angelaufen, um nach Herrlich zu sehen, der als Einziger mit seinem lautstarken Stöhnen das Schweigen durchbrach.

»Nur die Schulter«, erklärte Berg mit dünner Stimme.

Es war vorbei. Der Alptraum hatte ein Ende.

Trotzdem konnte er sich nicht entspannen, nicht einmal durchatmen.

Nadine Praun lag noch immer reglos mit dem Gesicht nach unten auf den Steinen. Berg ging zu ihr, um nachzusehen, ob sie sich ernsthaft verletzt hatte. Als er an der Leiche des Mannes vorbeikam, fiel sein Blick auf das Messer, das auf dem nassen Asphalt feucht glänzte. Er betrachtete es, ohne wirklich zu begreifen. Erst als er einen dunklen Fleck am Ärmelaufschlag des Toten entdeckte, regte sich etwas in ihm.

Die letzten Meter bewegte er sich wie in Trance. Bei jedem

Schritt drohten seine Knie einzuknicken. Die Hand, mit der er Nadine Praun an der Schulter berührte, schien ihm nicht zu gehorchen. Erst beim zweiten Versuch gelang es ihm, sie umzudrehen.

Obwohl Berg hätte wissen müssen, was ihn erwartete, traf ihn der Anblick wie ein Schlag in den Magen. Nadine Prauns Leichnam rollte schwerfällig in seine Arme. Die Wunde in ihrer Brust war nicht groß, aber der Regisseur hatte gezielt zugestochen.

Berg kniete nieder und hielt den leblosen Körper an sich gedrückt. Das Wissen um Nadines Absicht, die Insel zu verlassen, die Tatsache, dass sie eine Mörderin gewesen war, all das verblasste in seinen Gedanken. Diese Frau hätte seine Hilfe gebraucht, doch er hatte sie im Stich gelassen – so wie er seine Schwester im Stich gelassen hatte. Um ihn herum liefen Menschen auf und ab, ging das Leben weiter, während er glaubte, für immer diesem starren Entsetzen in großen dunklen Augen ausgeliefert zu sein, bis sich eine Hand über Nadines Stirn senkte und ihre Augen behutsam schloss.

Die Hand gehörte Althuis. Schweigend löste sie die tote Frau aus Bergs Umklammerung und ließ sie vorsichtig zurück aufs Pflaster sinken.

»Komm«, sagte die Hauptkommissarin leise, »ich bringe dich jetzt zum Krankenwagen. Herrlich haben sie bereits in der Krankenstation abgeliefert.«

Verschwommen registrierte Berg den Rettungswagen, der am Rand des Anlegers parkte. Er hatte jedes Zeitgefühl verloren.

Das Nächste, das er wahrnahm, war eine Frau, die ihm einen Tropf anhängte. Er glaubte, Nürnbergers Frau zu erkennen, die öfter in der Praxis aushalf, aber er war sich nicht sicher. Obwohl der Raum zu schwanken schien, schaute Berg sich um. Er lag auf der papierbespannten Pritsche im Wagen, und ihm dröhnte entsetzlich der Kopf.
»Was ist das?«, fragte er matt.
Die Frau im weißen Kittel legte ihm eine Hand auf die Schulter. »Nur Kochsalzlösung, mein Junge. War wohl alles ein bisschen viel, was?«
»Nehmen Sie mich mit?«, fragte Berg weiter. Im Grunde sammelte er lediglich Informationen, es interessierte ihn nicht wirklich, was mit ihm geschah. Wie aus weiter Ferne registrierte er, was um ihn herum vorging, während er in Gedanken noch immer auf dem nassen Steg kniete und den Körper einer jungen Frau in seinen Armen hielt. Vor seinem inneren Auge wirbelten verschiedene Gesichter durcheinander. Dazwischen tauchten immer wieder die kalt glitzernden Augen des Regisseurs auf. Ihm wurde schwindelig.
Die Frau schüttelte lächelnd den Kopf. »Nicht, wenn Sie mir versprechen, dass jemand Sie nach Hause begleitet. Wenn die Infusion durch ist, können Sie aufstehen.«
Berg nickte nur schwach, in seinen Ohren rauschte der Regen.
An der offenen Tür des Rettungswagens erschien Johanssen und versuchte, aufmunternd zu lächeln. »Die anderen sagen, es hat dich ganz schön umgehauen.«
Berg zuckte zusammen. Erst jetzt bemerkte er die Platzwunde an seiner Stirn. War er wirklich zusammengebrochen? Er konnte es nicht sagen.

Die Ärztin stellte noch einige Routinefragen und leuchtete ihm mit ihrer Stablampe ins Gesicht. Im Hintergrund erkannte er undeutlich, wie ein Zinksarg vorbeigetragen wurde. Berg wandte den Kopf ab und schloss die Augen.

»Komm schon«, sagte Johanssen kurze Zeit später, nachdem die Nadel aus Bergs Handrücken entfernt worden war. »Ich bringe dich jetzt nach Hause.«

Berg, der mit wackligen Beinen aus dem Wagen kletterte, sah sich als Erstes nach Althuis um, aber er konnte sie nirgendwo entdecken. Immerhin hatte der Regen aufgehört, der Sturm nachgelassen, aber eigentlich war ihm auch das gleichgültig.

Wie betäubt folgte er dem riesigen Insulaner den Wüppspoor hinauf. Die Schaulustigen, die inzwischen von allen Seiten herangeströmt waren, traten auseinander, als sie sich näherten. Die Menschen wirkten bestürzt und verstört, jeder auf seine Weise.

Schweigend setzten sie ihren Weg fort. Berg hatte kaum noch die Kraft, einen Fuß vor den anderen zu setzen. Die Richelwiesen, die Häuser am Straßenrand, alles verschwamm vor seinen Augen. Und während Johanssen ihn durch das Gewimmel bis in den Pollerdiek begleitete, spürte Berg, dass er zu weinen angefangen hatte.

Montag, 6. Juli

Fast zwei Wochen nach den Ereignissen auf dem Anlegesteg betrat Thomas Berg zum ersten Mal wieder das Revier. Die Sonne schien, und der Wind war milde. Endlich hatte der Sommer Einzug gehalten.

Berg betrachtete das blühende Rosenbäumchen neben dem Eingang, um das sich Johanssen so sorgsam gekümmert hatte. Seine Mühe hatte sich gelohnt. Vom Mehltau war nichts mehr zu sehen, die Blüten leuchteten in einem kräftigen Orangeton.

Er drehte sich noch einmal um, ließ das Morgenlicht für einen Moment auf sich wirken, dann betrat er das Büro.

Eigentlich hatte er nicht damit gerechnet, Althuis noch einmal wiederzusehen, umso größer war die Überraschung, als er sie an Herrlichs Schreibtisch sitzen sah. Johanssen war mit ein paar Akten zugange. Nur nach dem Revierleiter schaute er sich vergeblich um.

»Thomas!«, riefen Johanssen und Althuis gleichzeitig.

»Wie schön, dass du wieder da bist«, begrüßte die Hauptkommissarin ihn voller Freude, auch wenn in ihren Augen ein trauriger Schimmer lag.

»Ja, das finde ich auch«, bekräftigte Johanssen. »Ich gehe dann mal in die Küche und setze frischen Kaffee auf.«

»Das ist eine gute Idee, denn ich habe uns nämlich vom Bäcker ein zweites Frühstück mitgebracht.« Berg hielt die Tüte hoch.

»Wo ist Herrlich?«, fragte er schließlich Althuis, nachdem Johanssen das Büro verlassen hatte.

»Herrlich kommt nicht zurück«, erklärte sie leise. »Wir hatten ein langes Gespräch, und er hat sich entschieden, den Polizeidienst zu quittieren. Ich weiß nicht genau, was er jetzt vorhat, aber ich glaube, es ist besser so für alle.«
Berg überlegte einen Moment lang. Dann gab er sich einen Ruck und sprach endlich aus, worüber er die ganzen letzten Tage nachgedacht hatte. »Wenn Herrlich nicht die Nerven verloren hätte, wäre es vermutlich nicht so weit gekommen. Dir kann deswegen niemand einen Vorwurf machen.«
»Das tut auch niemand«, entgegnete Althuis, doch ihre Stimme klang dumpf und irgendwie leer. Sie war längst nicht darüber hinweg, dass sie einen Menschen erschossen hatte. »Trotzdem, wenn ich rechtzeitig reagiert hätte, könnte Nadine Praun vielleicht noch leben. Ich habe zu lange gezögert.«
Berg ging um den Tisch herum und ließ sich auf den Stuhl fallen. Auch er hatte die ganze Geschichte noch nicht verdaut. »Weshalb hat er nicht versucht, unauffällig zu verschwinden?«, fragte er. »Darüber zerbreche ich mir die ganze Zeit den Kopf.«
Althuis nickte ihm zu. »Ich für meinen Teil glaube, er hat von Anfang an nur diese beiden Optionen für sich gesehen, die Fähre oder den Tod. In dem Moment, als er Nadine Praun erkannte, war es zu spät. Er wusste, dass er da nicht mehr herauskommen würde. Er muss sie für einen Lockvogel gehalten haben. Und damit stand seine Entscheidung fest. Auch dass er die Waffen überhaupt bei sich trug, spricht für diese These. Er war ganz einfach zu allem entschlossen. Aber du siehst aus, als wolltest du noch etwas loswerden.«

Berg dachte daran, was Johanssen ihm über die weiteren Ermittlungen erzählt hatte. »Es gibt da noch eine Sache, die mir nicht klar ist. Dieser Mann war seit Jahren im Geschäft. Johanssen sagt, die Leute, die ihn von früher kennen, beschreiben ihn als skrupellos und absolut kaltblütig. Und so einer kommt auf eine winzige Insel, auf der er alles finden wird, nur keine Anonymität? Tut sich mit einem Säufer wie Karve zusammen, der jederzeit alles ausplaudern könnte? Das passt in meinen Augen nicht zusammen.«
»Soweit wir wissen, kam er hierher, um sich vorübergehend zu verstecken, nachdem er im Rheinland nur knapp der Polizei entgangen war. Wieso er ausgerechnet an Karve geriet, kann ich nicht sicher sagen, möglicherweise suchte er sich ganz bewusst einen Gehilfen aus, der ihm in jeder Hinsicht unterlegen war. Ich tendiere jedenfalls immer stärker zu der Annahme, dass es von Anfang an Teil seines Plans war, Karve irgendwann aus dem Weg zu räumen. Nach meiner Theorie hatte er auch gar nicht vor, auf Spiekeroog wieder aktiv zu werden. Aber vermutlich hatte auch dieser kontrollierte Mensch eine Schwäche, so wie die meisten Menschen: Er wurde gierig. Irgendwie lernten sich diese beiden ungleichen Männer kennen, und der Regisseur erfuhr von Karve, dass hier auf der Insel ein Auftrag auf ihn wartete. Wie genau der erste Kontakt zu Frau Praun zustande kam, wissen wir leider nicht, da alle, die uns weiterhelfen könnten, inzwischen tot sind. Aber ich gehe davon aus, dass die Idee, ihren Mann vor Zeugen in der Pfingstrose zu provozieren, von ihm stammte. Hier steht übrigens sein Name, oder vielmehr der Name, den er in den letzten Jahren benutzt hat. Seine wahre Identität ist

noch nicht geklärt.« Sie kramte eines der Papiere hervor, die sich auf der Schreibunterlage angesammelt hatten.
Berg las einen kurzen deutschen Namen, so gut oder schlecht wie jeder andere. Kommentarlos gab er Althuis das Blatt zurück.
Nadine Praun war tot. Vorgestern hatte man ihre Leiche überführt. Irgendwo im Westerwald lebte ein entfernter Verwandter, der die Beerdigung übernehmen wollte. Es würde also auf Spiekeroog nichts bleiben, das an sie erinnerte, nicht einmal ein Grab. Nun, vielleicht war auch das besser so.
»Was wird aus Marie?«, fragte Berg und musste sich gleichzeitig eingestehen, dass er nur von dem schmerzhaften Thema ablenken wollte. Er schämte sich zutiefst dafür, schließlich hatte das Mädchen Schlimmeres durchgemacht als er.
»Ich habe mit diesem Dr. Lührs gesprochen«, erklärte Althuis nachdenklich. »Sie zieht vorerst in eine betreute Jugendgruppe mit psychologischer Unterstützung. Ich glaube, das ist im Moment das Beste für sie.«
Gemeinsam gingen sie die Akte noch einmal durch.
Frau Riemann hatte inzwischen gestanden, ihren Bruder mit dem Mord an ihrem Mann beauftragt zu haben. Nachdem ihr Name in dem Notizheft stand, war sie letzten Endes beim Verhör zusammengebrochen. Und das Wissen um diese Tat war tatsächlich der Auslöser für Maries Kurzschlusshandlung gewesen.
Kurt Liebling war mittlerweile genesen und in die nächste Justizvollzugsanstalt verlegt worden. Es sei widerlich gewesen, erklärte Althuis. All diese falschen Tränen, dieses Betteln um Verständnis.

»Aber jetzt ist auf Spiekeroog ja wieder Ruhe eingekehrt«, schloss sie. »Trotzdem hat dieser Fall, glaube ich, uns allen ein wenig die Augen geöffnet. Ich werde jedenfalls in Zukunft noch aufmerksamer durch die Welt gehen. Es gibt niemanden, der nicht zum Täter werden kann, wenn sich die Gelegenheit ergibt oder wenn die Probleme einem über den Kopf wachsen. Das lernt man in der Ausbildung, und das sagt einem auch der gesunde Menschenverstand, aber wirklich glauben kann man es wohl erst nach einer Erfahrung wie dieser.«

Berg betrachtete die Hauptkommissarin lange. Sie sah gealtert aus, und ihre Haut hatte einen grauen Farbton. Althuis' Sichtweise war nicht ganz falsch, doch sie zeugte vor allem von einem tiefen Misstrauen. Berg hatte Verständnis für diese momentane Haltung, aber sie beunruhigte ihn auch gleichzeitig.

»Wirst du darüber hinwegkommen?«, fragte er skeptisch.

»Ich weiß es nicht. Ich wollte den Konflikt unbedingt unblutig beenden. Vielleicht spielte auch falscher Ehrgeiz eine Rolle dabei«, gab Althuis zu. »Aber nun erzähl schon, was du für Pläne hast.«

»Ich bin mir wirklich nicht sicher«, gestand Berg hilflos. »Am liebsten möchte ich weit fortgehen und einfach alles vergessen.«

»Verständlich.«

»Nadine Praun …«, fuhr er zögernd fort.

Sollte er Althuis wirklich davon erzählen? Andererseits hatte er sich ja geschworen, sich nicht mehr in sein Schneckenhaus zurückzuziehen.

»Sie sah meiner Schwester so unglaublich ähnlich. Kerstin stieg zu einem Betrunkenen ins Auto, weil ich sie nicht abgeholt habe. Ich hatte es einfach vergessen. Bei dem Versuch, einem Laster auszuweichen, überschlug sich der Wagen. Da ist keiner mehr lebend rausgekommen.«

»Ja, ich weiß.«

Berg stutzte für einen Moment, obwohl es ihm hätte klar sein müssen, dass sie seine Akte kannte. »Jedenfalls hält mich nichts mehr auf dieser Insel«, fügte er schnell hinzu und wusste zugleich, dass das nicht die Wahrheit war.

»Tatsächlich? Das ist wirklich schade. Du sprichst wie ein Unternehmer, der die Branche wechselt. Von Bademoden zu Obst und Gemüse. Und das nur, weil ihm das alte Umfeld nicht mehr genügend Befriedigung bietet.«

Etwas in ihrem Ton verärgerte Berg. »Es ist doch wohl meine Sache, was ich mit meinem Leben anfange!«

Althuis nickte und sah dabei noch trauriger aus. »Ich mache dir deswegen keinen Vorwurf. Leider denken heute die meisten so. Ich habe diese Tätigkeit bislang immer für eine Berufung gehalten. Wenn jemand ein wirklich guter Polizist ist, dann, dachte ich, hat er auch die moralische Verpflichtung, der Allgemeinheit seine Fähigkeiten zur Verfügung zu stellen. Aber vielleicht sind solche Gedanken altmodisch.«

Während Berg noch nach Worten suchte, sprang etwas Großes, Geschmeidiges von einem der Aktenschränke. Es war die rotgetigerte Katze von Walter Riemann, die schnurrend begann, um seine Beine zu schleichen. Vollkommen überrascht verfolgte er jede ihrer Bewegungen.

»Wie gesagt«, setzte Althuis ihren Vortrag fort. »Trotz allem bin ich der Ansicht, dass die meisten dieser Leute da draußen sehr nette Menschen sind. Und dass sie einen anständigen Revierleiter verdient hätten.«

»Revierleiter?«
»Natürlich. Glaubst du etwa, du wärst weniger qualifiziert als Herrlich? Zugegeben, hier ist alles ein wenig kleiner. Die Arbeit funktioniert etwas anders als auf einem gewöhnlichen Revier, aber dafür gibt es einen wunderbaren Zusammenhalt, findest du nicht? Hier greift man sich gegenseitig unter die Arme. Ich weiß, in der Regel passiert hier so gut wie gar nichts. Überleg es dir trotzdem. Sieh nur, selbst die Polizeikatze scheint dich zu mögen. Habe ich dir übrigens schon erzählt, dass ich mich selbst auf diese Stelle beworben habe?«
»Nach allem, was passiert ist?« Berg schüttelte verwundert den Kopf. »Und ich dachte die ganze Zeit, du findest es hier schrecklich.«
»Ich wollte schon lange etwas anderes machen. Und manchmal ändert man eben auch seine Meinung.«
»Na, dann braucht ihr mich ja sowieso nicht mehr«, erwiderte er nun doch etwas enttäuscht.
Ein winziges Lächeln huschte über Althuis' Gesicht, als sie in die Schublade griff und einen Bogen Papier auf den Tisch legte. »Ein Brief vom Polizeipräsidenten. Nach den letzten Ereignissen wurde beschlossen, dass zukünftig zwei Beamte dauerhaft auf der Insel eingesetzt werden. Das erspart auch die wechselnden Verstärkungen in den Sommermonaten. Wir würden dieses Revier gemeinsam leiten.«
Plötzlich war er sich nicht mehr sicher, was richtig war.
Und Althuis ließ auf ihre typische Art nicht locker: »Wenn dir das Dachzimmer bei den Petrells auf die Dauer zu eng ist, findet sich bestimmt eine andere Möglichkeit. Ich habe gehört, dass Herrlich hier wegziehen will, dann würde die

Wohnung im Obergeschoss frei werden. Und was das Gehalt angeht …«

»Stopp!«, unterbrach Berg sie, bevor sie ihn mit weiteren Argumenten überschütten konnte. »Ich werde darüber nachdenken. In Ordnung?«

»Mehr hatte ich nicht gehofft.« Abermals stahl sich ein kleines Lächeln auf ihr Gesicht.

Dann rief sie Johanssen herein, der augenblicklich eintrat. Offenbar hatte er die ganze Zeit vor der Tür gewartet. Sofort breitete sich der Duft nach frischem Kaffee in dem kleinen Büro aus.

Auf dem Platz vor dem Rathaus beobachtete Berg einige junge Leute, die Eis aßen und ausgelassen herumalberten. Der Wind trug einen schwachen Geruch von Salz mit sich. Vom Deich her hörte er das Blöken vereinzelter Schafe.

Er setzte sich auf eine Parkbank und betrachtete das Spiel der Sonnenstrahlen. Ganz plötzlich wurde ihm klar, dass keines von Althuis' Argumenten ihn zum Hierbleiben würde bewegen können. Nein, es war etwas ganz anderes, und endlich konnte er es auch in Worte fassen. Nach all den schrecklichen Ereignissen hatte er Schritt für Schritt begriffen, dass es sinnlos war, vor seiner Vergangenheit davonlaufen zu wollen. Nadine Prauns Tod hatte es ihm deutlich vor Augen geführt. Das war der Grund, warum er bleiben würde.

Außerdem, die Menschen hier mochten vielleicht manchmal etwas eigen sein, aber sie waren nicht schlechter oder besser als anderswo. Johanssen war eine Seele von Mensch. Und wenn er ehrlich war, reizte es ihn sogar, mit Althuis weiterhin zusammenzuarbeiten, auch auf dieser Insel, die

bei Sonnenschein wie heute ihren ganzen Charme versprühte.
Berg lehnte sich zurück und schloss die Augen.
Ja, dachte er, morgen kaufe ich mir endlich ein Fahrrad und am besten auch einen Friesennerz, denn der nächste Sturm kommt bestimmt.